有个叫颜色的人

徐 东◎著

中国文史出版社

图书在版编目（CIP）数据

有个叫颜色的人 / 徐东著. -- 北京 ：中国文史出
版社，2022.11
　（锐势力·名家小说集）
　ISBN 978-7-5205-3915-9

　Ⅰ．①有… Ⅱ．①徐… Ⅲ．①中篇小说－小说集－中
国－当代 Ⅳ．①I247.5

中国版本图书馆 CIP 数据核字(2022)第 208886 号

责任编辑：胡福星　　全秋生

出版发行：中国文史出版社
地　　址：北京市海淀区西八里庄路 69 号　　邮编：100142
电　　话：010－81136602　　81136603　　81136606 （发行部）
传　　真：010－81136655
印　　装：北京温林源印刷有限公司
经　　销：全国新华书店
开　　本：787 毫米×1092 毫米　　1/16
印　　张：15.5
字　　数：246 千字
版　　次：2023 年 5 月北京第 1 版
印　　次：2023 年 5 月第 1 次印刷
定　　价：58.00 元

目 录
CONTENTS

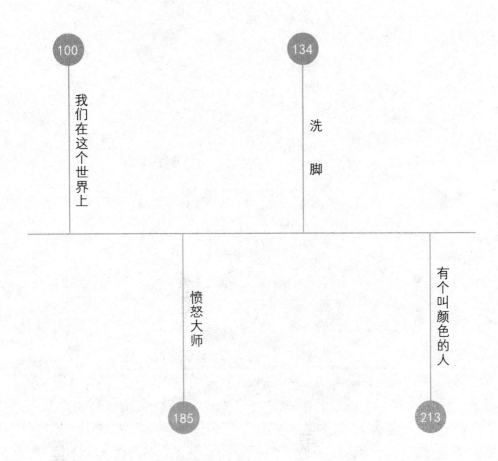

100　我们在这个世界上

134　洗　脚

愤怒大师　185

有个叫颜色的人　213

敞 开 心 扉

　　没想到马丽会给我打电话。我们分开已有二十年，虽然我常会想起她，甚至也还在爱着她，毕竟有那么多年没有联系了。一开始我没有听出是她，我说，请问你是哪位啊？她说，真听不出来了吗？你过去熟悉的一个人。我说，对不起，我这边有点吵，听不太清楚。她说，二十年前，在西安……我说，是你啊，马丽。她说，看来你还没有把我彻底忘了。我感叹地说，真没想到是你，你在什么地方啊？她说，我啊，在深圳。我说，在深圳什么地方？她说，在京基100的瑞吉酒店，你想见面聊一聊吗？我说，当然啦，我这就开车过去。

　　四十分钟后我开车到了京基100，在酒店第九十六层的大堂见着了马丽。虽然变化挺大的，我还是一眼认出了她。我说，真的是你吗？马丽微微一笑，看着我说，是我啊，是不是变化挺大的？我点点头说，是啊，都有些认不出来了。她说，你也是啊，留了长发，更加有艺术范儿了。如果你没认出我，我一时还真不敢认你。我说，我手机号早就变了，你怎么找到的？她说，你那么有名的一个画家，找到你还不是小菜一碟？别站在这儿，到我房间聊吧。我跟着她一边走一边说，看来你发财了，住这么贵的酒店。她笑着，带着我进了电梯说，我追求金钱，你追求艺术，不发点小财，怎么好意思见你啊。我笑。她也笑。电梯向下，在第九十二层停下。走到她的房间，我说，住在这么富丽堂皇的地方，一个晚上得两千多块吧？她说，是啊。我说，要不要脱鞋？她说，你的脚还臭不臭？我笑着说，要不脱了让你闻闻？她看着我把鞋脱下来，捂着鼻子说，哎呀，真受不了你这臭脚，还是劳驾你去洗洗吧。我说，不好意思，那么多年了，我也只有脚还保持了本色。她说，嘁！这也叫本色，我真服了你。

我到卫生间洗了脚出来，走近窗口，望着外面说，瞧这落地大玻璃窗子，从这儿看风景当真不错。这是著名的平安大厦，还有，这是香港生态园吧？她走过来，也看着外面说，是啊，在这儿看风景确实不错，今天也是个好天气。我说，是啊，天高云淡，景色宜人。在这样的高度，还真有种一览众山小的感觉。她点点头，扭头看我。我也看着她，笑着说，马丽，让我好好看看你。她说，看什么啊，我有什么好看的？我说，一转眼二十年了。我想看看你究竟有什么魔力，让我至今对你情有独钟。她笑着说，算了吧，花言巧语，骗骗小姑娘还可以。我走到沙发上坐下来说，你承不承认爱是一种身体和灵魂的相互吸引？她说，不信，我相信爱是一种迷信。我说，太对了，你就是让我迷信的女神。看到你我就更加确定了，这辈子再也没有机会爱上别人了。她摇着头笑。我说，我为你背一首古诗来表达我对你的感情吧。她说，好啊，你背。我说，汉乐府《上邪》，这首诗是我相当喜欢的——上邪！我欲与君相知，长命无绝衰。山无陵，江水为竭。冬雷震震，夏雨雪。天地合，乃敢与君绝！多好，多痴情啊。她忍不住笑得花枝乱颤，说，你可真肉麻，你要真对我这样就好了。我现在怎么觉得你是个高明的骗子，老实说，你骗过多少女孩子？我说，你就当我是个骗子好了。说真的，我真想成为一个骗子。事实上呢，我看着你还在想你。虽说我们分开二十年了，可我觉得咱们从来没有分开过。她坐在我的对面说，李更同学，你这也太夸张了吧？没想到，这么多年不见，你变幽默了。我摆摆手说，没有，没有，一点都不夸张，我说的都是实话。见到你我真是太开心了，我很想和你敞开心扉，好好地聊一聊。她说，好啊，聊吧。

我说，我可以抽烟吗？她说，你随意。我点燃一支烟抽着说，凭着我二十年来对你的日思夜想，我本想一进门就把你扑在床上的，知道为什么没有那么做吗？她说，为什么啊？我说，面对初恋情人，我怕一失足而成千古恨。另外我也清楚，暧昧虽然也有一种美好，但终究不是君子所为。她笑着说，好吧，伪君子，选择一下，茶、咖啡、酒，想喝点什么？我说，茶吧。深圳现在酒驾查得特别严，抓住了直接吊销驾照，还有可能被关起来，丢了工作。她说，可我想喝点儿酒。我说，那，我就陪你喝点儿酒吧。她说，嘿，你可真没原则。她转身去拿酒，我看着她拿出来的酒说，是拉菲吗？看来你的生活品位真的上去了。老实说，是不是早有预谋，非要把我灌醉了不可？她笑着说，你非要这么说，我去整一箱子白酒吧。我摆摆手说，别别别，红酒好，何况还是那么贵的红酒，特别适合聊天。我来开吧。

马丽把酒拿给我说，二十年了，你会不会有点儿感慨？我说，当然啦，二十年没见了。她说，二十年前的我们都还年轻，转眼已是人到中年。过去有什么让你记忆犹新的吗？我用侍酒刀打开了酒，为她倒了一杯，也为自己倒了一杯说，先干一杯吧，为了我们二十年后再相见。她举起杯，与我碰了一下说，干。我喝了口酒，重新在沙发上坐下来说，我一直忘不了的是那年大二的春天，我们去一个彩票发售现场。现在我忘记那个地方了，好像是个大型的服装批发市场。当时我们抱着必中大奖的坚定信念，把身上的钱全都买了彩票，可结果一张也没中。她说，是啊，那时我们穷疯了，做梦都想着中大奖。我点点头说，是啊，那时我们可真是穷。那时坐公交车只需要五毛钱，可回来时我们身上只剩下够一个人坐车的钱了。我让你坐车先走，结果你上车后头也没回就走了。她笑了笑说，你现在还在生我的气吧？我摇摇头说，那倒没有。我记得当时你穿着一双新买来的挺便宜的高跟鞋，好像是二十块钱一双的吧？她说，是啊，讲价讲到十八块买的，结果走路时硌脚。我说，对，我记得当时还背过你一段，路上有很多人看，看得我有些不好意思。年轻真好啊，可以不管不顾。要是放到现在，我可能不敢那样做了。以前你老喜欢让我背你，你都不知道自己当时有多沉。现在的你好像是比以前瘦了哦。她说，我坚持跑步健身，确实是比过去瘦了。我说，让我抱抱吧，看看你现在有多重。她笑了笑说，还是不要，我怕你抱上了就不想松手。我也笑着说，一见面我就该给你一个拥抱的，可惜时间过了那么久了，不大好意思那样做。她说，你还会不好意思？我说，万一你拒绝我多尴尬，不管怎么说我也成了教授，是个有身份有地位的人啊。她笑着说，哈，你真是比过去幽默了。我说，喝酒，你能不能不老是望着我笑？笑得我心里发虚。她说，你虚什么啊，教授。我看着她，严肃认真地说，其实，我挺想认真地和你对视一分钟的，因为我敏锐地感觉到，在谈笑间，我们的眼神还是在相互躲闪，斗智斗勇，这并不利于我们下一步深入交流。她举起酒杯说，不要想一口吃个胖子，喝酒。

我抿了口酒，望着她说，不知为什么，我在心里从来没有把你当成朋友。时空虽然围着我们变幻，可不变的是我对你的那份真情。她说，你也别老这样望着我好不好？我可不习惯你那色眯眯的眼神。我说，你确定是色眯眯的吗？我用的是纯粹含爱的眼神看着你的好不好？你这样想我，让我好受伤。她说，我受不了你那含情夹爱的眼神，不过，看在你受伤的分上，我承认误会你了好吧。我站起身来说，不行，你得让我抱一抱。她说，你怎么那么无赖？我说，我的脸皮是比过去厚了一些，请让我抱一下吧，主要是我很想抱一抱你，真的，二十年没见了，一见面真该抱一抱的。她也站起身来说，来吧，就抱一下啊，像朋友那样。我走过去抱着她说，我不得不说，抱着你的感觉真的很好。那种好就像是与我阔别已久的爱重逢了。她说，抱着我的时候你能不能闭嘴？我说，我是该闭嘴，可不说话我会尴尬。她说，会吗？我说，也许吧，我是这样感觉的。我觉得咱们真该跳一支舞。我记得有一次咱中文系举办假面舞会，放了一支《兔子舞》。你扭啊跳的，活泼可爱得像只小兔子。她说，是啊，那时的你像个机器人，手啊脚的，不听使唤一样，搞笑死了。我说，我是小地方来的，那时还不会跳，只能瞎跳。她说，我记得你唱《光辉岁月》不错啊，我喜欢那首歌。我说，当时我学了半个月呢，还不是为了你？她说，看来你也是个心机男啊。我说，算不上吧，为了喜欢的女生，上刀山下火海都可以，何况是学首歌。她说，李更同学，真不习惯抱着你聊天，现在可以松手了吗？我说，我还不想松手。她说，你怎么还像个小孩子，耍赖皮。我说，你知道吗，在来见你的路上，我一直在做着激烈的思想斗争。我想着要不要和你再好上一回。她说，你这么想就是不想。我说，你想吗？她说，我不想。我说，你说不想就是想。她说，不想就是不想，现在可以松开了吧。我说，不行，我还想再多抱一会儿。她说，我们还是喝酒吧。

　　我松开了马丽，坐在沙发上，端起酒杯说，喝酒，酒真是个好东西，很难想象我们见面后没有酒又会怎么样。来，干杯，为了二十年后第一次亲密接触。她说，干。酒后吐真言，我希望你想说什么就说什么。我说，说真的，抱着你感觉真的好。你还是你，我熟悉的你。你身上的香水味还是没有盖住那种甜玉米的气息。她笑着说，你什么品位啊，就喜欢玉米的味道？我说，亲爱的，我一直迷恋你身体的味道。她说，我已经不是你亲爱的了啊。我说，你不觉得我没有像以前

4

那样叫你宝贝，已经是给你留足面子了吗？她说，哎呀，你这人脸皮真厚啊。我说，一般般厚吧。面对着你的我，刚刚拥抱过你的我，仍然在爱着你的我，和平时的那个我不一样，也可以说，你的出现升华了我。不过，来到这儿我才知道，没钱人过的是生活，有钱人过的是艺术生活。你能住在这么高档的酒店，说明你混得比我好啊。她说，我还可以，不再像以前那样穷了。你成大学教授了，混得也不差啊。我说，别的都不差，就差钱。我想换套大房子，可以在家里画画的那种，看现在这房价，真的是太困难了。说起钱，那次我一个人走在回家的路上，真心想过要努力去赚钱，赚好多好多钱给我们花的，可现在也没有实现那个想法。她说，那一次我上公交车后就哭了，不敢让人看见，埋着头，泪水忍不住直往下流。当时心里特别难过，因为我把你放下自己走了。我一饮而尽说，是啊，当时我们正处在热恋中，我真应该把你背回家的。她说，十多公里的路呢，你就吹吧。我说，咬牙也得撑着啊。她叹了口气说，现在想起来，那个现实就好像是我们分手的一次预演。我点点头说，是啊，路上我一直在想，人穷的时候真不该去谈恋爱。回到在庙坡头的租房时，已经是晚上十点了，那天晚上我都不想跟你说话，因为我在恨自己。都是因为穷，我把我们美好的同居生活搞得那样一塌糊涂。她说，我也恨自己，心想怎么选择了你这么穷的一个人。我说，是啊，当时我们的情况是，第二天的生活费也没着落。你是不是觉得我不能理解你当初离开我？她看着我说，你能理解吗？我说，我真的能理解。她举起酒杯说，为理解干杯。我举起杯说，干，理解万岁。她说，你不一定真的能理解。你一直是个理想主义者，虽然有时你表现得一副很现实的样子。我说，我一农村出来的孩子，家里穷得叮当响，怎么不了解现实？问题在于我一直不愿意承认现实。搞艺术的总要坚持一点理想主义，才有可能把艺术进行下去。她说，这就对了。我也有个画家梦，不过现在早已放弃了。我说，是啊，很多人因为现实的沉重，放弃了初心。她说，我是这样，你没有。前两年在法国卢浮宫看画展时，我突然觉得成为画家是特别有意义的，胜过了拥有亿万资产和物质享受。我当时还想到画画的你，有一天也能把自己的画挂在那样的地方。我说，难得你这么想，敬你。她说，你少喝点吧，我真该谢谢你能来看我。我说，瞧，你还跟我客气上了。我们相爱一场，你在我心里就像是我的一位亲人。她说，你能这么说我好开心。

我又抽出一根烟来，问，你要不要来一支？她下意识地摇摇头，又抽出手来说，好吧，陪你抽一支。我帮她点燃烟说，我记得以前我们吵架的时候，你会抢我的烟抽，又不会抽，吸一口咳半天，为的就是让我心疼你。她说，那时候我有点任性。我说，有那么一点，不过还好。年轻时候真好啊，现在我再看到那些漂亮的女孩从我身边走过去，有时会忍不住感叹，自己确实是不年轻了。她说，是啊，我们都不年轻了。我说，也不算太老吧，你在我心里，一直年轻。说真的，遇到你我从来都不曾后悔过，可是你却不一定，是不是这样？她笑着说，我可后悔死了，有后悔药吃吗？我也笑着说，有啊，我们再好回去。她说，你还记得我们第一次约会吗？我说，当然。我们从学校出发，慢慢地走着，一直走到大雁塔。那时大雁塔附近好像还是一片麦田，我们坐在麦田里看别人放风筝，后来我们自己买了一只，都不怎么会放，可还是很开心。我闭上眼睛，就能想起那个美妙的画面。她说，是啊，那时的我们，真好。我记得在回来的路上，你还给我买了一只棕熊。挺贵的，六十五块钱，相当于后来我们一个月的房租。我说，你还能记得价钱？她说，记得啊，当时对于我们来说，那可是一笔巨款。我说，我也不舍得，当时身上本来就没有多少钱，但看着你喜欢的眼神，我就想给你买。真是物质基础决定上层建筑啊，当时我还不相信经济哲学那一套，结果直接导致初恋失败。她说，我们不能在一起也不全是因为我们穷吧？其实那句话可以改为，物质基础服务于上层建筑。我说，同意，但主要还是因为我们穷。她说，你和我爸一样，只要我想要什么，我爸总是会给我买。即使那时家里欠了一堆债，他也总是想方设法弄到钱，满足我的需求。我说，是啊，现在我也是有女儿的人了，特别能体会爸爸对女儿的那种感情。她说，相信你也会是个好爸爸。我说，有时我想，为了女儿，再漂亮的，再让我心动的女人，我也得忍了。她说，喜欢你这么说，来，敬你。我说，那我们可就真的没有戏了。她说，聊一聊不也挺好的吗？我说，是啊，聊一聊也挺好的。

　　她放下酒杯，看着我说，你的爸爸妈妈都还好吗？我说，都还算好吧，小毛病不断，大问题没有。她说，嗯。我说，我还记得你们家在县城里有几间房，还有个院子，院子里种了一些青菜，菜园子里，还种着一些花。她说，我妈喜欢种菜，我爸喜欢种花。我说，你爸爸是个好男人，像我一样温和又不失个性，善良又有男人味儿。她笑了一下说，你是在夸我爸，还是为了自夸？我说，主要是为了夸你爸。你妈也是个好人，你妈当时恨不得把好吃的全都给我，一个劲儿往我碗里夹菜。他们都是好人，可惜我最终没有成为他们的女婿。她说，是啊，虽然那时你穷得连礼物都没能给他们，他们还是很喜欢你。我说，现在想想太不应该了，那时特别不懂事，没脑子。她说，我妈说你这孩子阳光、善良，一看就是个好孩子，他们都喜欢你。可惜我没有去过你家，你爸妈也从来没有见过我。我说，我家离得远，再说我家在挺落后的乡下，房子又旧又破，我爸妈平时都没一身好看的衣服穿，我还真不敢带你回去，怕你嫌弃。你爸妈现在都还好吧？她说，我爸妈也还好，只是都上了岁数，头发花白了。我说，我爸妈也一样，尤其是我爸，特别瘦，一脸的褶子，看得我心疼。她说，我记得你还给我讲过你和你妹在大年夜去接你爸的事。我说，讲过吗？她说，看来你忘记了，罚你喝一杯。我喝了一口说，是啊，很多说过的话，确实是忘记了。我记得那年大三，过年时我爸为了给我和那时也上了大学的我妹凑学费，上午卖完青菜之后，又去几十里外的县里批发甘蔗，为的是过年后再赚点钱。结果回来的路上，下起了纷纷扬扬的大雪。我和我妹回家以后，还没能和我爸好好聚一下，他一直忙着赶集赚钱。那时候赶一个集，也只能赚个十块二十块的。我们盼着我爸回家，可雪越下越大，我和我妹怕爸回不来，就决定去接。那时天都黑下来了，刮着飕飕的冷风，雪花乱舞，路上一个人影都没有。我爸推着载着三捆甘蔗的自行车，有两百多斤。人靠在自行车上，一步一挪地往家赶，那么冷的天，身上都被汗水湿透了。当时我爸穿的是布鞋，脚上出了汗，又要用力，结果鞋子开了线，他光着一只脚，走了挺长的路，把脚都冻僵了，也不说放下那些甘蔗。还好，我和妹妹接到了我爸。看到我爸时，我们都奔跑过去大声喊，爸。我爸很吃惊地看着我们说，你们怎么来了啊，下那么大的雪。我说，我们来接你啊。我和我妹走到后面，卖力地帮着推车，在老厚的雪地上，我们好像是飞起来一样。

　　她默默喝了口酒说，你爸当年可真不容易啊。我说，是啊，那是我第一次感受到我爸的不容易，后来觉得浪费每一分钱都是在犯罪。她说，可你为我花了不少你爸的血汗钱。我说，又能花多少呢，当时想花也没有多少钱可以花啊。她说，人有钱的时候，可能并不觉得钱算个什么事儿。没钱的时候，一分钱难倒英雄汉。我说，确实，当年我爸和我妈为了我们的学费真是遭了很多难，吃了很多苦。我妈说，我爸到县城卖过血。我也一直不好意思问我爸是不是有这回事。她说，当年我听你那么说的时候哭了。我说，我不该什么话都对你说。你也有一个好爸爸，但当年赚钱的机会太少了。我现在就像我爸当年那样，也在承担着属于我的责任和义务。确实，比起过去，我们现在的日子还是好过多了。虽然我爸是个挺平凡的人，他却一直是我的榜样。在我心目中，他是最伟大的。她点点头说，是啊，我爸也一样，平凡的、默默付出的人最伟大。我说，你弟现在怎么样？她说，我记得当初他好像也挺喜欢你的。我笑笑说，看来当年我是万人迷啊。她说，当年的你腼腆、老实，不像现在，油嘴滑舌。我说，说实话，见到你还是有一点点紧张的，说的话啊，表现啊，就显得有些夸张。她说，你和我弟有点像，眼神都像小绵羊。我说，对你弟，我也是说不出来的喜欢，就像喜欢你一样。人和人相互喜欢，好像是上天安排的。她说，不过我弟也在变。他结婚没几年就离了，鬼迷心窍地喜欢上了另一个女人，对方还有孩子。我弟也有个孩子，我爸妈帮忙带着，他对别人的孩子，比自己的还要上心。我说，你弟天性善良，和你一样。他现在哪里？她说，我和我爸妈几年前都搬到北京了，我公司在北京。我弟还在我们县城里，他为了那个女人不想出来。我说，为你弟干杯，我欣赏他。她举起杯说，你欣赏他，说明你和他一样傻。

我说，离开西安以后，我也在北京漂过。马丽说，我还真不知道你在北京待过。我说，我们分手后不久，我就去了北京，好像是要逃离西安，这个让我感到伤心的城市。在北京，我住过地下室，也住过四合院，还真没有条件住单元楼，房租太贵。我漂了几年，一心想要在绘画上一鸣惊人，可最终也没做出什么成绩。前年我回过一次北京，变化非常大，我以前住过的定福庄啊，三间房啊，现在全没了。她说，我是后来才去的北京，我亲眼看着它们变没有了，又看着建起了高楼。我现在就住朝阳区，离那块儿不远。你什么时候离开北京的？我说，二〇〇三年春天"非典"，人人自危，学校停课，公司关门，我当时的单位要求从哪里来回哪里去。我就想去南方看看大海，就到了深圳。那时深圳还没有这么繁华，这些年变化真日新月异。她说，喜欢深圳吗？我想了想说，相比而言，虽说在这儿生活了很多年，有了挺深的感情，可我还是更喜欢西安和北京。深圳还是太年轻了，还没有形成比较浓厚的文化氛围，而现代化的商业化的气息又显得特别重，因此我平时都不愿意出门。我看到那么多的高楼大厦，就觉得自己混得挺失败的。不过现在也算适应了吧，只是总觉得人被什么裹挟着，忙忙碌碌的，被动地活着，都没有来得及认真想一想究竟是为了什么活着。她说，现在你想清楚了吗？我说，想清楚了有用吗？我想卖掉在深圳的房子，去一个小县城或者二、三线城市买一套大房子，把我爸妈接过来一起住，那样没有太大的经济压力，平时看看书，画画画，一家人在一起，可以过相对安逸的生活，可我老婆不同意啊。她说，你的房子现在能值多少钱。我说，我的房子是十年前买的，八十二平方米，当时总价不到一百万，现在大约能卖五百万。我这么多年的工资加起来都不如房子赚得多，你说这正常吗？她说，你不感到高兴吗？我说，不高兴，我想换套大点的房子在家里弄个画室，但换不起了啊。她说，现在的房子确实太贵了，你还过得去吧。我说，也还好，但感觉压力山大。我爸妈上了年纪，没有退休金，每个月得给他们生活费。她的爸妈过年过节过生日也得表示表示。养车、供房、孩子上学、画室租金、生活开支，杂七杂八的，什么都贵，每个月得两万多——这几年我老婆得照看孩子，只有我一个人工作，工资是固定的，画又卖不出去，等于是我每天都要生活在有形和无形的压力之中。她举起酒杯说，敬你，你还是那么真实。我说，这叫有一说一，我也不用担心你瞧不起我。她一笑，说，在你这个艺术家的眼里，除了艺术与爱，什么都是浮云。我感慨地说，是啊，什么都是浮云。不过，在有着两千多万人口的、发达而年轻的城市里，我已是人到中年，精力和体力大不如以前，现在也开始怀疑我是否还有理由相信自己。她说，我看过你的一些画作，确实不错，你有理由相信自己。我笑着说，我不得不说你有眼光，敬你。她默默喝了一口说，你知道吗，我家里有你的一幅画。我吃惊地说，你什么时候买的？她说，不是我买的。我说，别人送的？她说，也不是。我说，那从什么地方来的啊？她说，暂时不告诉你。我说，这么神秘，好吧。

　　她说，你还记得当初是怎么追我的吗？我想了想说，我还记得当时决定追你时，还特意买了一身西装。现在看过去的照片，觉得那身灰蓝色带格子的西装好土气。我还专门去理发店理了发打了摩丝。不过，自从把你追到手之后，到现在为止再也没有打过摩丝了。她说，我当时挺喜欢另外一个班的男生，可惜他名草

9

有主了。最初我没有太注意你，也许是你穿得太没品位，头发也乱糟糟的。后来你给我写了情书，挺长的，风花雪月，还夹杂着英文。我笑着说，我没有勇气当面交给你，让刘石帮的忙，还请他吃了顿油泼面。她说，你和刘石还有联系吗？我说，联系得不多了，他也是忙。她点点头说，我记得你在那封信里还画了一幅画，现在还记得画的是什么吗？我说，我画了你，其实当时也不太像。她说，像不像的不重要，重要的是我心动了。我说，去年刘石来深圳出差，我们喝酒时他还说过一件事，好像是我们同居后不久闹了点矛盾，你回到学校宿舍去住，我还装着受伤，让刘石通知你来看我，你还记得吗？她说，你不说我还真的忘记了这回事。为了装得像，你还真的用纱布把手给包起来，上面涂了红颜料。我说，是啊，你看到我那样，眼睛都红了。她说，我会为那件事哭吗，不至于吧？我说，当然至于，那时你多单纯多可爱啊。她说，我忘记我们为什么闹矛盾了。我说，那时我们好像经常闹矛盾，挺小一件事争起来，谁也不让谁。她点点头说，你还记得我们第一次牵手吗？我说，记得啊，好像是一个晚上。那次我们轧马路，回学校时天黑了，有段路没有灯，我很想牵着你的手又不好意思。她说，后来你还是说了，你对我说，我可以牵你的手吗？我说，那时候我们都好单纯。我记得你笑了，羞红着脸，把手伸给了我。她说，你怎么知道我是羞红着脸来着？我说，尽管我看不清，但我知道。我牵着你的手时，也有些不好意思，不过那种感觉，真的是太美好了，好像身体触电了，一股幸福的暖流漫向了全身，每个细胞都在欢唱。她叹了口气说，是啊，爱一个人的感觉真的很幸福，只是那种幸福很难持续。我说，老实说，我挺想吻你一下的，刚才抱着的时候没好意思。她说，抱都让你抱了，不要得寸进尺啊。我说，你也可以理解为是我的一种想象。在我的想象中，我想要吻你，吻得久一点，蜻蜓点水式的吻更像是礼节性的，不能够深入彼此的灵魂。她笑着说，你的想象力真丰富。我笑着说，我有想的权利，是吧？她说，确实如此。我说，我也就是想一想，你可以不想。过去真的挺美，我记得那时我们牵着手，偷偷扭头看一眼对方，又怕对方发现，那种感觉，真的是属于年轻人的，我们回不去了。来吧，请为我们美好的过去干杯。

她轻轻喝了一口，看着我说，说说她吧，你们怎么认识的？我放下杯说，说来话长，简短地说，我和她是来到深圳后认识的。那时我也老大不小的了，爸妈催着我结婚，单位热心的同事也介绍，我也只好去相亲。当时她陪着一位朋友和我见了面，她朋友没看上我，她倒是瞧上了我。我觉得她也挺不错的，就试着谈了，没想到成了。你别说，你们长得还真有点儿像。她说，让我看看她的照片可以吗？我说，只是有一点像而已，还是算了吧。她说，不行，我要看。我说，手机上基本上都是她和孩子的合影，好像没有单独的，你看吧。她拿着我的手机，翻看了一会儿说，你和她不像，不过你女儿像你，真漂亮。我说，她现在到了叛逆期，什么都跟我对着来，简直气得我想揍她。她笑着说，你舍得吗？我说，还真舍不得下手。她说，相信你是个好爸爸。我说，还真算不上是，陪她的时间不是太多，我除了工作整天把自己关在画室里。她说，我挺想去你画室看看。我说，还是别看了。脏、乱、差，和你这儿一比简直是一个天上一个地下。你打算什么时候离开深圳？她说，你盼着我走了？我说，不是，我恨不得你留在这儿。你现在都做些什么？她说，我做投资，有个公司，做得还可以。我笑着说，有没有实力把我包养起来？她也笑着说，你想？我说，别人我不敢说，但你的话，我想。她说，好，开个价吧。我说，也不用太多，每年一千万吧。她说，就这么说定了。我说，瞧你，来真的似的。她说，你不希望是真的？我说，希望，为我们初步达成意向干杯。

她说，现在你挺能喝啊，以前可不这样。我说，以前喝一点就醉。我记得有次去酒吧，你扶我回来的，还吐了你一身。那次好像是你高中时喜欢你的人请你的，你却把我带去了，他还一脸的不高兴。你们现在还有联系吗？她说，早不联系了。我说，这些年你过得怎么样啊，说说？她与我碰了一下杯，喝了一口说，其实，当初我并没有为了谁和你分手，而是我觉得不能再继续那样下去了，我想去赚钱。当年债主上门，我父亲生病，母亲担惊受怕，家里陷入了困境……我打断她的话说，可你当初说你喜欢上了别人，一个有钱人。她说，第二年我确实是选择了个家境不错的人结了婚，他人挺普通的，却也给过我很大帮助。他顾家，对我也好。我们有个女儿，我整天忙生意，孩子是他带的。直到去年孩子上了大学，我们也离了。一起去民政局领离婚证那天，我突然觉得轻松了，仿佛做了一场梦，醒了。这些年来，我一直在关注你，却也没有想过要再联系你，因为我们毕竟分开好多年了，各自有了各自的生活，过去的已经成为过去。我说，其实，我也离了。她说，真的假的？我笑了一下说，我们是假离婚。她说，为什么要假离婚？我说，因为怀了二胎，不假离婚就保不住工作，没有工作生活就没法儿继续下去。没想到离婚不久，国家就放开了二孩政策。她说，你是想要个儿子吧？我说，还真不是，我更喜欢女儿，二胎实在是个意外，但孩子既然来了，我也想给老大有个伴儿。不过现在后悔了，只有一个时还好，现在两个，压力一下子大了许多。

她说，嗯。这些年回过西安吗？我说，三年前我回去过，我们住过的庙坡头，熟悉的瓦胡同，现在都没有了。这些年发展得太快了，不管是小县城还是大城市，仿佛到处都在盖楼。她说，三年前我也回去过，那儿成了曲江新区，看不到原来的田野和村庄了，有些路也没有了，有的是一片高楼，把我都给看蒙了。我说，是吗，太巧了吧——当时我远远还看到过一个背影长得特别像你的，跑过去一看不是你，心里好失落。她说，你后来没想过给我打个电话？我说，分手后你就换了号啊。她说，你知道我家里的电话啊。我说，是啊，直到五年前我还能记得你家里的座机号，现在真的是忘记了——不过我又怎么敢把电话打到你家里呢？我该对你爸妈怎么说呢？她点点头说，也是，现在就是你记得也没有那个号码了。我说，我也换过不少手机号，有些原来的朋友啊，同事啊，也不联系了，联系又能说什么呢？她说，是啊，我打你电话时，还担心我们没话说。我说，我们不一样，在我心里，我们从来没有分开过。她看着我，点点头，想了想说，那次回去西安，我挺想再吃一次那时一块五毛钱一碗的米线。你还记得吧，那时我们总爱去庙坡头那家米线店吃，汤特别好喝。我说，是啊，那时我看着你吃，你看着我吃，相对着傻呵呵地笑，真的挺怀念以前的。她说，可惜那家店早没有了，后来我找了一家，再也吃不出以前的那种味道了。我说，是啊，年轻真好，现在还真不会有那样的情况发生了。我也吃了米线，还可以，也没有原来的味道了。也许两个人相爱的时候，吃什么都好吃。你吃过肉夹馍了吗？她说，吃了，也还好。我记得那时我们两个人买一个肉夹馍，肥瘦都有的那种腊汁肉夹馍，我们分着吃，你总会把肉多的那份给我——那时我们太穷了。我说，是啊，我当时特别喜欢看着你吃东西，恨不得给你买好多好多好吃的东西，把你吃得白白胖胖的，可惜那时钱太少了。她说，当时我们那样的家庭，能供我们上学已经很不容易了。我说，是啊，让我们为西安那些好吃的东西干杯。

　　她举起杯说，干。我记得你以前做饭的手艺还成，现在在家里还做饭吗？我喝了一口说，那时我拿手的是西红柿炒蛋、黄瓜炒蛋、辣椒炒蛋，总之什么都可以用鸡蛋来炒。她也喝了一口，笑着说，我记得你还用鸡蛋炒过土豆丝。我说，那道菜我只给你做过——现在我老婆做菜比我好吃多了，几乎不用我动手。她说，看得出来，她不错，挺贤惠的吧？我说，我不该在前女友面前说自己现任老婆坏话，那太不地道了，总之，我们在一起，过日子还不错。她说，如果有让你更动心的、年轻漂亮又有情调又主动的女孩喜欢你，你会不会考虑？我说，可能不会了，嫌麻烦。她说，如果你爱上了，爱得不能自拔呢？我摇摇头说，不会，只有你才会让我不能自拔。她笑着说，行了吧你，鬼才信。我说，信不信由你。你还记得我们分手那次吧。那天下着小雨，你坐上出租车要走，我追过去拉着车窗追，结果我的那双不合脚的皮鞋掉了一只。我光着一只脚又追了一段，大声喊着你的名字，马丽，马丽，可你还是头也不回地走了，我的心碎了一地。她说，是啊，那天我也很难过眼都哭肿了。我说，后来我打你手机打不通，疯子一样四处找你，你却像人间蒸发了一样，说真的现在你真该好好地补偿一下我。她说，怎么补偿？我说，主动亲我一下吧。她说，亲哪儿？我说，脸吧。她说，其实，我喜欢你的嘴唇，很有型。我说，Come on，我的嘴唇在等着你呢。她笑着说，No，我怕会沉迷其中。我说，不用怕，点到为止就好。她说，我以前很喜欢和你接吻，现在想起来，我可能不是你亲吻过的第一个，你应该是个高手。我说，实话说你是第一个，不过，我都快忘记了和你接吻的感觉了。她说，你吻过太多太多人，把我给忘记了吧？我笑着说，严格来说，真的不多，你知道我不像一些男人，不管不顾地强取豪夺。我属于那种没出息的，有贼心没贼胆的。我看上去道貌岸然，实际上口是心非，女孩也不见得喜欢我这样的伪君子。她也笑着说，算你有自知之明。老实说，你当情人不合格，当老公还凑合。我说，这话说得客观公正，我想给你一个小小的奖励。她说，什么奖励？我说，给你一个吻。她笑着说，真坏，不要。我说，我想再体验一下亲你的感觉，请给我个机会吧。她说，你这是明目张胆地索要奖励啊，不给。我说，你知道吗，岁月是一把杀猪刀，它杀的不是猪，而是我心里曾经有过的那头真实可爱的小怪兽。经历过充满激情和梦想的，嗷嗷叫的青春，人到中年的我成熟了，却像被关进了笼子里的一条狗。很多时候，只能汪汪地朝着外面徒劳地叫着，冷眼看着年轻人谈情说爱，风花雪月，充满了梦想和干劲，我却心酸地考虑着生存发展、柴米油盐、鸡毛蒜皮的生活琐事，甚至不好意思说自己苦、累。她说，我觉得你不是这样的啊。我说，这得感谢你给我带来了一次回味青春与爱情的机会，也让我鼓起了勇气向我们美好的过去致敬。

她说，干杯？我说，干，我们玩一次真心话大冒险吧。也许游戏会带着我们回到从前那种状态。她说，好。于是我们开始玩剪刀、石头、布的游戏。第一次马丽输了。我说，你选择真心话，还是大冒险？她说，嗯，真心话吧。我说，好，我问了啊，可能有点直接——你想不想和我做？她说，做什么？我说，你装糊涂。她说，不想。我说，真不想？她说，再来吧，我已经回答你了。我说，好吧，继续来。第二次，马丽又输了。我说，选择真心话，还是大冒险？她说，怎么又是我啊，这次，我选大冒险吧。我笑着说，好吧，我要求你主动亲我一下，不少于十分钟。她从我身边走开说，不要。我说，你没得选啊。她说，我可不可以回答你上一个问题？我想了想说，嗯，也可以。她说，其实，其实，我有点想的。我说，想什么？她说，哼，你装糊涂。我说，好吧，好吧，我们继续。她说，这次不管输赢都要我来问问题好不好？我说，不好。她说，好，就好，就这么愉快地决定了，来，开始。我说，剪刀、石头、布。一起喊，一起出。结果我输了。她问，你选择真心话，还是大冒险？我想了想说，真心话吧。她说，你老实说，总共睡过多少个女人？我说，要不我还是选择大冒险吧。她说，不行不行，你必须老实交代。我说，加上你，两个吧，但我更愿意和你一直睡下去。她说，不信，就知道你会说谎，我再给你个大冒险的机会吧。我说，说吧，只要我能做到。她说，我对你的要求是，给你老婆打电话，摁免提，我想听。我说，真的啊？你别后悔啊，我可真打了。她说，打，马上打。

我打了老婆的电话。我说，喂，老婆。老婆说，嗯，晚上回来吃饭吗？我说，不回了。晚上也不回了。老婆说，好，下个月房贷还没存进去呢，你抽空去银行存一下好吗？我说，知道了，没事先挂了啊。老婆说，车开走了吗？冰箱里快空了，我想去超市买些菜回来。我说，你打车去吧，先挂了啊。挂了电话，马丽看着我说，声音挺温柔的啊，你说不回家，也不问你为什么？我说，我晚上经常会睡画室，她也习惯了。她说，有没有往画室带过别的女人？我说，我说没有带过你肯定不信。她说，确实不信。我说，我说我带过，这等于是我在说谎。她说，算你有智商，我说不过你，还是继续吧。我说，算了，我给你唱一首我拿手的歌吧。她说，好吧，我想听。我说，唱《光辉岁月》？她说，好。

……年月把拥有变作失去／疲倦的双眼带着期望／今天只有残留的躯壳／迎接光辉岁月／风雨中抱紧自由／一生经过彷徨的挣扎／自信可改变未来／问谁又能做到……

唱罢，我看着马丽说，我唱得还可以吧？她说，不错，要是有把吉他就更好了。我记得你以前还会弹几首曲子。我说，经典好歌，很久都没有唱过了。以前拿刘石的吉他练过几首，现在全都忘记了。她说，好歌能把人带回到从前的时光。我说，我曾经想过假如当年我们家境都挺好的，也没有什么大的问题与压力，是不是在西安或在别的地方便有了我们的一个家呢？她说，人生不能假设，也无法重来啊。我说，我更愿意相信一切皆有可能。她说，你晚上真不回吗？我说，不回了，陪你聊天。她说，这不好吧？我说，说来也奇怪，我忘了当初怎么和你在一起，后来我怎么回忆也回忆不起来，你还记得我们在一起时的感觉吗？她笑着说，你就坏吧。我认真地说，不，我是真忘记了，我真想和你再一起温习一下功课——那时我们在一起叫"做工课"。她说，你是个正人君子，我不能让你犯错误。我说，在这么高档的宾馆，不好好利用一下真是浪费了啊——你还别说，我和老婆路过这儿的时候，还真想过到这儿来开房。她说，要不要我帮你们开一间？我说，我先谢谢了。我和她其实也没有什么激情了，一个月都没有一次。她有点性冷淡，我又一心扑在绘画上。她笑着说，你可真搞笑，把什么事都能说得高大上，罚你在地上做二十个俯卧撑。我笑着说，我记起了，我们曾经那样做过——来来来，现在你躺在床上……她说，我先看看你还能不能做到三十个，如果能，我再考虑。我说，接受考验，就这么办。我趴到地上，开始做俯卧撑。她帮我数数。做了三十个，我停了下来说，哎哟，真不行了。以前我可以一口气做一百二十个，现在真是老了。她说，也不错了，休息一下吧。我说，瞧我这胳膊都酸得抬不起来了，哎，你帮我揉揉。她笑着说，你就装吧。我说，你还记得我们以前在一起跑步吗？她说，当然。我说，我们坚持过一段时间，每天跑到一座小山上，去看

15

日出，在太阳出来的时候，我们对着太阳喊。我说，马丽，我爱你！你说，李更，我也爱你！她说，那时我们好傻哦。我说，那时我们生怕天底下有人不知道我们相爱了。她说，现在有个人在你面前说我爱你，会不会觉得肉麻？我说，不会吧，你会吗？她说，如果你现在对我那么说，可能会。我说，要不要我试试？她说，不试。那个时候我们好像还是比较积极向上的，并不是每天都卿卿我我，学习成绩都还行，我还得过奖学金，要不是你拖后腿，我肯定每次都得。我说，我和你没办法在一起好好学习，总是忍不住逗你，有时还把你逗哭了。她说，你看上去老实，可一肚子坏水，别不承认。我说，好吧，我承认。她说，罚你一杯。我说，一口。

　　她陪着我喝了一口，看着我说，当初，我真没想到，你会带着我去租房子。我说，是啊，我们穿过一片树林去个什么地方玩，好像那边刚盖了一些别墅楼。我们幻想着将来有一栋自己的别墅，聊着聊着，就搂抱在一起，不停接吻，上气不接下气，都动了情，想要对方。总不能在那儿啊，万一别人看见多不好，于是我立马决定去租个房子。她说，那时我真傻，竟然跟着你去了。我说，是啊，在庙坡头，很顺利地找到一间带家具出租的房子，买了被褥，当天晚上就住进去了。我们都是第一次……第二天你怕怀孕，一早就让我去诊所买药，我都不好意思给人家开口要避孕药。我说，其实，想起来挺美好的。她说，第二天晚上，我不敢再和你在一起了，太猛了，我怕。我说，我把我最美好的青春和爱情都献给了你。她说，哼，你得了便宜还卖乖。我说，现在想一想两个年轻的身体，贪婪地纠缠在一起，像两只小动物在任性胡为，还真没什么意思，它固然有真实美好的一面，但还是显得有些盲目，缺少方向感。她说，你想说什么？我说，我们不应该在婚前发生那种事。她说，说得好听。我说，结婚是两性关系的庄重仪式，那种仪式感很重要，能确立两个人在社会现实中的关系，能带给人方向感，让人变得对对方有责任，有义务。现在想来，我们那种关系注定长久不了，即使你当时家庭不出现那些问题，我们也会出问题。她点点头说，是啊，我们同居了三年，可我最后却觉得没办法嫁给你。我看不到未来，不愿意那样消耗下去了。我说，在还相爱的时候分手，也许是明智的选择，要不然，我现在怎么可能还对你念念不忘。念念不忘，必有回响，这不，等了二十年，终于等到你了。

她说，你老实说，你恨过我吗？我举起杯说，碰一下，我得想一想。她与我碰了一下说，你慢慢想。我喝了一口，过了一会儿说，我认真想过了，没有，我从来都没有恨过你。应该这么说，我永远永远都爱你，是说真的。我之所以说要想一想，是不确定自己说的是不是真的，但现在我可以肯定地告诉你，我永远永远都爱你——但这种爱超越了过去的那种腻在一起的感觉，是那种只要你过得还好，我就可以安心，你过得不好，我就难过的感觉。她看着我说，谢谢你能这么说。我说，还记得我们以前一起吃一碗泡面吗？她一笑，说，我这儿有泡面，情景再现一下？我说，好，我来泡。你还记不记得，当时我们把头顶在一起，用嘴嘬面吃，面汤弄得我们一脸都是。我们望着对方笑，笑着笑着又闹了起来，你嫌我把你的衣服弄脏了，非要我给你洗衣服。我不洗，你就生气，不理我。她说，是啊，那时我们就好像没头没脑地在过日子。我说，像一对小夫妻。我不记得我们在一起做的时候有没有看着对方的眼睛，真的，我不记得了。后来怎么也想不起来，你还记得吗？她说，那时候我们都很害羞，即使在一起那么久了还是习惯拉黑了灯。我说，那时我们租住的地方也不方便洗澡，只能烧点热水，兑点冷水洗一洗。她说，是啊，你不爱洗澡，脚臭，弄得被子也有一股臭味。我说，是啊，是啊，真是往事不堪回首——对了，我记得有一次月圆之夜，我们去楼上看月亮，我抱着你，忍不住和你在楼上做过一回。其实，我很想看着你的眼睛和你做一次。她说，你又来了。我说，我是认真的，我幻想着和你做着做着泪流满面。她说，希望方便面能让你泪流满面。我说，就一碗吗？她说，我不饿。我说，那不行，我们得一起吃。她说，只有一个叉子。我说，我叉给你吃。她说，不习惯你喂我。我说，以前我不是也喂过你吃东西吗？有次你感冒了，四肢无力，我下了面给你吃，你不想吃，我就喂过你——对，不知怎么你就哭了。泪珠子噗噗地掉下来，把我吓坏了。她说，我忘记了，真的。我说，是啊，那是件很小的事，我突然记起来了。当时我想，你为什么会哭呢？她说，那时我很爱哭，动不动就哭，有时候完全没有什么理由。我说，我很怕你哭，你一哭我就觉得自己什么地方做错了，让你不满意了，失望了。

她说，面是不是泡好了？我打开盖子，闻了闻说，真香啊，你先来，还是我来喂你？她看着我说，允许你再喂我一口。我捞起面，喂她吃了一口说，好吃吗？

她点点头说，嗯，还好，你也吃。我说，要不我给我老婆说说，看她同不同意和我真离，咱们在一起过算了。我们天天在一起吃泡面。她笑着说，别傻了，我可不想天天和你吃泡面。我说，当然，我可能也就是想表达一下。来，再吃一口。她说，不吃了，剩下的都归你了。我说，你来深圳，该带你到处去走走，请你吃顿好吃的。她说，这样也挺好的啊。我看着她说，有时我想，我为什么一直对你念念不忘呢，也许是因为我们过去有太多难忘的经历。她说，过去的毕竟已经过去了。我说，是啊。说白了我确实也不太想为谁放弃现在的生活，尽管现在的生活让我并不满意。她说，你有什么不满意的？妻子愿意为你持家，女儿那么漂亮？我说，我不该有什么不满意。我渴望想爱就爱，想走就走，但没有那样的自由，也缺少那样的勇气。她说，得到的总要付出，合情合理。我说，说得也是啊，本来，我以为我们会一生一世在一起的。她说，你想过吗，即使重新走到一起，又能怎样？我说，是啊，又能怎么样？我也在心里问过自己了，但确实又有些想，老实说你想吗？她说，不知道。我说，你说不知道，就是表示你也想。她说，喝酒。我说，喝，真想和你一醉方休。

　　她说，你还打算和她复婚吗？我说，早该复回去了，可是自私一点想，又有点不想复回去。说不上为什么，也许会复回去的，毕竟有了两个孩子。我和她虽说没了什么激情或者说是爱情，可还是有着很深的感情——你将来还打算结婚吗？她说，现在还没有想这件事，一个人过也挺好的。我说，总是一个人也不成，你心里得有一个人，一个你看得见摸得着可以关心爱护你的人，那样活得才有希望，有动力。她说，我有啊，家人，还有朋友。我说，我不是说他们，我是说你爱的人。她说，你有吗？我说，有啊，你。她说，那她呢？我想了想说，有句话说得好，太近的地方没有风景——虽然我很不愿意这样说，但她确实不是。很多年了，已经变成了我的一个亲人了。她说，我们在一起也会是这样的，你说过，我不也是你的亲人了吗？我说，是，但又不一样。她说，怎么不一样？我说，事实上在你没有给我打电话之前我还在想，我不会再爱上任何一个女人，哪怕她是仙女，好得不能再好，我也不会再爱上了，因为我的宝贝女儿是我的最爱，我愿意为女儿放弃一切。但你出现了，像一阵风吹进我心里，吹掉了蒙在情感上的那层尘土。她说，我是风，吹过来，也会吹过去的啊。我说，我想与你探讨我们在一起的可能性。虽然二十年没见面，也没有联系，可你在我生命里依然是那样地熟悉。是我渴望中的、期待中的又拥有过的那种熟悉，而我失去你，又会坠入无边无际的平淡时光里——别不承认，你可能也会一样。她说，我不想让另一个女人，一个给你生养了女儿的人，你生命中比我还要重要得多的女人失去你——你是个好男人，可以继续扮演好一个好男人的角色。我说，我想有些变化，也许她也渴望变化。她比我还要年轻，现在离了也许还有机会。她说，对于很多人来说，婚姻就一个字，熬。我说，说得好，精辟。我爸妈，他们年轻时非常相爱的。最初我妈看上了我爸，不嫌我爸家里穷，不顾家人反对，死活要嫁给我爸。我妈没有什么文化，脾气又大，动不动就生气，小时候我没少挨打。他们结婚后，我爸一直在忍受我妈的坏脾气，现在也是——在乡下，他们也只能凑合着过一辈子了。她说，很多夫妻在一起凑合了一辈子。我说，我一些经济条件好的朋友不少都离过又再婚，相反那些经济条件不好的，似乎只能在一起相依为命。她说，是啊，好的经济条件可以为人提供更多的选择。事实上人总是在努力获得他们想要的，却把握不了他们曾经得到的。我说，这话说得好，敬你一杯。

马丽喝光了杯中酒说，其实，我爸过去也曾经有过一个相好，我妈也知道，但最终我爸没有离开我妈。我妈不够漂亮，但人善良，很爱我爸，对他很包容。也许是我妈对我爸的爱限制了他有新的可能，使他不忍心。也许是我和我弟使他最终不能作出选择。坚持住了，一辈子，也挺好的了。我说，可过程是艰难的，痛苦的，纠结的。她说，是啊，人生没有完美，牺牲总有牺牲的价值。我说，爱是相互的，有感应的，我对老婆的爱是那种不是不可以放下的，她也一样。毕竟时代有了变化，人也有了变化，现在的人有了更多的选择，更多的可能。她说，你觉得自己有条件离婚吗——我是说真离？我说，从经济条件上还不行，如果退回二、三线城市去生活，也许可以。她说，到小县城没有多大压力，生活也舒服的话，也许你就不想，也不用离了。我说，那不一定，男人可能会和不同的女人好，走肾不走心的那种，可他的心里一定有个认为特别重要的人。那个人也不一定非得和他在一起做什么，例如你和我。她说，那是一种什么情感呢？我说，那就是爱吧。爱，真的是说不清道不明，也许是种感觉，是种生命的相互吸引，甚至是种回忆，在灵魂深处不断生长，向着每时每刻，向着未来，不管不顾，没头没脑。她说，我配不上你的爱，当初是我放弃了你。我说，什么配不配得上啊，这不重要，重要的是我心里有你，一直有你，可能到死那天都还遗憾——当初我和马丽怎么没成啊。她笑了一下说，这就叫执念。放下执念，立地成佛。我说，我可成不了佛。如果人可以活上两辈子，我愿意为老婆孩子付出一辈子，另外一辈子我愿意和你，和我想要在一起的人过一辈子。她说，在什么情况下，她可以放弃你而不至于太痛苦？我说，除非我变成一个坏男人，让她生活在痛苦之中，没有希望，让她想要主动放弃我。她说，你不是那种人，不会那样做。我说，虽然我不想那样，可沉重而烦琐的家庭生活是对两个有责任感、有担当的人的无情摧残，让人想狠心改变一下。她说，你说大家为什么还会选择婚姻和家庭生活呢？我说，因为人光看着贼吃肉，没看到贼挨打。她笑着说，如果你能给她一千万，她会不会把你让给另外一个女人？我说，我没有那么多钱啊。她说，如果有个女人可以出呢？

　　我点燃烟抽着说，是你吗？那她大概想都不会想就同意了。她以前是摄影师，超喜欢旅游，我们结婚以后放弃了工作和爱好，把自己交给了孩子和家，这个过程真是付出了很多。不过，平时也没少抱怨，嫌我赚钱少，嫌我们房子不够大，嫌我不顾家。她有时也会说，等女儿上大学后就和我离，过她想过的生活，自由自在，到处走走，拍拍照。她说，你觉得那是她的真心话吗？我说，应该是吧。结婚之后我才明白，如果上天再给我一次机会，我不会再考虑结婚，更不会考虑要孩子了。她说，看着你漂亮的女儿，你就不会这么想了。我说，确实，看着女儿的时候，我会觉得一切都可以承受，也该我承受。她说，如果我们在一起，你觉得你女儿会不会接受我？我说，我女儿没有必要一定要接受你。她说，如果我可以给你的妻子两千万，有没有可能把你从她手中要过来？我笑着说，你是认真的吗？她说，你就当我是认真的。我说，你用不着，我爱你不是因为你事业有成，有大把大把的钱。她说，如果能对她做些补偿，未必不是一件好事啊。你要不要打个电话试一试？我说，不用试，肯定会选择钱。她说，这么肯定？我说，问题就在于，只在电话里说说，她肯定不会当真。她说，如果面对面地谈呢？我说，你会和她那么谈吗？她说，当然不会，但你要认真地和她们谈呢？我说，不知道。她说，我可以买你的画，给你这笔钱。有了这些钱，她可以和女儿生活得不错，也不需要在经济上再依赖你了。我说，我更希望我确实有两千万，然后选择净身出户，她们将来有什么需要，我还会及时出现。问题是我没有，有的话可能还真就离了。你的钱，我是说你真可能拿出两千万给我的话，我也是不会要的。你知道我从来都不是一个真正能现实起来的人。她说，如果我身无分文，给你打电话见面是为了向你求助，你会帮我吗？我说，肯定会啊。她说，我相信，但你会对我有另一种感觉，会觉得自己一直在心里爱着的那个人怎么混得那么背啊，幸亏当时我们分手了。我说，不会，我可没有你那么现实。她说，你会怜悯我、嘲笑我，还会为了我与妻子离婚，和我结婚吗？我说，很可能会，你知道，我一直有点儿傻。她说，这也就是一种假设。我说，所有的话也可以说是对我们存在的假设，并不能真正深入而精确地抵达存在的本质，从这个意义上来说，有时沉默更能触及我们的灵魂，让我们想清楚一些自己。她说，你相信人有灵魂吗？我说，我相信，爱，真诚，对美好事物的渴望，对不够美好的事物的包容，对世间万物的认知能力，使人的灵魂鲜活。我想做个试验，让我们相互看着对方，不说话，一分钟。她想了想说，好。我们站起来，拉开一些距离，面对面站着。我说，你准备好了吗？深吸气，轻轻吐出来，闭上眼睛调整好，然后觉得内心平静下来以后再睁开。

　　一分钟后，我们睁开眼睛看着对方。她问，告诉我感受到了什么？我说，我以为我会流泪，但我没有。这说明我爱着你有可能是一种假象。当然，也可能是我还没有真正准备好。刚才我觉得我们的心已经不像以前那样亲近了，那种亲近更像是装出来的。不，也不能说是装出来的，有可能是我们并没有发现对方的真实意图。事实上无处不在的现实，过去我们各自经历的一切已经无情地改变了我们，把在情感和精神维度依然共生共长的我们隔开了。她说，什么叫共生共长？我说，打个比方，就像我们过去在一起的事实是一棵小树苗，我们分开之后它仍然在我们的记忆或生命灵魂中存在。她说，嗯，它不会枯萎消失吗？我说，有的人会，有的人不会。让我们再试一次好吗，再给我们一分钟？她点点头。我们调整好自己，敞开心扉，全情投入。我们对视了一分钟之后，我忍不住走过去抱住了她说，马丽，我的泪忍不住流出来，像是从心底深处涌现出来的。我的泪水让我明白，我们都是那样地渴望着爱，而爱使我们脆弱、无助、卑微，想要逃离对方，因为我们感觉到自己不配得到那种彼此所深深渴望的爱了。她说，是啊，是啊，我好像真的怕对你认真起来。我说，是啊，好像可以继续的爱只能是糊涂的，傻气的，玩世不恭的，没心没肺的。她说，你看着我让我手足无措，让我迷惑难过，甚至让我惶恐不安，我不知道为什么会这样，就好像我做了不可能被原谅的事情，就要面临不想要的惩罚，就好像我是个小姑娘，面对着伪装成天使的魔鬼。我说，我确实是个伪装得很巧妙的魔鬼，把自己都骗过了。当我看着你的眼睛时，确实在想着用我的身体和灵魂爱你、占有你、毁灭你，因为最美的你，我曾经拥有，仿佛也一直拥有。那是种会消失的实在，那会使我感到自己的可怜、可恨——我们相互对视的时候仿佛一起在对抗着什么，又在艰难地克服着什么。我们的爱潮湿得像泪，模糊得像血，幸福得像痛苦，快活得像忧愁。生命承载着灵魂，灵魂也会顾及生命的感受。刚才，我们的灵魂如香气散发出来，吸进对方身体，融入对方灵魂，而本质上我们又都是自我的，需要自我的，而且那时我们已经明白了彼此，所以我需要拥抱你来终止那样的交流。当我抱着你时，我在想，如果我到了该转身离开的时候，然后把你一个人抛在房间，你会不会难过。她说，迟早会这样的啊。我说，我们都有理性，而且理性占了上风，这真要命。你觉得我们是不是欺骗了自己和对方？她说，我不知道。我说，你现在是位成功的商人了，终究和过去我认识的那个女孩不一样了。我还记得你当初背着画夹的样子，那时你戴着副眼镜，扎着马尾辫，走路一冲一冲的，特别有劲。从后面看，马尾一甩一甩的，特别好看。她说，是啊，现在我的眼镜变成隐形的了。我说，真有点不习惯你不戴眼镜。她说，不好看吗？我说，好看，不是原来的那种好看了。她说，我的眼角有了皱纹，眼神也不像以前那样清澈了。我知道，男人总是会喜欢更年轻的、更漂亮的女孩。也许男人更喜欢傻女孩，当年我就是那么傻。我说，我以为自己还傻呢，事实上这些年我也变了。她说，我们都变了。我说，想在一起却没在一起的话，是不是也挺遗憾呢？她默默地向我举了举杯，我也向她举了举。她说，也许吧。

过了一会儿，她说，你还记得我们大四那年冬天的事吗？我看着她，想了想说，我知道你想说什么，怎么能不记得呢，永远都不会忘记。那个冬天的下午，灰蒙蒙的天上落着小雪，我带你去一家私人诊所。她点点头，鼓励我说下去。我说，当时我们身上所有的钱加起来也不过刚够手术费，回来时连叫辆车的钱都没有了，我们只好走回来。一路上我们不说话，因为我们的心里都特别沉重，特别难过。我们冒着越下越大的雪回到出租房时，家里连个鸡蛋都没有了，我抛下你去问刘石借钱，好像给了五十块，回来时给你打了一碗米线……那时，你是不是在恨我？她说，我恨你，但更恨自己。我说，我恨自己没有坚持让你把孩子生下来。她说，我们当时那种条件，怎么可能要孩子？我说，那时我已经在报社实习了，每个月都有些收入。她说，当时你骑着一辆破自行车去一家沙发厂拉广告，二十多公里的路，来回跑了五六次，给人家写了几篇稿子，人家才给了你两千块钱。那钱还不是你的，你只拿了几百块的提成。那时我已经决定离开你了，我觉得不能继续傻下去了。我说，你是对的，我不值得你爱。她说，也许我就不该给你打电话。我说，我也不该来见你？她说，是啊，你还是回去吧。好好对待她，好好地爱她，还有你们的孩子。我说，我会的。她说，再见吧。我说，好吧，再见。我可以再抱一下你吗？她犹豫着说，嗯，最后再抱一下？我说，好。我可以吻你吗？她说，为什么什么都要征求我的意见？我说，我错了。不过，既然你给我打了电话，我们又见面，就该有故事发生，不是吗？她说，我们故事已经发生过了。我说，也许吧。不过，刚才说再见的时候真的好伤感，就像再见之后我们这一辈子再也不会见了。你知道吗，你给我打电话的时候，我正在画你，我印象中的你，生命里的你。每年一幅，第二十幅还没有完成。事实上现实不如想象那样美好，现实即意味着种种问题与矛盾，但想象是自由的，艺术是通往自由的一种方式，也是通往爱的一种方式。

　　她看着我说，我真想看看那些画。我说，也许你会看到的。在我画的时候，你在我的记忆里、心里、感受中、生命里……我想通过画你，唤醒我对自由与爱的感受与渴望。已经很久了，我那颗心，心意沉沉的，有时又像颗气球，很想被谁给狠狠地拉上一把，可是四周空荡荡的，没着没落，说不出的难过。她说，我能感受到，正如我会爱着我所能感受到的。看着你的画时，我也在想象着你，想知道你过得好不好，心里还有没有我……可是，爱真是自私的，会给自己和别人带来伤害。我说，我宁肯受伤，也不愿意再这样心意沉沉地过下去了。她说，可你怎么能让你亲近的人受伤害？我说，是啊，虽说我心里仍然有着你，渴望和你重圆旧梦，但我知道，这已经是不太可能了。她说，好吧，我喜欢你这么说。我说，如果这样离开，还真的有点不甘心。在我的想象中，如果能和你在一起，仿佛会和过去重新建立了一种神秘联系，可以让我们回到从前。她不说话。我真诚地说，男人总想通过欢爱表达。老实说，以前我有过别的女人，做完之后就希望她立马消失，因为我讨厌她在我身边，想早些结束那种关系。我厌恶那样，觉得自己活得没有价值。凭什么和并不爱的人在一起啊，那是对自己和别人的侮辱。她说，和我呢，也会这样吗？我说，也许不会，你不一样。我想和你躺在床上，躺一会儿，可以吗？她望着我，望了一会儿，点了点头。

我们躺在床上，她躺在我的左侧，我用手抱着她温软的身体。我说，我想永远和你躺在一起。她说，是吗？我说，是啊，你是我最初的爱，代表着我对爱的纯粹的渴望。有时我渴望一些纯粹和简单，可不知不觉间却变得复杂起来了。在我的想象中，欢爱是美好的，但也有致命的局限性，因为，那种美好的感受会停下来。她说，你和她，你的老婆在一起会是什么感觉？我想了想说，我们现在都不怎么想做了。我们只想着抱在一起，两个有温度的身体，就好像是在苍凉人世间抱团取暖。她说，嗯，做的时候呢？我说，挺和谐，也挺美好。她说，那为什么又不想做？我说，有点说不清楚，也许现实生活让我们都挺疲惫，也许那件事只要有就好了，在于精而不在于多。她说，这就是说，爱一个人并不取决于做的次数？我说，两个非常相爱的人，可能会多做些，我们那时候几乎每天，至少两天一次。她说，是啊，那时我们都还年轻。我说，是啊，年轻真好。她说，我有点儿想和你一起去看一看大海。我说，为什么这么想。她说，不知道。我说，好啊，今天晚了些，明天我带你去。她说，我喜欢大海，也许我会搬到深圳来，你觉得怎么样？我说，好啊，求之不得。她说，可我不想和你再好回去了。我说，顺其自然。她说，嗯。

我想吻她。我起身吻她，有一种美好而又纯粹的难过。她睁着眼睛看着我，我只好停下来。我说，是不是觉得有些陌生感？她说，不是，我想看清楚一些你。我说，我明白。她说，你明白什么？我说，我们虽然还是我们，可我们也都变了。虽然我不愿意这么说，可还是感受到了，我们还是有些陌生了。她说，是啊，我甚至在想，我们从来都是陌生的，是一种叫爱的东西，让我们曾经熟悉过而已。

我说，是啊，说得好。有时我觉得，情情爱爱的让人渺小，也许看着海的时候，大海会嘲笑我们。她说，是啊，现在我也在想，你可能不会是个大师级的画家了。我说，确实，我有自知之明。我缺少了一种大师们通常有的那种强大的自我，他们需要女人就像吃水果那样，他们需要女人美的、爱的营养，可以为了自己的艺术不顾一切。她说，既然你知道，为什么不让自己强大起来？我说，你希望我那样？她说，我也希望自己能做到那样。因为爱会让人自作多情，自以为是，畏首畏尾，没有出息。我说，不过，看海的时候，我喜欢望着海天交汇处，仿佛那儿有一条窄线，它自然而神秘。感受中，我的、我们的过去与将来都将在那里汇聚。我会想到永恒。永恒的生命，永恒的爱，若有若无的，令我伤感又欣喜。我所爱的人，甚至不爱的人，都终将成为那条神秘的、起伏的线的一点，璀璨星空仿佛也从那里升起，并闪耀在我生命的渴求中。她笑着说，说得真好，嗯，你应该做一个诗人，而不是画家。我说，我喜欢读诗，有位诗人说，他不想写最好的诗，也不想写最坏的诗。我很喜欢他那句话，说到了我心里。她说，你不想画最好的画，也不想画最坏的画？我说，是啊，我想要的人生大约也是如此。她说，嗯，我理解了，这样真好。我说，是啊，仿佛这样全世界也会变得更好。其实，我挺想说，我爱你，虽然说出来不好，但我想对你这么说。她说，说吧，我喜欢你这么说。我也爱你，李更。至少现在是这样的。

我说，我抱着你，亲吻你的时候几乎想让泪水落下来，你知道这是为什么吗？她摇摇头。我说，无论如何，我们每个人都是那样地孤独。她说，是啊，也有着一些美好。我说，是啊，马丽。她说，是啊，李更。我说，我喜欢你叫我的名字。她说，我也喜欢你叫我的名字。我说，马丽，也许我们无法回到从前，甚至我们也没有将来，但我知道，此时此刻，我爱你，很爱很爱你，从前爱你，现在爱你，将来也爱你。她说，李更，别说了。我说，马丽，你说，我们要不要在一起？她说，你说呢？我说，要不要都好。她说，是啊，我明白。我说，你能明白真好，你想要我吗？她说，李更，我想，但是你也说了，要不要都好。我说，是啊，要不要都挺真实的，因为我在抱着你，我感觉到我们此刻活得都很真实，这种感觉真棒。她说，是啊，美好得像个结局。李更，我们到此为止吧，我明天还是离开深圳，回北京。我说，不是要和我一起去看海吗？她说，早点离开你，远远地想着你，省心。我说，嗯。她说，我们做朋友吧，以后，如果联系就像朋友那样吧，好吗？我说，我有点儿不想，我的朋友。她说，我也不想，我的朋友，但还是做朋友吧。我说，你怎么哭了？她说，我很久没有哭过了。以前和你在一起的时候总爱哭。我说，你难过了吗？她说，没有，真没有，我是感到高兴，真心地高兴。

她去洗手间，洗了把脸。我看着她说，现在可以告诉我，是谁买我的画了吗？她说，是我的女儿，你的学生。我吃惊地说，陈红是你的女儿？她说，是啊。那傻姑娘什么话都对我讲了。她喜欢你。我说，你可能误会了，并不是你想象的那样，她只是喜欢我的画。她说，她是喜欢你的画，可也喜欢你。是她跑到画廊里买了你一幅画，放假时带回了家，我看画的背后写着你的名字，猜到可能是你。你不用解释，我也清楚你不可能不喜欢她，但你克制了自己的情感。我不好意思地说，那孩子到过我的画室。她说，是啊，她说了，她还向你索要了一个拥抱。我说，是啊，抱着她的时候真好，一个年轻的身体，有着美好的心灵。但我知道，那种好是纯粹的，如果我想要再进一步，就会破坏了那种美好。她笑了一下说，老实说，你爱她吗？我说，是喜欢，发自内心的喜欢。爱，也渴望，特别渴望，但是我不能。她说，为什么不能？我说，我是她的老师。再说，我有家庭，也老了，配不上她。再再说，我一直是个正人君子，要装得道貌岸然一些啊。她又笑了一下说，好吧，这些理由可以勉强让我相信你，我敬你一杯。我说，马丽，我喝多了，再喝我可能会把持不住自己了。她说，你可以不喝，我干了。我说，其实，我都不知道还爱着你什么，都二十年了，也没有什么联系。她说，是啊，为什么呢？我说，也许我是爱着我们年轻的时候。我愿意那样想着你，爱着我爱着你的自己，仿佛那样我才能继续和这个变化太快的世界保持着某种必要的关系。有时我想，有的人活着在一天天死去，因为他们会彻底地有意无意地放弃，倾向于放弃与否定过去。我渴望一些永恒的、不变的东西。我是一个普普通通的，有着七情六欲的人，但我也喜欢着一些纯粹的东西。真正的纯粹是艺术的，孤独的，不涉及人与人之间的关系，而人与人之间几乎很难有纯粹。爱或不爱，都是自私的，难免自私。她说，说得真好，我明白。

我说，十年以后，我们还可以在这个地方敞开心扉地聊一聊吗？她说，再过十年，我们都五十多岁了。我说，是啊，也许那个时候，你又遇到了一个合适的人。

她说，不可能了。我说，我希望你遇到一个能陪伴你的人。她说，谢谢你这么说，你这么说让我挺感动的。我说，其实，我的身体渴望着你的，我的灵魂也在渴望着你的。她说，我也一样，但是，我觉得抱一抱也挺美好的了。我点点头。她笑了一下说，真是好孩子。我说，有时我真想变得坏一点。她说，还是保持自己吧。我说，现在的我在想，我离开的时候怎么办。她说，走的时候别回头。我说，我会忍不住。她说，又不是生死别离，别那么煽情好不好？我说，你确定明天不和我一起去看海？她说，我不能和你待在一起太久，我需要与你保持距离，距离产生美。我说，借口。不过，距离也产生想象，我们来演一下分手的场面吧。她说，好啊，李更同学，再见。我从床上走向门口说，马丽同学，再见。她说，明年见？我说，明年再见。她说，每年见一次，明年、后年、大后年，一直到我们见不动了好吗？我说，好。她说，我真想哭一场。我说，我也是。她说，为什么呢？我说，我不知道为什么。她说，你笑一个吧。我说，好，我们都笑一下。她说，我真想让时间停下来。我说，会的，会有那一天的。我真有些恨自己。她说，为什么？我说，我不该跑来见你，因为想要离开你真的很困难。她说，我不该打你电话。我说，不说这些了，没意义。她说，我们不能再聊下去了。这样聊下去我们会有说不完的话，而且说下去还有可能让我们相互讨厌。我说，我们是讨厌。她说，确实如此。我说，怎么样我们才不讨厌呢？她说，我不知道。

我要抽烟，她说，给我一支吧。我给了她一支，帮她点燃。我们默默地抽着。我想要和她好上一回，可后来我却站起身来说，马丽，让我们吻别吧。她说，哦，为什么？我说，我说不上来，我觉得自己在你面前待得越久，就越像一块豆腐，拿不成个儿。她笑了笑说，你真逗。我说，我想要礼节性地轻轻吻你一下。她说，好吧。我说，我可以把你想象成一片雪花。她说，我可以拒绝吗？我说，不可以。我走过去，轻轻拥抱着她，吻了她一下。那时，我感到自己那颗日渐苍老的心年轻了起来，怦怦地，有力地跳动着，使我想要把她抱到床上去，和她一起通过一场淋漓尽致的欢爱回到从前。不过我最终还是克制了自己，我觉得自己喝得有点儿多了，但不能以此为借口破坏了我们早已分手的现实。我果断地离开了她，走的时候说，马丽，再见吧。她也说，再见，李更。我打开了门，赌气一样，头也不回地走了。

作家孙胜一

一

孙胜一放弃了在报社做记者每个月四千多的收入，从西安坐火车到北京一家文学杂志当编辑，一个月只有一千二百块钱。拿到第一个月工资当天他就跑到了邮局，给家里汇了九百块。母亲前几天在电话里说，他们欠钱的亲戚家中有人生病住院，急等着用钱。初到北京的他没有可以借钱的朋友，只好给在西安的朋友打了电话，可也只不过借了三百块钱。钱是打在卡上的，他当天就取出来给家里汇过去了。发了工资后他又给家里汇了钱，身上只余下不到三百块了。一百五十块要交房租，余下的不到一百五十块是他一个月的生活费。那时他已经欠了朋友两千多块钱，还不上不说，生活不下去时还得向朋友张口。他的一双棕色皮鞋已经补过两次，还在穿着，两身半旧不新的衣服换来换去，想要换出个新的精神面貌都不可能。吃饭一天少说得十块钱，也就只够吃个面条什么的，要想加个菜，来瓶啤酒，这就要了命。

孙胜一才上初中那年，家里养的两只山羊被偷走了。那等于一下子掐断了家里的经济命脉，母亲感到生活没了指望，一时想不开喝了敌敌畏，被人给用胰子水灌过来了。他当时就在现场。母亲大声喊着，让我死，让我死了吧！村医给灌胰子水时，母亲紧闭着发紫的嘴唇。父亲用勺柄把母亲的嘴给撬开时，压破了嘴角，血是黑红的。洗了胃，还得去住院，住院又花了不少钱。钱当时也是借来的，母亲心疼那钱，觉得喝药寻死的做法特别傻，赌咒发誓以后再死的话，坚决不喝药了。每次想起那件事，孙胜一便暗暗发誓，要变成一个有出息的人，能赚很多很多的钱，让家里过上好日子。那年十四岁的他已经有了要成为作家的理想，也开始给一些中学生类的杂志和报纸写稿，但一直到高中毕业也没有发表过什么作品。

孙胜一和妹妹孙兰先后去了西安读大学。为了让他们上学，家里几乎卖掉了所有值钱的东西，还欠了不少债。当时父亲骑着自行车到集市上卖菜，赶一个集顶多也就赚个十多块。他和妹妹在工作之后都给家里寄钱，在账还得差不多的时候，父亲砍树被倒下来的树砸折了小腿，骨头断了，拉到县城的医院里接上，上了钢板，一下子就花了六千多。那些钱多半是他和妹妹找同学和同事借的。为了省钱，他和妹妹都没有回家。母亲在电话里对他说，你可得好好赚钱，也千万要省着点儿花，有了钱早些打回家里来还账。在这种情况下，妹妹孙兰是不同意哥哥孙胜一放弃收入那么好的工作，非要跑去北京的。问题是北京一直是孙胜一想去的地方，何况又有一份他一直想要的、可以在杂志社做编辑的工作。他去北京工作的事也告诉了家里，但没说工资少，怕家里不同意。

父亲的腿伤好了之后，多年来就有胃病的他吃不下饭，母亲担心，在电话里说，村子里有个人得胃癌去世了，刚刚五十出头，也是有着几个儿女的，可都没本事，弄不来看病的钱，只能眼睁睁地看着死在家里。县里的医生说那病是可以看的，做个胃的局部切除手术，人完全可以活下来，但那得花不少钱。做个胃切除手术的费用对于一个农村家庭来说，无疑是个天文数字，别说借不到，就算是借到了，一辈子也还不起。母亲那样说，是希望孙胜一能意识到钱的重要，希望他能多赚钱，多存些钱。孙胜一也想多赚钱，存些钱，可钱哪是那么好赚的？父亲不能再做生意，家里失去了收入来源，一切花销都需要他和妹妹寄。母亲的身体也一直不大好，低血压，老犯头痛，尤其让他们难过的是，母亲的癣病一直在折磨着她。以前他和妹妹每年从学校里回家过春节，母亲都会撸起袖子，挽起裤腿，向他们展示让她痛苦的牛皮癣，看得他和妹妹心里难过，眼里含泪。他们暗暗发誓，回到城市里一定要好好学习，将来一定要多多赚钱，有了钱一定要把母亲的病治好，让父母过上好日子。

孙胜一的妹妹孙兰毕业后在一家公司做财务工作，工资也不高。他给妹妹打电话，妹妹也说刚给家里打了一些钱，然后又问他怎么样，需不需要钱。他说，不需要。我在北京工资收入比以前少，但工作是我喜欢的文学编辑工作。妹妹说，你喜欢就好，也别太省着，没钱了你说话。孙胜一在电话里笑了，他说，你总这样说，就好像你是姐姐而不是妹妹。妹妹也笑，说，我知道你平时花钱大手大脚的习惯了，我们没有多少钱，钱再多也不够你花的啊。孙胜一说，你也是，也别太省了。妹妹说，放心吧。孙胜一挂了电话，点燃一根烟抽着。他想起读大学时妹妹一个月的生活费只有六十块钱，一天的生活费只有两块钱，可在他缺钱的时候，还能够给他一些。据妹妹的同学、后来成为他女朋友的马丽说，妹妹经常用一块钱买四个馒头，就着咸菜，一顿半个，一块钱够花两天的。改善伙食也不过是吃一块钱一碗的米线或凉皮。他每次和妹妹见面，看到她面黄肌瘦、营养不良的样子就心疼。妹妹真是太瘦了，一张小脸几乎看不到肉，光是皮了。那时他也瘦，他的个头高，衣服穿在他身上就像架在晾衣竿上。妹妹曾经开玩笑地对他说，哥，真担心你走在风里会被风给吹跑了，你能不能多吃点啊，男孩子身上有点肉才招女孩子喜欢。妹妹没想到哥哥会喜欢上她的同学。妹妹问哥哥，你喜欢马丽什么呢？哥哥一笑说，我喜欢马丽身上有肉，肉乎乎的，看着顺眼。

二

孙胜一和马丽恋爱期间是花了些成本的。他理了头发，买了一身光鲜得体的衣服，还大方地请马丽吃过几次饭。两个人好了，不久也就搬出了宿舍。在外面租房子也是要花钱的，不过那时孙胜一时不时地还能有些稿费收入，不然那样简单的恋爱也是谈不起的。孙兰在大学里没有谈过男朋友，她又黄又瘦，个子也矮，太不显眼了，几乎没有什么男生会注意到她。直到孙兰工作一年后，她还没有找到男朋友。她一直想找个有钱的男朋友，似乎那样就可以帮衬一下家里。不过她长相一般，又不注重打扮，想让有钱人看上的可能性也太小了。后来，孙兰也就认命找了个处着。母亲看着女儿寄来男朋友的照片，很是不满意。在母亲眼里，女儿是个大学生，长相虽说不是倾国倾城，可也是百里挑一的一枝花，怎能随便找个要个头没个头、要长相没长相一看就没有什么大出息的男人呢。孙兰得知母亲的想法，心里有些委屈难过，却也不敢表现出来。她在电话里对母亲说，她的男朋友人老实可靠，又是城里人，家里有楼，也不差钱。那么一说，母亲才勉强接受了。

父亲伤了腿的那阵子，母亲希望女儿能多寄些钱，女儿只寄了一千元。母亲不满意，说，你不是说每个月能挣一千多吗？你不是说你男朋友家里有钱吗？女儿在电话里委屈地说，我是挣一千多，可是在城里花销大，他家里是有钱，可咱还没跟人家结婚，也不好意思给向家里伸手要钱啊。这一千块钱，家里先用，以后我会再想办法。其实，那时孙兰每个月的工资只有七百多块，她没好意思跟家里说赚得少。她省吃俭用，连身好看的衣服也没敢买过。

孙胜一与马丽在一起的时候，每次收到三十块五十块的稿费，都忍不住扬着汇单显摆说，马丽，瞧瞧，我来稿费了，咱们可以改善生活啦。马丽问，有多少啊？他说，不少呢，自己看。马丽拿过汇款单看了看说，才六十块钱啊，我以为是多少呢。他说，六十块钱少吗？这可是我们一个月的房租啊。马丽无奈地摇摇头，懒得搭理他。取了稿费，他带着马丽，叫上妹妹，一起在外面吃了顿饭。花了四十块，还剩下二十块钱。逛街的时候，他看着妹妹穿的衣服太旧了，想要给妹妹买件衣服，可妹妹坚决不要。

马丽的家里曾经是相当富有的，她父亲有过两辆大卡车，雇人开，可是后来出了一场车祸，家里的光景就困难起来。她作为家里的长女，下面还有个弟弟，当时也在上学，他们都需要花钱，家里欠下的账也要还。马丽有一种家庭使命感，因此大学还没毕业，她就开始寻思着开个什么店去赚钱，好减轻家里的压力。看着孙胜一沉迷于写作，总是为几十块钱的稿费沾沾自喜，不免对他有些失望。两个人感情本来是挺好的，但大学毕业后还是分道扬镳了。马丽放弃了工作的机会，去广州找一位开化妆品店的高中女同学。孙胜一毕业后在报社当记者，收入不错，一心想着与马丽和好，可马丽当时一心扑在生意上，不想在他身上浪费时间了。

最初来到北京，他与马丽还有联系。虽说他租住在白天也需要亮着电灯的又小又破的房子里，每个月的工资只有一千二百块钱，可在写给马丽的信中，却说自己每个月的工资有五千块，写的文章也发表了不少，有一部长篇小说就要脱稿了，等出版以后他就成为知名的青年作家了。他想引起马丽的注意，希望有一天彼此条件好了，能再继续在一起。马丽回过几次信，后来干脆不回了。打她手机，手机也换了号码。他问妹妹，妹妹那时也与马丽失去了联系。

失意的他下班后约了写小说的同事李一山吃饭。两个人在一起喝了点酒，他掏心掏肺地对李一山说了自己与马丽的事，说到动情的地方，泪眼汪汪的，最后他总结性地说，他们之所以没能在一起，主要是因为穷，他发誓要成为著名作家，通过写作名利双收。只是在结账时，他出了五十二块钱，想到身上剩下的不到一百块还要撑一个月的现实，再次后悔和沮丧起来。他忍不住对李一山说，你说，我是不是太不现实了？我真不该放弃原来收入那么高的工作，也许是文学让我变得不现实了。李一山说，人没出名之前，都需要熬，熬吧。

三

在北京的日子里，虽说孙胜一在心里仍然有着马丽，却也想过找个女朋友填补一下孤寂的生活。如果有合适的，说不定他也就移情别恋了，只是并没有那么一个合适的女孩能走进他的生活。平时走在大街上，看着那么多青春靓丽的女孩，似乎每一个都可以成为他的女朋友，可他也知道，她们注定只能是匆匆而过的风景。他与同样单身的李一山聊过，长相稍好一点的女孩一般都要比长得差点儿的女孩现实一些，她们希望能以自己的容貌获得有钱有势的人的关注，对于没有钱又没有地位的他来说，她们只不过是水中月，镜中花。长相差点的女孩呢，他又看不上，在照镜子时他总觉着自己该找个长相至少说得过去的，至少不能比马丽差的。虽说他是瘦了点，可看上去还算是英俊帅气的，再说他有才华啊，他写的不少小说在刊物上发表了，已经被文学圈内的人公认为有前途的青年作家了，不应该找个太一般化的女孩委屈了自己。李一山不乐观地说，写作在这个时代有什么前途啊，你还想找个漂亮的女孩当女朋友，这是等于在做白日梦。要想找漂亮的女孩做朋友，你就别当文学编辑，也别写小说了，写也不要再写什么纯文学作品了。问题是那时的他只能写自己认可的东西，做自己喜欢的事情。

虽说孙胜一的口袋里没有多少钱，还是需要时不时地改善一下伙食。在需要改善伙食时，通常是照镜子感到自己瘦，没有女朋友，生活得不够顺心如意，需要安抚一下自己的时候。美食能安抚不如意的内心，享用美食有点类似于跟女孩子谈情说爱，吃下的那些东西会让他感到在繁华的北京城里，活得还不算太差劲儿。不过最终美食代替不了女孩。他一个人待在房间时，也常会有抑制不住的烦闷，抱怨这个现实世界上女孩子的眼睛太过雪亮，脑子太过精明，抱怨写作赚不了多少钱，做编辑也赚不了多少钱。烦闷过后是美妙幻想，他需要些幻想来支撑精神世界。他终于完成了一部长篇小说，也联系了若干出版社，希望有出版社能慧眼识珠。他想自己的书如果出版了，说不定就会一鸣惊人，成为畅销书，那样他就名利兼收了，有了钱他就可以让自己和家人的生活得到改善了。那时他完全可以买几身像样的名牌服装，请喜欢的女孩下饭店，想吃什么就点什么。人靠衣装马靠鞍，有了钱，穿上好看的衣服，不愁没有漂亮有气质的女孩来关注他。有了钱他可以吃香的喝辣的，吃得多吃得好，相信自己的脸色也会红润起来，身上的肉也会多起来。有了钱他也可以主动去追求女孩子，可以租套单元房，可以阔气地请女孩消费。自然，马丽也就成了他的过去式，她再好也与他无关了。

想象的美好最终还是代替不了现实的生活，发了工资他仍然需要给家里汇钱。上一次他给家里打电话时母亲说，他父亲的腿又出了问题，主要是国产钢板比不上进口的，当时做手术时医生就说了，但他们为了省钱还是用了国产的，结果钢板变形了，这意味着还得做一回手术。医生都联系好了，可父亲不想做，怕做不好，但主要是怕花钱。另外，麦收后的公粮没有人帮着交，还需要四百多块钱交公粮。家里的玉米和大豆需要上化肥和打药，也得用一笔钱。末了母亲又带着哭腔，说起自己的牛皮癣。母亲说收麦时麦芒刺激了皮肤，病好像更加严重了，痒痒狠，用手挠时都挠出了血珠子。村医对她说，看吧，再不看有可能会得血癌。听着母亲的话，孙胜一觉得有把刀割着他的心，一片一片的，血淋淋地痛，让他忍不住咬着牙恨自己，甚至想用手扇自己耳光。

后来孙胜一实在不忍再听下去了，便打断了母亲的话，说自己得工作了，没有什么事就先挂了吧。母亲说，你给你爹说几句吧，他的腿都那样了，还闲不住，今天还拄着拐棍下地去薅草了，我不让去，他硬要去，管不了。他便说，好，让爹接电话吧。父亲接过电话说，你最近工作怎么样啊，又有什么新作品发表吗？

他说，我一切都好，也有作品发表。你现在伤还没好，怎么又下地了？父亲说，我没事，你就放心工作和写作吧，好好工作，好好写作。你要是困难就不要向家里打钱了，我再想办法。他说，没事，我有钱，你注意自己的身体，哪儿不舒服早一点看，千万别拖着。父亲说，我有分寸——我现在胖了。他心里一喜，说，真的？父亲说，是真的，要不是生这场病不大能动，我可胖不了。他很高兴，想到是长途电话，挺贵的，便想要结束通话了，可他的母亲又接过了电话问，你的书出了吗？他说，还没有。母亲说，怎么还没出啊，你什么时候才有钱啊？他说，快了，快了，要是没事就挂了啊。母亲又说，你和马丽还有联系吗，要是断了，你可得记着给我找对象啊，你看别人跟你一样大的孩子都上小学了！我这病就是不治，你也得考虑给我找寻个媳妇。他心里有些烦，心想，我哪有条件找啊，却在嘴里应着说，好，我知道了。母亲说，那就挂了吧，说了那么久，多浪费钱啊！

　　挂了电话，孙胜一就盼着发工资，直到把钱给家里汇出去了，他才松了一口气。他给家寄了六百，还剩六百。回去交给房东一百五，还剩四百五。他寻思着该不该买一条短裤，买个小风扇。上班时单位有空调不会觉得热，回到租来的房子就像进了蒸笼，热得他受不了。房子对面还有人家，窗又大，不能脱光了衣服。思来想去，他还是决定买条短裤。有了短裤就可以脱光衣服，不用再买风扇了。他下班回家，路过杂货市场，花了二十块钱，买了条花条纹的短裤。经过卖风扇的地方，他也问了问价。最便宜的电风扇十二块钱就能买到，是那种塑料的，没有外筐，吊着可以像直升机的螺旋桨那样转动产生凉风的。他想买，又想到了电风扇虽然便宜，可也是需要用电的，于是把买的念头又打消了。手机卡里快没钱了，要不要买卡？他上个月就想，算了吧，别人没有手机不也一样过吗？不过后来他还是买了充值卡，手机里没有钱，朋友或者杂志社的编辑联系不上他怎么办？他在卖充值卡的书报亭前，手里捏着钱，装作看那些花花绿绿的杂志，在心里犹豫了半天。后来他被那种犹豫不决的心绪弄烦了，还是狠心把充值卡给买了。他并不是个小气的人，却不得不有那样小气的想法，因着瞧不上自己那种斤斤计较、抠抠搜搜的心态，他赌气地走进了个像样儿的饭店，点了两个菜，一荤一素，还要了一瓶啤酒。吃喝完，结账时竟然花了三十二块钱，掏钱时他又后悔懊恼起来。为了惩罚自己，他没有再坐公交车，步行十余里回到了出租房。

在租房里他脱下长裤，换上了短裤，感觉双腿上有了一丝凉爽。上身还热，他又脱了那件白得发灰的旧 T 恤衫，找来一本杂志当扇子扇风。扇了一会儿，手腕有点酸痛，他想起了多年前在初学打篮球时把右手摔伤过。当时他的手腕肿痛，两周后不肿了，仍然隐隐作痛，写字都困难。教体育的老师建议他去医院里拍个片子看看，他到医院拍了片，骨科医生说是手舟骨骨折，可以不做手术，但将来有可能会长出骨刺。为了省钱，他没有做手术，只是要了几张膏药贴了贴了事。多年来他的手一直不舒服，手腕里像是有个小玻璃球在来回滚动。尤其在阴天下雨时还胀痛，写不了几个字就得停下来。后来他借钱买了台二手电脑写作，用手指敲字时手腕才不怎么胀痛了。他明白手腕的伤还没有好，为此他一直希望有钱，有钱了去医院做个手术，把手腕里潜伏的问题给解决掉。他问过了，那样的手术也很简单，好像只要开刀把断掉的小骨头给取出来就可以了。

放下杂志，孙胜一用左手握住右手，摇了几个来回，听到骨头相摩擦时发出的声响。多年来他一直在用左手摇着右手的手腕，幻想着能够把手摇好，结果左手的静脉明显比右手要粗一些。后来看一本营养方面的书才知道，他小时候缺钙，骨密度低，要不然只摔那一下也不至于把手摔成那种可怜样了。想到手腕的暗伤，他心里又生出难过的情绪，觉得这都是贫穷造成的，如果家境富裕，能像城市里那些有钱的人家一样，小时候能够多喝点儿牛奶，甚至再吃点儿钙片什么的，身体变得壮实了，也就不会有现在的问题和烦恼了。

四

周末，孙胜一仰面朝天躺在床上，抽着两块钱一包的都宝牌香烟，烟雾袅袅上升，他盯着墙角的蜘蛛网，想着怎么样才能变得有钱。手机突然响了，是孙良打来的。孙良比他小几岁，初中毕业就来北京打工了。他自学高中课程，跟着工程师跑前跑后，在工地上打杂，后来学会了测量和预算，跑出来单干，托关系在一家工程技术监管部门挂了个名，然后到处请吃请喝，拉关系送礼，承包工程。几十万、上百万的活儿包下来，转手能从中挣个几万、十几万。不过花钱也猛，不然那活儿也轮不到他来包。孙良买了一辆二手桑塔纳，过年时风光地开到家里去了，进村时把车喇叭按得震天响。村里人都知道孙良成了大老板，觉得他了不起，同时又为他的父亲感到惋惜。头几年他父亲中风没能及时看，在家里躺了两年，又得了别的病，家里没钱看，他不想连累家里，便喝药走了。那件事情让孙良觉得，人在这个世界上没有钱就没有命，有了钱腰杆子才硬气，人才能活得有底气。

孙良开车来找孙胜一，同来的还有孙胜一的堂哥孙青山。孙青山比孙胜一大十岁，十八岁结婚，十九岁就当了父亲。他是个能人，练过武术，当过厨师，干过剪缝，煮过烧鸡，卖过猪羊肉，当过包工头。虽说什么都能干，但到头来还是什么都没能干成。不仅钱没有赚下，在外面还欠了钱。他当包工头的时候被人给骗了，十多万就像一阵风说没就没有影儿了。跟着孙青山干活的都是十里八乡的亲朋好友，大家理解他被骗了，但大家跟的是他，他们累死累活干了一年，他怎么着也得拿出些钱来给大家一个交代。大家都是拖家带口的，都是需要钱救命或把穷日子过下去的，谁都不容易。孙青山没办法，只好把多年来积攒的、准备盖房子的钱拿出来发给大家。发了还不够，只好又借贷了一些才完事。孙青山没有了钱，媳妇天天给他脸色看，两个人动不动就吵架，日子过得不安生。孙青山当时想死的心都有，如果不是考虑两个孩子，说不定就真狠心去了。孙胜一与孙良跟着孙青山一起练过武术，孙青山算是大师兄，因此得知他来到北京，几个人会抽空聚聚，喝喝酒，各自谈谈对国内国际的一些大人物大事件的看法，谈谈各自对首都北京的新鲜感受。虽然孙胜一不见得赞成他们的观点，可听着他们吹吹牛也挺有意思。

孙青山的脸色乌青，孙胜一觉着是抽烟抽的，这让他想起孙青山的父亲，他的大爷孙知福。孙知福早些年是个烟鬼，人又黑又瘦，后来得了肺病和喉炎，整天咳，喘气都困难。村医说再不把烟给戒了，说不定能抽成肺癌。孙知福把烟戒了没两年，一个又黑又瘦的人变得又白又胖。孙知福的变化也与他脱离了庄稼地和乡村的一些烦琐事情来北京看大门有关。在北京虽说最初一个月只有三百块钱，可他落了个清闲。再说他儿女都成家立业了，也没心操了，该变个模样了。当初孙良来北京找工作就是孙知福给找的活，孙知福虽说是个看大门的，可在北京混得不错。他有高小文化，能写会算，懂人情世故，会说话办事。没来北京打工前，村里的婚丧嫁娶都离不了他。孙胜一也抽烟，看着孙青山一根接一根地抽，还是有点担心。孙胜一说，大哥你少抽一点，你的脸都抽青了。孙青山说，烟真他娘的不是个好玩意儿，我也不想抽它。孙胜一说，那就少抽点啊。孙青山把烟丢到地上，用脚踩了踩说，中，少抽点。孙良是个大黑胖子，大腿比小姑娘的腰都粗，他不抽烟，他说，你们别看我胖，不是好胖，不信你掐掐看。孙胜一不相信，在孙良大腿上掐了一下，结果真有一个坑，半天平复不了。孙良说，我贫血，有时候还会头晕。孙胜一觉得不可思议，说，你那么年轻，整天好吃好喝的，那么胖，看上去那么结实，怎就贫血了呢？孙良笑着说，根上穷，就虚，补都难补回来。孙胜一听着，觉得有一定的道理。

　　孙良开车回家那年，大年三十的夜里，孙良、孙青山、孙小军，还有孙林聚在一起喝酒。他们各自说着在乡下或在城里的工作和生活，用一句话概括，这年头都他娘的缺钱，都挺不容易。怎么办呢？要开动脑筋，认识到发展就是硬道理，要相信不管黑猫白猫，抓着老鼠就是好猫。老鼠是啥？是钱，是 Money。有了钱要啥有啥，啥事都解决了。但全中国、全世界的人都想钱，钱也不是那么容易赚到的，因此要想赚、敢赚、会赚才行。一杯一杯的白酒，相互敬着，大家都喝得差不多了。孙良说起自己做的事业，形象地比喻说，他现在承包工程就如同在打仗时的攻城略地，需要一个有勇有谋的好军师帮自己拿主意，摆平一些事情。孙青山当即觉得可以胜任军师一角，表态要跟孙良去北京一展身手。事实上他那时也出不成力气了。做包工头时在窑厂里干活，虽说他是头，可也得干活。为了带动别人，让别人服气，他要和别人比赛干得多，干得好，结果他的腰给扭伤了。孙良也知道他那种情况，便说不让他干体力活，答应每年给他八千块，如果事业顺利，赚得多的话还可以再多给他点，反正是自家兄弟好说。

　　孙小军和孙胜一都是村里走出来的大学生，在乡下人的眼里他们算是熬出头来的。孙小军比孙胜一大点，早年考大学时复读两年才考上。孙小军毕业后去深圳一家翻译公司上班，经常与一些外国人打交道，又在开放的沿海城市，有了见识，家里能让他看得上的人不多。和孙小军、孙胜一小时候关系比较好的是孙林，三个人以前经常在一起玩。孙林小小年纪就想着怎么发家致富，初中没毕业就不上了，在自家地里种菜，在院子里养兔子，一天到晚总有干不完的活。孙小军和孙胜一放学后经常跟在他身后，一边听他吹牛，一边帮他干些活。那时他们都是理想主义者，都梦想着将来做成一番事业。孙胜一想成为一名作家，孙小军想考上大学改变命运，孙林想要成为企业家，改变家乡贫困落后的面貌。

孙林家里特别穷，他有三个弟弟，当时光吃饭就把家里给吃得揭不开锅了。每年冬天他们连一身保暖的衣服都没有，一个个冻得鼻涕往下掉，手和脚冻得像馒头，天稍一变暖手脚就开裂流脓水，看着让人难过。孙林一心想改变家庭状况，十八岁那年去了东北，在东北大森林里锯了两年树，还与一个善良的姑娘相爱了。姑娘家里不同意，他们不想让女儿嫁到外地去。孙林想偷偷带姑娘走，结果被人发现打了一顿。后来他去山西挖过煤，瓦斯爆炸，死了几个工友，他也差点死在几百米深的地下。外头不好混，他回家后又订阅了《农业知识》，开始养鸡，偏偏鸡都生病死了。他欠了钱，又南下广州打工。孙林在一家皮蛋厂打工，认识了一个湖南女孩，带回家结了婚。他们一起在家里办了个皮蛋加工厂，再后来又开了腐竹厂和养猪场，事业做了起来。吃过苦受过罪，走南闯北又长了见识，那时孙林也参透了人情冷暖，明白了该怎么活才能活出个样子来，于是他变了。他到处跑关系，拉拢人，结果顺利当选村里的支部书记，有了权力。

孙林的三个兄弟都在外面打工，老二拉油赚了钱，老三老四跟着干，也都赚到了钱，各自有了车。他们盖上了漂亮的房子，先后也结了婚。十来年时间，他们一家人在村子里再也没有人敢小瞧了。孙林在酒桌上说，现在外姓人谁还敢小瞧咱们孙家人了，就是借给他们个胆子也不敢。怎么说呢，我现在怎么着也算是个国家干部，是个企业家了，不是吹牛，咱黑道白道都有人，你们放心在外面干，家里头有我，尽管放心。孙胜一看着夸夸其谈的孙林，感到有些不舒服。孙林不再是他印象中积极上进、一心想带动父老乡亲发家致富、有理想有追求的孙林了。孙小军也瞧不上孙林，觉得他变得世故了，不讲道理了，竟然还认识了黑道中的人。不过他对孙林还是表示了理解，因为他不变就当不了村支书，厂子就很难办下去，他们孙家这一支在村子里就有可能被人比下去，被别人欺负。

那时孙胜一就连对孙小军的印象也不像小时候那么好了。因为他曾跟孙小军借过五百块钱，有两年没有还上。在深圳收入不错、买了房子和车子的孙小军有好几次提起还钱的事，后来还生气地说，要是他实在困难自己就不要了。孙胜一觉得孙小军看人的眼光是居高临下的，说话的声调总带着一种说教的意味，好像别人都该听他的，他就代表真理。例如在写作这件事上，孙小军就认为写不出什么名堂，成名是那么容易的吗？文学作品现在还有几个人看？不过，在一干人中，孙胜一和孙小军还算是最能谈得来的，因为他们都被别人羡慕嫉妒着。不过，因为他们都没有去考公务员，当上官，离家也远，因此并不被家里人重视。如果能在离家不远的地方当官，他们才算是村子里人的骄傲，他们才有可能对村子的人有价值。但他们不过是在大城市里打工赚钱而已，与乡亲们发家致富没有多大关系，这便也是一种没出息了。

　　想到少年时的单纯，看着孙林现在的模样，孙胜一和孙小军也不再想对孙林说什么知心的话了。例如给他提个醒，希望他为人处世还是低调点，不要那么喜欢吹牛显能，那样的话早晚会有吃亏的那一天。孙胜一后来也听说了，孙林为了保住自己村支书的位子，和镇上的一些领导拉上了关系。为了打压不服管理的村民，他和镇派出所的所长成了兄弟，有事没事的在一起喝酒。为了避税和把厂子顺利办下去，他和县里税务部门和环保部门的负责人也成了朋友。为了扩大自己的势力，他还和十多个有头有脸的朋友结成了把兄弟，成天开着辆车四处跑，收购大豆，推销厂子里生产的腐竹，自然也会涉及强买强卖，做些违法乱纪的事情……

　　想到身边的这些人和事，孙胜一的心里忍不住有一种说不出的难过。说了一会儿话，他突然想让孙良开车去大爷孙知福那儿去看看。他来北京有些时间了，总忙着自己的事，还没有去大爷的厂子里看过，这太不应该了。

五

　　孙胜一坐上孙良的车，一个来钟头就到了一个大铁门前。孙良不停地按喇叭，想让孙知福来开大门。孙青山在一旁说，你他娘的别按了，还想让你大爷亲自出来为咱开门啊，怎么还没大没小的。孙青山说着下了车去开门，这时孙知福也从里面走出来了。孙青山说，爹，胜一过来看你来了。孙胜一看见大爷，也从车里下来了，高兴地说，嘿，大爷你真的变胖了，变白了，真没想到你变成这样。

孙知福也笑着说，变了，现在没事儿了，也该胖了啊。白倒是没白，这辈子也变不白了。孙胜一笑着说，大爷你咋说起普通话来了？孙知福说，我没事儿的时候厂里厂外的人都爱来我这儿唠唠嗑，我说家乡话他们听不清，只好说普通话，说多了就说顺溜了，改不过来了。我给你大娘打电话，你大娘就骂我。我说我说惯了普通话，改不过来了。你大娘就说，你才去了几年北京，长本事了，还知道自己姓啥不？我们半个月不通一次电话，通电话就斗嘴，我看还是在北京清闲。

孙胜一笑着，随着孙知福走进工厂大门。大门旁边是一间房子，里面有张床，几条板凳，一台电视机。桌子上还放着几份报纸。孙胜一身上感到一阵凉爽，一抬头看到了空调。孙胜一笑着说，大爷你混得不错啊，还装上空调了。孙良停好了车，走了进来说，大爷混得比咱们都强，厂子里的领导对他那是相当重视，差一点没有任命他当副厂长，安装个空调算啥呢。孙知福说，你还真别说，我再年轻一点，说不定真能当上副厂长。我年轻时赶上的年景不好，那时候还没改革开放，没有那么多机会。现在改革开放了，人们的思路活了，有了那么多机会，你有什么想法，只要肯干、能干、敢干，都能干成。

中午时孙知福买来一条鱼，一只鸡，说要做饭吃。孙青山做饭的手艺好，活儿让他揽了去。孙知福和孙胜一坐着说话。说到孙胜一父亲的伤，孙知福说，我怎么都没想到，你父亲会出这么大的事。他是我的弟弟，本来我该回家一趟去看看的，可是厂子里离不开人。前两天我还给你爹打了个电话，听说也好得差不多了。这回出事落了一个好，他出不了力了，也胖起来了。孙胜一点点头说，是啊，是胖了，不能干活，力气在身子里出不来人就胖了。孙知福又说，我们都老了，也干不了重活儿了。你啥时候能变胖一点呢，你看你瘦的，咱们家再也找不到第二个了！你以后没事儿就过来，大爷我给你做饭吃。孙胜一应承着说，好，中。

孙胜一也说了自己来北京后的情况，说自己为了文学创作，放弃了收入高的工作，现在在一家纯文学杂志社的编辑部工作，可以接触一些作家朋友，有利于发展。孙知福觉着他很有想法，赞叹地说，写作可不是一般人能会的，你看我每天读书看报，人家写得可真是好，真是有思想见识和理论水平。我现在听你的谈吐，果然是比头几年强多了。你就好好干吧，有困难给我说，我虽说没大本事，可在北京也认识几个人，在经济上有什么困难你就开口。再说咱家不是还有你兄弟孙良，你大哥青山吗。你们机会赶得好，随便混一混都会比我们老一辈强。现在的困难都是暂时的，挺一挺过去就好过了。要说难，在家乡难，在城里更难，但是咱难得有理想有追求，难得有盼头、有出息啊。

孙胜一谈起自己过年回家的感受，也说起了孙林、孙小军，说起世道人心的变化。孙知福说，我可是经历过苦日子的，困难的时候啃过树皮吃过观音土，当时真是难啊，都穷，借都没地方借去。现在有一粒麦子掉在地上，我还是会捡起来，我们老一辈是穷怕了，你们很难体会。孙胜一点点头。孙知福又说，现在好了，国家在改革开放中激变，人也在这种潮流中变化，不变不行了。大家都有一个穷根，都怕了，怕日子过不好被人看不起，会作难，就都想方设法要过好。虽说在这种变化过程中，人与人之间不再那么亲密友善，也多了一些磕磕绊绊和钩心斗角，不过我们还是应该看到，大家的生活水平、生活质量一天天提高了，至少不再为吃的穿的发愁了。孙胜一觉得大爷在北京这几年没有白待，成天和人聊天看报思想境界也有了，因此他不停地点头称是。孙知福说到最后，认为孙胜一该找个对象了，他认为男人干事业，必需得有一个好的家庭做支撑。这个家的组成不一定是最理想的，但一定要安稳。安稳的家庭也让人心里稳当，能踏实地做事业。孙胜一觉得大爷说的有道理。晚上吃过饭，喝了酒，又聊了一会，孙良和孙青山把他送了回去。

六

孙胜一喝了点酒，脑袋昏昏沉沉的，胃里也有点难受。回到家里他躺在床上，想到大爷说的话，也觉得自己确实该找个对象了。可是想来想去，脑子里心里全是马丽。他仍然爱着马丽，放不下，因此他决定跟她取得联系。马丽的电话换了，但孙胜一知道她家里的座机。以前心里多少抱着能找到比马丽更好的女朋友的幻想，并没有给她家里打电话。通过座机，他问到了马丽的新手机号。

接通电话后，孙胜一对马丽说，马丽，请你跟我说实话，你在广州有男朋友了吗？马丽沉默了一会说，这和你有关系吗？孙胜一说，有，你说实在话，你对我还有感情吗？马丽沉默了一会儿说，我不知道。孙胜一说，我想对你说的是，我忘不了你，这是真的。我们都该相信一切都会好起来的，我们为什么不能一起走过艰难的时光，走向成功呢？马丽说，你现在是个什么情况？孙胜一沉默片刻说，我对你实话实说吧，我现在每个月工资只有一千二百块，我的确还在写文章，也在不断地发表，渐渐也得到了文学界的承认，但稿费也还是赚不了多少。不过我写了一部长篇小说，还在找出版，估计出版了也赚不到多少钱。马丽说，我吧，现在还可以，我已经从广州到深圳了。我给我高中同学林蓉做事，我们正准备拿下一个国外化妆品品牌的国内总代理。孙胜一说，要不你来北京吧，政治经济文化的首都，多好啊。马丽说，我觉得还是这边好，这儿是特区，更有发展前景。孙胜一说，分开这么久了，我真的没法忘记你。马丽叹了口气说，唉，我，我也一样。不过，虽说我赚了点钱，但都给家里还账了，还是一无所有。你的情况也不好，我们继续在一起，两个穷人又走到一起，能有什么将来？孙胜一坚定地说，如果你还爱着我，就来北京吧，要不我去南方找你。只要肯努力，相信我们将来都会好的。马丽想了想，又说，我得了胆结石，得动手术。我爸有胃病，我妈血压高……孙胜一听打断了马丽的话，心里一阵隐痛，他有些激动地说，我也跟你说实在的，我的情况也不好，我父亲的腿折了，花了六千多，也不能干活了，得养着，将来还得做手术，也得需要钱。我母亲二十多年的癣病还没有看好，我自己的手也骨折过……马丽也打断了他的话说，既然我们的情况都不好，再走到一起去不是更不好了吗，你还是找个条件好的女孩吧！孙胜一生气地说，谁的条件好呢？条件好的会看上我吗？如果你还相信我，就来北京吧！马丽说，不是相信不相信的问题，我们得实际一点。孙胜一说，我们所需要的是爱，是力量，有了这两样东西，我们就什么都不怕了。胆结石也不是什么大病，我们想办法挣钱治啊。马丽说，这两年我也一直在想，说实话，我也想过找一个有钱的男人嫁了，可是做不到那样。孙胜一心里涌起一阵隐痛，难过地说，马丽，我爱你，永远都爱你，我希望和你在一起，永远在一起。马丽沉默了一会儿说，先别忙着说爱，我最近还查出了有肝炎，这是富贵病，不知道得花多少钱，还会传染，难道你不怕吗？孙胜一难过得泪水都流了下来，他几乎是哽咽着说，不怕，我不怕，让我也得肝炎好了，我们一起得就不再传染了。马丽说，你真不后悔？孙胜一说，我不后悔，绝不后悔，因为我爱你。马丽被感动了，说，我也爱你，心里一直有你。

一个月后，马丽出差来到北京，孙胜一特意打扮了一下，穿了一件好看的衣服，坐公交车去火车站接她，两个人一见面就跑向对方，紧紧地抱在一起。孙胜一在抱着马丽的时候，就像真的拥有了爱，而爱让他的全身充满了力量。不过，两个人在北京亲密地过了两天后，马丽还是要回深圳。走的时候她说，真难以想象，你竟然在那么小的房子里写作，要不你还是来深圳吧，至少同样的价钱，租的房子会漂亮一点，而且南方的房子都带厕所，不用跑到外面的公共厕所了。孙胜一想了想，然后认真地点了点头说，我会给你一个满意的答复，但我得给主编说一下，我不能说来就来，说走就走，我需要一点时间。马丽点点头说，嗯，你知道吗，你在我眼里就是一个傻瓜。不过我爱你，永远都爱你这个傻瓜。其实，我没有得胆结石，也没有得肝炎，我是为了试探你才那么说的，你会原谅我吗？孙胜一喜出望外地看着马丽，走过去吻了吻她说，你太坏了，不过，这样不是更好吗？你走吧，等我去深圳找你。马丽说，虽说我爱你，但我给你半年，如果你不来深圳，我们就不要再联系了。孙胜一说，好，我现在就答应你，半年之内，我会去深圳找你。

马丽走后，孙胜一找到了李一山，说起想要辞职去深圳发展的事。他说，我想过了，北京虽然很好，是我特别喜欢的地方，可再好的城市没有爱的人在也就不好了。我女朋友马丽说深圳是个移民城市，大家都是从五湖四海来的，不欺生排外，又是中国改革开放的窗口，说不定到了那边能找个不错的工作，赚得更多。李一山点着头说，听说那边女多男少，男女比例失调，不知是不是这样。孙胜一说，是啊，马丽说过，尤其是在工厂里，差不多是六比一的比例。唉，咱们工资太少了，要不你也干脆和我一起辞职，去闯荡一番吧。现在想一想，我们没有必要继续待在这个单位，一个月才一千多块钱，连生活都不够。再说，我们写作也需要游历，从北方到南方，说不定会有更多的灵感，让我们写出更好的作品。李一山笑了笑说，你去深圳为的是女朋友，我去了又能做什么呢？孙胜一说，你不是说深圳男女比例失调吗，那儿应该有很多漂亮的女孩子，说不定还会有喜欢写作的。李一山叹了口气说，有人给我介绍女朋友，一听我是个写作的，眼里就射出质疑的光，问我写作能发财吗？你说可不可笑？你说是她可笑还是我可笑？孙胜一笑了笑说，都可笑，也都不可笑。我相信你在将来一切都会有的，你是有福相的啊，你看你的耳垂那么厚实。李一山说，但愿吧。我不能因为当下社会上的人，尤其是女孩子对作家有偏见就否认自己。我们是有价值的，在这个越来越鲜有人喜欢文学的年代，越来越迷信金钱与物质的社会上，我们显得尤为可贵。孙胜一点点头说，是啊，是啊，可惜没有多少人能认识到我们的可贵。你想我为什么会选择一个月一千二百块钱的工作，不就是因为爱好文学吗？如果我换份工作，怎么着一个月也得四千左右吧。我们都是有梦想的人，虽然现实的问题会严峻地摆在我们面前，让我们为了生存吃尽苦头，但我们却在向圣人孔子的徒弟颜回学习，吃简单的食物，住在简陋的出租房里，忍受着清苦的生活，也不改其志，这算是一种修为。李一山说，是的，我们是比一般的人要有志气，因此我相信，将来我们都会成就一番伟业。孙胜一说，说得好，我们一起去深圳吧，虽然我们不被人关注，但我们在芸芸众生中是有理想和追求的，是与众不同的。我希望你到了深圳会遇到欣赏你、愿意和你一起生活的女孩。真的，我相信到了深圳以后肯定有人喜欢上你。在南方美女如过江之鲫啊，即便是她们中也有相当一部分人喜欢有钱有势的男人，但总有些家境不差、自己什么都不缺的女孩喜欢文学吧。李一山说，现在有些女孩子太势利了，我对她们几乎都失望了。孙胜一说，还是要相信爱情，上个月我和马丽通电话时，她说自己情况不好，得了胆结石和肝炎，那时我的心里真的很难受，那时我才发现自己一直深爱着她，不管她怎么样我都不想放弃。结果她走之前才告诉我，她是在试探我，什么事都没有。说真的，我当时都被自己的表现给感动了。李一山说，说得好，相信爱情，相信自己。我也跟你去深圳算了，希望我们在南方有一个新的开始，将来能过上拥有香车宝马、兰草美人、不缺少物质精神也同样富有的诗意生活。

七

三个月后孙胜一和李一山一起辞职，收拾好行李，退了房子，离开了北京，乘上了开往深圳的绿皮火车。在哐当哐当向前行驶的火车上，他们面对面坐着，有时聊着天，有时扭头默默看着窗外的山川原野，诗意村落和大大小小的城市。

他们怀着对一个陌生城市的憧憬，心中有了一种久违的、自由飞翔的快乐。

火车到了深圳罗湖车站，马丽和她的朋友、漂亮且富有的化妆品公司老板林蓉一起在出口接上了他们，然后把他们带到车上，由林蓉开着车，把他们送到一家高档宾馆住了下来。晚上，四个人在一家西餐厅用餐，吃过饭又一起去KTV唱歌。李一山虽然个头不高，长相平平，却有着一副好嗓子，歌唱得声情并茂，颇具感染力。林蓉对他产生了好感。从李胜一的介绍中，她知道李一山是名牌大学毕业，还是位青年作家。只读过高中的她觉得，如果要找个男人结婚的话，李一山也许会是个不错的选择。当天孙胜一和马丽住在了一起，李一山一个人住一间房。第二天马丽去上班，让孙胜一帮李一山去找房子，后来孙一山在一个城中村里租了一室一厅的房，当天买了床和生活用品，安顿了下来。

那时的马丽在商场负责管理林蓉的一个化妆品摊位，每个月除去要交给林蓉的那份钱，还能余下不少。孙胜一很快找了份企业内刊的编辑工作，每个月有三千块，比起在北京收入翻了一倍还多。手上有了一些钱，他买了两身好看些的衣服，在外面吃饭时也不再那么心疼钱了。因为有了些钱，他与马丽的关系比起以前上大学时好了许多。李一山不久也找到了工作，他在一家网络公司做编辑，半年后成了林蓉的正式男友。林蓉希望李一山能帮自己打理公司，李一山便辞了职，打理化妆品公司的一些杂事，每个月也能领到工资。林蓉为李一山在驾校报了名，说等他考到了驾照，要为他买一辆车。一年后马丽也成立了自己的化妆品公司，赚到了更多的钱。见李一山开上了车，马丽也让孙胜一去考了驾照，为将来买车做打算。那时的孙胜一和李一山渐渐地融入深圳这个大都市中，又有着爱的滋润，每一天倒也过得充实。只是在写作方面，他们不再像以前那样勤奋，尤其是李一山，几乎放下了写作。

孙胜一与马丽领了结婚证，两个人首付了一套房子。当时房子还不算太贵，一平方米也不过六千左右，一百平方米也不过六十万左右。装修好房子，两个人选了良辰吉日，把双方父母请到深圳，摆了婚宴，结了婚。孙胜一的父母在深圳住了半个月，那段时间，他也了解了一些家里的事。孙林和妻子离了婚，在县城买了套房，与一个县里的年轻女孩结了婚，有了孩子。孙林的大弟和二弟因为倒卖地沟油被抓，为了减刑托人找关系花了不少钱。三弟开车出了车祸，人救活了，

45

却成了个废人。媳妇见男人不中用，借口出去打工，却跟了别人。孙良在北京的事业还比较顺利，他有了更多的钱，换了辆奔驰，还在村子里盖上了三层小楼。他在北京找了个年轻漂亮的女大学生，每天过着花天酒地的生活。孙良对孙青山也挺大方的，给了他不少钱。孙青山有了钱，在北京找了个开理发店的离异女人，两个人产生了感情，他回到家里提出要与妻子离婚，妻子一气之下上吊死了。孙胜一根据家乡的一些人和事写了篇小说，发表后还被选刊选用了。孙胜一和马丽婚后不久，李一山和林蓉也领了证，择了良辰吉日，结了婚。他们住进了别墅，李一山沾了林蓉的光，也开上了一辆深绿色的陆虎。虽说是好朋友，林蓉的成功还是让马丽心里产生一种嫉妒，从婚宴上回来时，也因为喝了一些酒，她忍不住对孙胜一说了林蓉在广州和深圳的打拼史。

　　林蓉高中还没有毕业就南下来到了广州，有几年在工厂做普工的经历，还在公司当过文员，她的包和手机被人抢过，感情上也被人骗过，总之吃过不少苦。后来，有位香港的富商看上了她，她得了一笔钱，才慢慢发展起来了。马丽说起林蓉时脸上带着不屑，认为她住上了别墅，开上了名车，是有代价的。孙胜一说了马丽，认为她不应该跟自己那样说，因为不管怎么样，林蓉是把她当成好朋友，对她是有恩的。马丽生气地说，我就是心里不平衡了，我就这么俗了，你说我和她比哪儿差了，凭什么她开好车住别墅，我们不能？孙胜一不说话，但在心里，他觉得马丽变了。也许是大都市无形的物质磁场让她迷失了，如果他不能跟着变，或许他们是没有将来的，他有了那种担忧。

八

　　孙胜一和李一山在结婚后都有了一种从精神上、心理上属于一个女人的不自由。周末的时候他们有时间聚在一起，李一山说，以前他在与林蓉恋爱时还不太觉得，结婚后他发现自己坠入了世俗的生活，活成了一个没有追求的人。他成为大作家的梦想重新在心中彰显时，却发现失去了创作所需要的新鲜而真挚的感情，可他不能正大光明地去跟谁谈恋爱，顶多只能去一下夜总会，找些穿着露骨的女孩子唱唱歌。自然，聊得投机了，有时也会带出来。激情过后，平静下来，他却会感到人生没有意义。

孙胜一赞同地说，我也越来越强烈地感受到了，在日渐膨胀的大都市中，我们的精神之花日渐枯萎，我们得到的越多却觉得人生越虚无。我有时也想放弃一切，重新回到北京去做北漂，哪怕去流浪。李一山说，是啊，可是我能放弃现在的锦衣玉食、名车豪宅吗？有时我也想，写作真的那么重要吗？这个世界上有那么多人，再说已经有了那么多世界名著，我何必再苦苦跻身那些名作家的行列？孙胜一点头说，我也有过类似的想法，只是如果改变了初心，放弃了理想，那终究不是我想要的。我现在给自己的定位是先活好，想写就写，写到哪儿算哪儿。我知道这样的想法是没出息的，但又能怎么样呢？李一山说，当写作不再是我们坚定的理想和追求，我们生活得再好等于是废了。事实上我是想写作，我需要写作来拯救自己。可不知不觉间，我顺从了生活，变俗了，没有感觉了，我被现实的糖衣炮弹给击中了，灵魂的翅膀受伤了，飞不起来了。这段时间我一直有个挥之不去的想法，我想离婚。孙胜一摇摇头说，理解，你想活得像一股风，自由奔放地吹过这苍茫人世。我也想这样，但这等于是要背叛我们选择的爱与生活，我们真的可以这样吗？李一山说，如果我们决定那样去活，并没有谁真正能挡得住。孙胜一说，是，话虽然是这么说，我劝你还是老老实实和林蓉生活下去吧。你想写，可以不用管公司，可以找个安静的没人打扰的地方写，我想她也不会反对你写。李一山说，是我不想再爱了，是我不能忍受了。她是生活化的，物质化的，她追求的是金钱的满盈，生活的肤浅情调，我不一样，我渴望过内心的生活，拥有精神的纯粹，写作上的成就。孙胜一点点头，他觉得李一山也说到自己心里去了。

马丽相当有赚钱意识，深圳这个大都市很适合她那种积极进取、一心把事业做大想要赚更多钱的人。她一步步把公司做大，赚了钱又开始投资房产，整个人都融入了赚钱的事业当中。她在事业上不断获得成功，也享受那种成功，而孙胜一在她的世界里变得可有可无，不那么重要了。孙胜一对马丽有了越来越多的不满，最让他不满的是，结婚几年后马丽还不愿意和他要个孩子。孙胜一也曾提出过要为在乡下的父母盖一栋小楼，因为那时比他还小的孙良在村子盖了楼，有了攀比的对象，他的父母也想盖楼显摆一下，因为父母也了解到马丽成了大老板。

孙胜一向马丽说起时，立马遭到了否决。马丽认为在他们家那个破地方投资几十万盖栋小楼没有升值空间，等于是把钱白白扔在那儿了。孙胜一也知道马丽说得有理，可由于他对马丽的不满，偏偏要坚持在家盖楼。两个人因此吵了起来，马丽板着脸说，你读了那么多书怎么思想境界还不如个农民？农民打工有了钱还想在城里买房子呢，我坚决不同意在老家盖楼，如果你想，你可以把父母接到深圳来，我给他们一套房子住，没事了像那些城里的老头老太太一样，去公园里走走，何必一定要待在乡下那种地方呢？孙胜一说，家里头还有地，近年来国家也不让交公粮了，种地甚至还有补贴，我父母舍不得把地丢了。再说他们来到城市里生活也不见得适应，我的爷爷奶奶、姥姥姥爷一些亲戚朋友还在乡下，他们怎么能不管不顾去过自己的生活呢？马丽说，我看你就是没出息，国家补贴能补几个钱？现在物价那么高，补的那些钱能干什么？那些亲戚朋友就那么重要吗？这年头只要有钱，谁离了谁不能过啊！孙胜一生气地说，你的心里就只有钱，我没出息，就你有出息！马丽从沙发上站起来说，我不想跟你吵，我还得出去陪客户打麻将，晚上可能不回来了，不用等我了。

孙胜一心里郁闷，给李一山打了电话，约他见面。见面时李一山带了位年轻漂亮的女孩，女孩叫菊儿，清秀可人，年轻漂亮得让他心生妒忌。他觉得自己活到三十多岁，只有马丽一个女人，真是有点儿亏了。他应该像李一山那样去不断地尝试新鲜的感情，和陌生女孩建立亲密的关系，让自己那颗枯淡的心变得有点味道。正想着时呢，妹妹孙兰打来电话，说要向他借钱。

孙兰结婚后一直在西安生活，那时她的工资虽说比以前多了许多，但也就两千来块。她的爱人因为要照顾生病的父母，要带孩子，一直没有去工作，因此家里的日子靠那点工资过得捉襟见肘。以前马丽曾想过让孙兰来深圳帮她，说一个月给她开八千块钱，年终还有分红。孙兰想来，但爱人不同意。孙兰知道哥哥有钱，但平时也从来没伸手要过。以前打电话，她总忍不住对哥哥发牢骚，说自己男人不争气，男人兄弟三个都有工作，都能赚钱，偏偏让最小的他来照顾老人，耽误了赚钱，结婚那么多年他们连套房子都买不起。说到伤心处还会哭上一阵，让孙胜一心里也烦恼不安。孙胜一说要给妹妹钱，让她买套房子。头几年在西安首付一套小房子也不过几十万块，马丽认为买房子会升值，也同意借，但妹妹又说男人不会同意。

这次妹妹打电话，是她婆婆得了病，看病需要十多万，三兄弟一人几万，可他家拿不出来。她不想管这个事，又不忍心看着男人难过。孙胜一听说了情况，一口答应说，没问题，你别为这事闹心了，这两天就可以把钱打过去。挂了妹妹的电话，孙胜一就出去给马丽打了个电话，简要说了情况，希望马丽表态。马丽正打麻将，显得特别不高兴，说，她婆婆生病用得着她开口借钱？她男人干什么吃去了，怎么不自己想办法？孙胜一说，你又不是不清楚我妹的情况，我妹给我们开口借钱是解决家里的事，不也算是很正常吗？马丽不耐烦，说，我正在打麻将，跟你说不清，到时见面再说。孙胜一还想要说什么，马丽却挂了。

第二天，马丽还是给孙兰打了钱，但脸色难看。孙胜一觉得她不通人情，把钱看得太重，随着她的事业发展得越来越好，她就越来越不太把自己当回事了。既然她不把自己当回事，自己也应该有些变化了。可最先发生变化的却是李一山和林蓉，他们离婚了。

九

林蓉看到李一山带着别的女人手牵手逛商场，便跟踪了他，后来发现他与那个女人一起去宾馆开了房。林蓉请人用相机和她一起去拍了照，提出与李一山离婚。李一山也想要从婚姻中走出来，爽快地同意了离婚。李一山开的那辆车归了他，分了套一百多平方米的房子，现金也分了些，节俭用的话足够他生活个几年的。拿到离婚证后，李一山对林蓉说了声对不起，心里有些难过。林蓉看着他淡淡地说，没关系，只不过是你太不小心被我发现了，或者说太胆大妄为忘记了我的存在了，好聚好散，咱们就此别过吧。李一山有点无耻，但也不能说不是实话，他试图解释说，其实我是爱着你的，但我更适合过单身生活……林蓉笑着打断了他的话说，我理解不了你这位大作家，你也理解不了我，我们之间就当是一场误会。说完，林蓉转身走了。

李一山给孙胜一打电话，两个人见了面。李一山说了与林蓉离婚的事。孙胜一想到马丽对自己说过的，林蓉曾经给人当过情人的事，想了想，安慰他说，也好，祝贺你自由了。李一山说，我带你去钓鱼吧，现在我越来越喜欢钓鱼了。孙胜一说好。李一山打了个电话，开车带着孙胜一，半路上接着了菊儿和菊儿的一位姐妹。那女孩二十一二岁，身材苗条，面颊粉嫩，凤眼黛眉，小嘴红艳艳的，说话的声音也好听。菊儿开玩笑地对孙胜一介绍说，我好姐妹，刚来深圳没多久，介绍给你认识，请帮她留心在文化圈里找个男朋友吧，她可喜欢看书了。孙胜一看着那个女孩有些心动，问，怎么称呼？菊儿说，叫她非非就好了。孙胜一点头，若有所思地说，哦，非非，不错，这个名字不错。非非甜甜地笑着，坐上了车。车子到了钓鱼场，钓鱼时李一山对孙胜一说，你该有变化，不然很快就要老了，落后了，被淘汰了。你现在也算是经济自由，可比起精彩的深圳活得一点都算不上精彩。

孙胜一也想活得精彩些，因此在看着非非时也动心了。钓鱼的地方还有住处，李一山早就订好了房。李一山和菊儿住，孙胜一和非非被安排在一个房。两间房子紧挨着，可以串门，各自在房外面的钓鱼台钓鱼，相互说话也听得见。李一山来时就没打算让孙胜一回去，孙胜一想了想，最后决定给马丽发条短信，说自己晚上不回去了，要和李一山一起钓鱼。那晚，一个年轻女孩让孙胜一有了新的体验，他重新年轻了起来，有了混沌的激情和力量，那种有些盲目的感受让他认为自己不该再继续那样平平淡淡、按部就班地生活下去了。当时他隐约感到将来会出问题，可最终还是陷进去了。

大约两个月后，马丽看到非非给孙胜一发的暧昧短信，找人跟踪了他，查到他的房号，当场把孙胜一和非非捉奸在床。那一刻孙胜一感到自己和马丽走到头了。自从来到深圳，他有了新的工作，新的朋友，和马丽结了婚，又有了车子、房子，甚至也算是成了富有的人。他亲眼看着深圳有许多地方盖起了高楼大厦，没有路的地方有了宽敞的马路，没有桥的地方有了大桥，汽车越来越多，城市的人口越来越多，城市绿化搞得越来越漂亮，城市也越来越繁华热闹。而他也不再是多年前在北京时吃不好、穿不好、在花钱上斤斤计较的他了。那时他已经有了很大变化，那种变化主要是因为他经济生活上的变化所决定的。那时三十出头的他仍然显得很年轻，比起以前还多了一份成熟和稳重。他穿着体面的衣服，言谈举止得体，平时开着车出去，走到什么地方也不再是以前那种穷酸模样了。他仍然会写写文章，为能在报刊上发一发感到高兴，他自费出版了多年前写的那部长篇小说，加入了中国作家协会，成了至少在当地还算知名的青年作家。

马丽说，没有什么好说的，离吧，你别想从我这儿得到一分钱！这些钱都是老娘我辛苦赚来的，没有你什么份儿。从民政局走出来时，孙胜一的名下只有一辆旧车，卡上的钱也不过几万块。他想到在乡下的父母亲，想要争取一套房子，因此也对马丽说了，说她名下有那么多套房子，他名下的唯一的一套房子没有必要再转给她了？马丽哼了一声说，你要搞清楚，那是我赚的钱买的，这几年都是我在养着你，你也好意思这么说。

孙胜一想跟马丽说理，甚至想跟她吵上一架，最终觉得是自己对不起她，便也没有再多说什么了。

十

孙胜一几乎一无所有，非非自然也不会跟着他了，走之前还以各种理由跟他要了一笔分手费。孙胜一心灰意冷，也不想多说，从卡上取了钱，打发她走了。

他租了房子，手头上几乎就没有剩下钱了。恰恰是在那个时候，他的大爷、已经七十多岁的孙知福从北京回到家乡打来电话，要他出几万块钱。孙知福说，孙良发达了，打算为他父亲立碑，他立碑的话，必须得为他的爷爷和老爷爷那一辈人也得立。他那一家人要立碑，孙胜一这边的也得立。虽说孙良可以出所有的钱，但这个钱不能让他一个人出。家里老人们商量了一下，决定让在外头混得好的每个人出些钱，热闹一下，也好显示一下他们在外面干出了成绩，愿意为家族做点事情。如果有钱，这是件光荣的事，但孙胜一离婚后几乎一无所有。尽管没了钱，他的大爷开了口，却也不好当即拒绝。

挂了电话，孙胜一便打电话问父母，父母那时还不知道儿子和马丽离了婚，觉得他出些钱是应该的，也都赞同。孙胜一想了想挂了电话，又给在深圳的孙小军打了个电话，想听听他的意思。孙小军的意思是他还是个打工的，虽说在深圳有了车子和房子，但他不是老板，出不起这个钱。孙胜一挂了孙小军的电话，又给堂哥孙青山打。那时孙青山和相好的也早散了伙，一个人赚钱支撑着一个上了

51

高中、一个在读大学的孩子，日子过得紧巴巴的。孙青山说，这个钱你得出，咱们家这一支只有你是个大学生，再说你老婆还是做房地产的大老板，说起来你家里应该是最有钱的。又闲聊了几句，孙胜一挂了电话，想了想，又给孙林打了个电话。孙林在电话里说，我听说你在深圳有了十多套房子，你老婆是上市公司的大股东，身价都上亿了，你是该多出点，多出也好显示一下你比他们都强。孙胜一想了想说，我也没有多少钱，实在不行，我就出一万吧。孙林说，你不在家不知道，咱农村的事不好弄。我的厂子倒闭了，别人欠我的钱跑了，我欠别人的没钱还，现在经济上出了些问题，你能不能……孙胜一听出他要借钱的意思，立马打断他的话说，我没有钱了，我离婚了。孙林说，夫妻共同的财产，你没有得到你该得的？孙胜一说，是，也不是，钱都是她赚下的，我……孙林说，你是傻了，她那么多资产，你怎么就同意净身出户了？不是我说你，你真是没有脑子！要不这样，我找几个黑道上的人来深圳吓一吓她，让她出钱给你。孙胜一说，千万别，不用了——我实在没办法了才跟你说了实话，你先别跟我家里人说，我娘她身体不好，钱的事你再想想办法吧，我真没能力借你了。

挂了电话，孙胜一喝了口水，心里难受，休息了一会又给李一山打了电话，约他晚上在一个大排档见面，喝喝酒，打算先从他那儿先借上些钱，给家里打过去。见面后才知道，李一山也和菊儿分手了。李一山笑着说，现在我们都自由了，都回到了从前——你怎么就答应净身出户了，马丽也真够绝的，十几套房子一套都不给你，她可真行！孙胜一说，我也不想沾她什么光，一无所有不是挺好的吗？李一山说，好个屁，你下一步怎么打算？孙胜一说，你能不能先借我一些钱，过段时间我有了还你。李一山苦笑着说，还真不行，我房子卖了，现在就剩下一辆车了，还是个消费品。我一直没告诉你，我卖房子是为了还赌债，几个月前我去澳门赌，输了，现在还欠着朋友的一些钱，再过几个月说不定得考虑卖车了。

孙胜一突然就笑了。李一山看着他笑，也笑了。两个人笑得都有些莫名其妙，但好像又都理解了对方为什么笑。那一晚他们都放开了喝，喝着喝着，喝大了，孙胜一想到他曾经深深爱过的马丽，或许在生命中仍然爱着的马丽，但他们怎么真的离了呢？他想不太明白。他想到仍然在家乡过着苦日子的、仍然在受罪的父母，还有一直生活得不怎么如意的妹妹，突然就难过得哭了，哭得呜呜有声，像是受了天大的委屈。

　　李一山拍着他的肩膀，说，停，停，别人在看着我们呢，一个大老爷们哭什么？别哭了，多丢人啊。孙胜一停住了哭，用手背抹了把眼泪，说，好了，现在咱们都一无所有了，为一无所有干杯吧。李一山举起杯说，一无所有的感觉真他妈好啊，真是自由了，咱们干了这杯，让我们从此挣脱物欲横流的磁力，继续追求诗意的人生。只要我们好好写，好好活，一切都还是有希望的。孙胜一举起杯，喝下那杯酒，重重地放下酒杯，也许用的力气大了，他感到手腕胀痛。他习惯性地用左手摇着右手，手腕内部发出嘎巴嘎巴的声响。那种声响提醒着他，他有一个穷根，也有一条穷命，但那样的他或许是适合着从事写作这项事业的。当然，那只不过是他一时显得有些莫名的感受。

诗人李修竹

十多年前的一天，李修竹在电话里说，我非常认真地给你说个事儿，我认为起个笔名可以让你忘记原本平庸的自己，在写作时更加放得开。你看鲁迅先生他原名叫周树人，老舍先生他原名叫舒庆春，莫言、贾平凹、苏童、余华、格非、残雪，这些浮出水面的名家，他们用的都是笔名。我看在写作上相当有才华的你也相当有必要取一个笔名。你不用感谢我，谁让我喜欢你这个人呢。这些天我为你想了个特别棒的笔名。你知道"周而复始"是个成语，这个成语相当有意境。这个成语让我联想到希腊神话中的西西弗斯，那个推着巨石上山的男人。获得过诺贝尔文学奖的、四十多岁就自杀的法国作家加缪，他除了著名的《局外人》和《鼠疫》，还写过一部《西西弗神话》，他认为西西弗斯的命运是属于自己的，他推着的巨石象征着我们每个人都在过的生活。我们一生的快乐和幸福、痛苦和忧伤都源于那块石头。你能理解吗？在我看来，一个人真正能把握自己的命运的话他就可以心想事成。另外，天地万物，周而复始，你叫周而复等于是和天地齐名。你一定要相信，这是个在将来会响遍全世界的名字。

李修竹帮我起笔名时，我在北京，他在深圳，我们还从未谋面。我写小说，常去一些文学论坛，在一个诗歌论坛里我看了李修竹的诗，给他留了言。那时的他还不叫李修竹，李修竹是后来他看了赵孟頫的散文《修竹赋》，认为"修竹"极为有意境，给自己起的笔名。那时候我们经常在 QQ 上聊天，有时他嫌打字太慢，且词不达意，便会给我打电话。他在电话里滔滔不绝，可以说上一两个钟头，往往是我担心发烫的手机会爆炸时，才不得不找理由与他"改日再聊"。那时漂在北京的我在一家纯文学杂志当编辑，工资不高，住在阴暗潮湿、空气不太流通的地下室里，虽说也有了一些文朋诗友，但平时大家各忙各的，并没有谁像他那样天天与我聊天，隔三岔五地就给我打一通电话。十五年前的秋天，二十七岁的我，终于受到他的蛊惑，来到了深圳。

当时李修竹在电话里说，老周，周而复，你现在同意用这个笔名了，我真的特别高兴，请允许我以后改口叫你老周了。虽然我比你还大几个月，但这又有什么关系呢，在我看来你相当有才华，称得上个"老"字。另外我是一个诗人，内心里永远住着个孩子，叫你老周也是合适的。我请你一定要相信，我们是可以影响世界的人。虽然我们现在大体上还属于一文不名，在文学上也不过刚刚起步，但是前途是光明的，未来是值得期待。说真的，深圳是个年轻、开放、包容的大都城市，在这儿机会多，有钱人多，风景优美，四季如春。我需要特别强调的是，这儿女人比男人多。你可以试着想一下，当你写累了的时候，约上一位清新可人的女孩，牵着她的小手，肩并着肩，一起去海边吹吹海风，看看海鸥，该有多么美妙啊。我敢保证，年轻英俊的你来到深圳，走在大街上会有大把大把的女孩子关注你，大胆地回头看你，甚至更大胆地主动上来与你搭讪。这时你要注意了，如果有女孩假装问你××地方怎么走，你一定要热情地亲自带她去找那个地方。这样一来你们就认识了，你们之间的缘分就开始了。如果这个女孩长得一般，你觉得她做你的妻子可能还不够格，没有关系，你们可以成为很好的朋友。我相信贾宝玉说的话，他说女孩儿都是水做的，男孩儿都是泥做的。我的理解是，所有的女孩子都值得我们爱惜，我们也未必要用我们泥做的身体污染了她们，那会有损我们文化人的纯洁。我们可以对她们好一些，与她们交交心，成为她们的蓝颜知己。这对我们写作，不管是写诗还是写小说都是大有益处的……

当小个子的他在罗湖火车站接到我，在拥挤的人群中用灼灼有神的小眼睛看着我、向我奋力地挥手时，我知道我们的缘分已经穿越地域的限制，在我们共同的现实中，在我还不熟悉的深圳热烈地展开了。他旁若无人地大声喊着我的名字，周而复，老周，我在这儿。又高又瘦，穿着黑色风衣的我朝他走过去。他伸出手，郑重有力地与我握了一下说，终于见面了，没错儿，我正是你日思夜想的青年诗人李修竹。虽然我的个头有点小，但人长得还不算太丑，希望不会令你失望。我是真没想到你竟是那样高的，这下我对你更加有信心了，你会在深圳遇到命中注定的女孩，你们将会爱得死去活来，你的写作也将得益于你的爱情的滋养。当然这中间少不了波折，真爱常常会让人两败俱伤。不过不用怕，到时我会给你合理的建议，也会陪着你走出失恋的阴影。通过我们过去的聊天，还有我的诗歌，你对我可能有些了解，我是个生活在想象中的男人。这正是我异于常人、充满魅力的所在，以后你慢慢就知道了。现在好了，北京和深圳胜利会师，我要代表年轻的深圳给来自古老的北京的你一个热情的拥抱。尽管你的个头那么高，抱起来有落差，我还是要克服一下。听他这样说，我只好放下行李和他拥抱了一下。那天的李修竹穿着一件灰色 T 恤，下身是条青蓝短裤，脚上穿着一双破旧的橘黄色凉鞋。他松开我，重新打量着穿着黑风衣、打着领带、留短发、显得英姿飒爽的我说，我代表深圳欢迎你的到来，你来了，深圳的文学事业就有了新的高度。顺便我想要告诉你的是，在南方穿成我这样的，十有八九都是身价千万的有钱人，你千万别小看他们。倒是像你这样穿得板板正正的，明眼人一看就知道，你是在公司里给人打工的。也不怪你，秋天的北京此时已是黄叶满地，有些凉了，可在南方的深圳，还是郁郁葱葱，热得让人流汗。没关系，你可以脱掉风衣，我帮你拿着。

我笑着脱掉风衣交给他，重新拎上沉重的行李，跟着李修竹去乘公交车。他边走边说，不是我不帮你提行李，照说我来接你，是该帮着你提重的东西，可你的行李实在太大了，我这么小的个头提着那么大的行李会显得比例失调，不大好看。好在路并不算太长，我们走上一会儿就可以乘车了。车上可能会有些挤的，到了车上你千万别客气，见了座位就坐下。你是远道而来，带着那么大件的行李，谁都可以理解。我没关系，我可以站着，就在你身边和你聊天。我喜欢和别人聊天，这有助于别人深入了解我这个人，也有助于我和别人建立一种亲密的关系。你不得不承认，在这个世界上人与人之间还是太过隔膜了，本来两个可以成为好朋友的人，往往因为不说话成了陌生人。我们写作是什么呢，就是喋喋不休地说话，向着这个世界上的每一个人说自己。你一定要相信，我们将来都会是非常伟大的人，你可能是非常伟大的小说家，当然你还需要不断地阅读，积极地投入生活中去，去感受、去体验、去爱，也要尽可能地拼了命地去写。我肯定可以成为伟大的诗人，我有这个预感，也有这个潜质，别看我个头小，可我也会像拿破仑与鲁迅那样出名的。我与众不同，你看出来了吧？和我相比，你的话太少了，不过这也是你的优点。沉默是金，这话也有一定的道理，但不适合我。车来了，瞧，没有几个人守规矩排队的。快点吧，我们挤上去，争取抢个座位——嗳，请大家文明点，不要挤，相互让一让——老周，前边有个座，快点过去……好，你这么大个头，能坐下来对于我来说是件好事，我就站在你身边好了。手抓吊环的感觉是好的，我曾经为此写过一首诗，有时我坐公交车就是车上有座也不坐的。我平时坐得太多了，站着对身体有好处。尤其是上下班的时候，每一次乘公交车就像打仗，人还是太多了。不过中国需要发展，城市需要建设，很多事都离不开人。对于我们这些文化人来说，可能不会像工人那样去流水线上做工，去工地上搬砖，除非我们是为了体验生活。我们有更重要的责任，那便是写作。说起写作，我们任重而道远。老周，因为我们不仅要写给中国人看，还要写给外国人看，写到世界上去。我一点都没夸张，经济发展只是国家强大、人民幸福的一个重要方面，可最为重要的还是发展文化，因为物质的东西在满足人们各种需要的同时，还有可能会让人堕落，但文化不一样，文化的发展可以使人变得更加有修养，可以拯救人堕落的灵魂，让国家长治久安，让世界充满和平与爱。好，车开动了，我能细心地感受到这一点。我可以把这种感受写成一首诗，但一般人就不会。我认为深圳，不，全国吧，所有的公交车上都可以广播国内外最优秀诗人的佳作。当然普通听众不见得能听得懂那些高深的诗句，我们也可以选些浅显易懂的来找专人朗诵。你可以想象一下，全国人民耳濡目染，心灵沉浸在诗句的意境中，过不了多久，大家对诗就会产生浓厚的兴趣，也会因为诗歌发生奇特的变化。我有一个惊人的发现，我认为读诗可以让男人变得更帅，女人变得更漂亮，即使那些在相貌上实在无法得以提升的，也可以让他们变得更加有气质。将来我会专门写一篇文章，论述诗歌的神奇作用……我们这是从市内的罗湖火车站出发，到关外的宝安区去，到南头关还要转一下车。把深圳分为关内和关外这是特区的特色之一，我相信随着深圳的强劲发展，在不久的将来会取消关卡。现在好了，你来到了深圳这个全国瞩目的地方，这个经济发达但却还不幸地被称为"文化沙漠"的城市，你太有眼光了，我为你的英明选择感到高兴。请你相信，因为你，这座年轻的、飞速发展的城市又注入了新的力量。我一点都不夸张地说，你为这座城市带来了新的血液，新的希望。因为你的到来，我们将联起手来，在文学创作方面取得辉煌成就。我们将来会像雨果之于法国的巴黎、莎士比亚之于英国的伦敦那样重要。深圳将来要成为世界著名的城市，离不开我们这些文化名人……

李修竹带着我下了车，在南头关排队用身份证过了关卡，又转了一趟车走了七八个站，才到了一个城中村。下车后我们又步行了一段路，到了他租住的楼下。李修竹指着眼前的一片楼说，瞧见了吧，这儿就是深圳著名的城中村。在这儿住着从全国各地来的人。你可以想象，他们每个人都有欲望，都有梦想，都想在这座城市里打拼出一番自己的天地，赚上钱，买上自己的车子、房子，找个情投意合的人生伴侣，一起同甘共苦，生儿养女，他们在为这座城市奉献着自己的同时，也成就了自己最初的梦想。这儿的楼为什么紧挨着，抬头看的时候楼与楼之间只有一线蓝天？因为需要租房子住的人太多了，这儿的人太多了。我这样一个充满梦想的诗人，包括你这位未来的小说大家，和这些稠密的、形形色色的人在一起，应该说是我们的福分。大隐隐于市，我们需要在这儿汲取创作的灵感，获得写作的素材。在这儿几乎什么都有，生活相当方便。饭馆啊、凉茶店啊、蛋糕店啊、理发店啊、杂货店啊、旧家具店啊，你需要什么，就有什么。你需要什么服务，也有什么服务。你将来要对这儿的一切产生感情，你要想象这儿，甚至要把这儿当成人间天堂。如果你真的做到这样，那么我要恭喜你，因为你与这儿成了一个密不可分的整体，你会从中获得一种生机勃勃的力量，这种力量可以不断地使你写下去。你瞧，这么窄的街道上，有自行车、摩托车、小汽车，它们见缝插针地穿过显得密集的人群，你难以想象它们怎么配合得那么好，它们是怎么做到的。当然，我们也会走在其中，我们也是神奇的一部分。尤其是当你从楼上向下看时，你会发现这儿的一切都很神奇。我初中都没有毕业，十七岁出门，曾经去过很多个城市，直到四年前我来到深圳，结果一下子喜欢上了这儿。我的许多诗歌都写到了城中村，有些组诗还获了诗歌大奖。我把我的获奖证书拿给这儿的村支书，想让他找报社和电视台好好宣传一下，可惜他不懂诗，没有引起应有的重视。没关系，我能理解，诗这种东西并不是每个人都能理解、接受得了的，因为他们的文化程度还没有到能欣赏诗歌的程度。我这栋楼上的每一户人家，我都认识，也曾和他们聊过。有人知道我是一位诗人，向我竖起了大拇指，说在这样混杂的城中村里，没想到还有像大熊猫一样珍贵的诗人。我不得不承认，他说得太好了，我们写作者就像是大熊猫。这儿会有太多让人想不到的人存在，想不到的事发生。处处留心皆学问，我希望你将来能写出一部堪比《追忆似水年华》的长篇巨著，书名就叫《城中村》。将来你会明白，这儿住着的这些暂时籍籍无名的人，将来总会有一些人成了明星，成了老板，成了科学家，成了发明家，成为影响中国、改变世界的人。你一定要相信，这儿会是我们最好的起点，我们也将会从这儿展翅高飞，一飞冲天。

李修竹租住在一栋七层高的、外面贴着瓷砖的楼房顶层。我拎着行李上到楼顶时已是热得满身大汗。李修竹说，这楼没有电梯，对于我来说倒是一件好事情，因为这可以强迫我锻炼。我租住在这栋楼的最高层，每天早上我都会爬到楼上的天台望着外围的高楼大厦。我看到太阳冉冉从东方升起，一点点高过了我所能看到的一切，那时我就忍不住感叹。人啊人，人在天地之间是相当渺小的，那些看上去很高大的楼也是微不足道的。放眼宇宙，地球又算什么呢？太阳又算什么呢？也不过是星河中的一粒沙子啊。那么，问题接着来了，是谁创造了宇宙呢？究竟有没有一个上帝呢？我们究竟是谁呢？我们为什么放着那么多事不做偏偏选择了写作呢？一点也不夸张，这些问题想得我头都大了。当然，两千多年前柏拉图先生也问过类似的问题——我是谁？我从哪儿来？我到哪儿去？至今，不管是哲学家还是科学家，都还没能找到一个合理的答案。从这个角度上想，我也没有什么好惭愧的。以后有时间了，我们可以就这些问题展开辩论，虽然不一定有什么结果，但我相信辩论的过程是有意思的。谈到这儿我不得不承认，笛卡尔是个非常出色的哲学家，他说，我思故我在。这个说法看上去那么简单的，可细想一下，真是太牛了。虽然我是一个感性的诗人，可我对哲学保持着兴趣，我对尼采啊、萨特啊、海德格尔这些哲学大家都有研究。后来我发现，哲学家与诗人和作家的关系非常密切。尼采本身是位诗人，萨特本身是位小说家，海德格尔是位非常棒的诗评家，他们都是对人类做出了巨大贡献的人。我尊敬他们，同时也期待着我的身边也能出现他们那样的大家，这样我的诗作就可以成为他们进行哲学论述的依据。你将来也可以把我当成小说人物，我相信自己是值得一写的。如果有一天你的书大卖，名利双收，希望你不要忘了我，至少要阔气地请我到五星级的饭店里大吃一顿。当然，请我吃顿肠粉我也是高兴的，如果你真的能够有那一天的话。

进了李修竹的房间，我把行李丢在了地上，一屁股坐在了他唯一的一把椅子上。椅的前面是一张电脑桌，桌上有一台乳白色外壳的电脑。桌子两边是三个书架，书架上也摆满了书。李修竹躺在书架对面的床上说，来到我这儿，你就把这儿当成自己的家，我最近写作累坏了，一大早又爬起床来去接你，麻烦你给自己倒杯水喝。我还没有给你准备杯子，就用我吃饭的碗吧。我的杯子在桌子上，也请你帮我倒杯水。你知道说话也是件累人的事，但没有办法，我有太多话要对你说了。现在我想与你交流的是，我们穿过了大半个深圳，来到了我这间简陋而又奢华的出租屋，你有什么感受？当然，你刚从北方来到南方，一路上看了不少风景，可能一时半会你还无法用语言去表述。我的感受是这样的，我们所穿过的城市是繁华的、物质的、喧嚣的，充满了欲望的，生机盎然的，与我们有关，也与我们无关。我说的有关系，是因为我们确实在这座城市当中，我说的无关，是因为这座城市太大了，我们没有那么多时间和精力深入其中，因为我们还要阅读、写作。瞧，我这一面墙都是书，再瞧瞧我这台打开之后主机嗡嗡叫得像蜜蜂似的电脑，它们才是我要面对的另一个世界。尤其是我的这些书，这些都是我一本本从书店里淘出来的，对我有用的书，这些书让我感到自己就是这个世界上首屈一指的富翁。当然这有点夸张了，不过，这是一面奢华的墙壁，只有我们执着于文学的人才能理解这一点。谢谢你老周，周而复，这个名字真好，比李修竹这个笔名还要好。谢谢你给我倒水，也谢谢你来到深圳。孟子曾说过，天将降大任于斯人也，必先苦其心志，劳其筋骨，饿其体肤，空乏其身，行拂乱其所为，所以动心忍性，曾益其所不能。这话说得太棒了，就像专门说给我们听的。你来到这儿，如果想自由写作，可得准备好吃苦。你明白稿费总归是少的，我也不怕你笑话，我写诗所得的那些有限的稿费，连每个月三百块的房租都不够交。为了生存，我也得化名写点赚钱的狗屁文章，另外我还在外面赚着两份职，一个是给文化公司做策划，一个是给内刊当编辑。七七八八的收入加起来，在生活上大体还是可以过得去的。如果用这有限的钱，大方地去跟一个女孩谈个恋爱，估计就吃不消了。

我说的这都是现实，你也要做好充分的思想准备。不过你和我不一样，你生得高大威猛，将来说不定哪个貌美如花又家财万贯的女孩要死要活地嫁给你。如果遇上了，也别管她懂不懂文学，不要错过。虽然我一直不承认物质决定上层建筑，但大约也是有一定道理的，因为我也研究过了，很多后来成为大师的作家，家境也是相当富有的。不管怎么样吧，写作对于我们来说是第一位的。你看着我这儿有何感想，你会不会感到，我在这样的地方进行着伟大的诗歌创作是一件相当牛叉的事情呢？你瞧，我的房间虽小，可这儿一尘不染，这一点你没想到吧。我是个爱干净的人，今天就算了，以后你来找我聊天，进门可得脱鞋。你走了那么远的路，估计脱了鞋子脚会相当臭。瞧你满脸是汗的，我都忘记开风扇了。你去洗把脸吧，水龙头在厕所对面做饭的地方，平时我都是自己做饭吃的，手艺还过得去，今天我没力气给你做饭了，待一会儿我们出去吃。

我洗完了脸。李修竹喝光了水，走到电脑桌前，打开了电脑说，我要为你放上一段贝多芬的钢琴曲。我不得不承认，越是简单的艺术越复杂。就像音乐，几个音符，千变万化，可以演奏出奇妙的声音。如果有下辈子，我可以放弃成为一名诗人的机会，去做一位大音乐家。你要相信，我是高雅的，诗人是处在高处不胜寒境地的一个特殊物种。虽然我穷，但我必须活得有品位。我不怎么抽烟，平时要抽的话也不会抽那种几块钱一包的，太掉价了，这方面以后你也得学着点儿。你想抽烟就抽吧，没关系，我还能接受烟的味道。我就放贝多芬的《命运交响曲》吧。贝多芬是伟大的，他有句名言我非常认同，一度还成了我的座右铭：我要扼住命运的咽喉，它决不能使我完全屈服。以前，为了写诗，我有过一段流浪的时光。那时饱览祖国的大好河山却身无分文，吃饭成了最大的问题。我下河摸过鱼烧着吃，在别人的菜园子里偷过瓜果，甚至也向别人讨过饭。在我看来，那是一段为诗疯狂的光荣经历。我曾在一个北方小县城的一家书店里听到贝多芬，当时我又累又饿，可我听着那曲子顿时泪流满面。那时我就想，每个人都活在自己的命运里，但也有少数人通过奋斗来战胜命运。我希望我们是那种少数派，是那种特别的。你听，这音乐有一种力量，那种力量可以注入人的血脉。你听到了什么呢？我听到了它的壮丽宏伟，它对于我来说，足以让我惊心动魄，尤其是在孤独的夜里，自己一个人悄悄听着的时候，你甚至会感到贝多芬先生他理解了自己是谁，从什么地方来，到什么地方去。我们不能不承认，人类中是有着天才的。还有梵高、卡夫卡，一个天才画家，一个天才作家，他们年纪轻轻的就离开了人世。为什么呢，现实中不配长期拥有那样的天才啊。想起他们那些天才，有时我真的特别绝望。我对自己还是有认识的，我初中都没毕业，虽然学历不等于才华，但我从小所受的教育是有限的，虽然后来我拼命读书，可我还是会有很多不懂的地方。不过，音乐可以让我沉醉，让我忘记这一切，感到自己享受天才的音乐是一件幸福的事情，而我也可以从天才的音乐、绘画、文学作品中获得滋养，不断成长，不断变化，最终成为诗歌方面的大师。我也意识到了，现实生活中埋伏着一些看不到的危险，例如一场突如其来的车祸，例如女人的温柔，例如婚姻和家庭，例如物质享受的诱惑。我希望你监督我，时不时地提醒我，不要让我处在无处不在的危险之中。我真不该在听音乐的时候说个没完，听吧，这震荡我们灵魂让我们变得强大的音乐……每次听贝多芬，我的血液在跳舞，心中涌动着悲天悯人的潮水，好了，这时我感到自己可以写了。今天我写不了，我写时身边不能有人。写诗就像和女孩恋爱，有另外一个男人在旁边盯着，谁能全身心地投入？我们听完这曲找个地方吃饭吧。你来深圳的第一顿饭一定让我来请，我要代表整个深圳来请你吃饭，将来我写散文时要写到这一点。

　　相当不幸的是，李修竹在我来深圳不到半年的时间里就喜欢上了一个女孩。那女孩是饭店里的服务员。那天下午我们边吃边喝，边喝边聊，店里就剩下我们两个人了。他是不怎么能喝的，当时有点醉意。他说，可悲，我那么有名的一个青年诗人，写了那么多情诗，却还没有认真谈过一场恋爱。这都怪我太博爱了，因为我平时走到大街上，只要看到漂亮的女人就会感到她们是我的情人。我想象着她们，仿佛每天都有一两个与我相恋的对象。我想象着她们，感到自己就是她们每个人心目中的白马王子。现在我决定要真正爱上一个姑娘，她的学历不一定高，相貌不一定美若天仙，家境不一定富有，人也不一定喜欢艺术。她就是一个普普通通的女孩就好了，就仿佛她是很多女人的代表，而我爱着她就如同由她来代表着所有的女人与我相爱。这一段时间我仔细观察了，这个饭店的服务员就很不错。你瞧，就是面带微笑的她。她的身材苗不苗条？皮肤白不白？鼻子、眼睛、嘴巴小不小？五官搭配得是不是让人看着特别舒服？整个人看上去，像不像一首爱情诗？你知道吗，我看着她的目光是纯净的，想象着她的时候内心是美好的，我对你谈起她时感到自己像一只鸟儿在唱歌。你知道的，我一直有些提防恋爱这件事情，因为这会让我情不自禁地陷入生活的圈套，现实的陷阱。现在看来，我没办法坚持自己清醒的认识了。我在心里劝告自己，我需要真刀实枪地投入爱的战场，去经历、去体验、去真心实意地爱一个有血有肉的异性，因为我无法拒绝我的肉体与精神对一位春天般的女孩的渴求。如果我一再保持理性，那就太不像话了。当然她是地位低微的服务员，学历不高，工资不高，甚至也谈不上多么美丽，但是没有关系，我要像投入创作一样投入地去与她恋爱，我要运用我的想象让她变成我的女王。真的，她打动了我，让我想入非非。老实说，我不是那种情欲动物，我甚至害怕和一个女人发生亲密关系，因为那会破坏我一直享有的孤独与纯粹。我们那么熟了，我也不怕你笑我。我有过经历的，那是在多年之前，我曾和一个美发店的女人发生了关系。我和她谈诗，谈我流浪的经历，她觉得我很神秘，想向我敞开。我感谢她，也憎恨她。我为拥有她而狂喜，也为拥有她后悔不已。我没有想到会染上脏病，那病困扰了我许多年，让我一度认为女人是天使也是魔鬼，我只可以想象她们，从精神上热恋着她们，却又要对她们敬而远之。当然，现在我的病早就好了，我爱惜我的身体，做过细致的检查。你是我的朋友，现在你要给我你真诚的建议，实话实说，你认为我该不该去追求她呢？

　　我当然不主张李修竹去追求一个饭店的服务员，但我的建议对于颇为自我的他来说又怎么有用呢？喝红了脸的他说，爱情是美好的，古今中外，许多人描写过爱情。对于我来说，爱情就是春天里一粒在泥土中胀破了壳的种子，我没有力量阻止它发芽、生根、出土、抽叶、开花、结果。这使我想到，人虽然是社会的一分子，具有理性的一面，可终究无法脱离自然规律，体现出盲目生长的一面。不是因为我今天喝了酒才这么说，我有挺长一段时间都想要和一个人恋爱了，而这个人我也没有想到竟然会是她，而她至今还不明白我对她的心意，你说搞笑不搞笑？唉，我决定了，我要给她写一封长长的情书，今天晚上就写，明天就交给她，到时就劳驾你当我们的红娘。我在信上写什么呢？我会向她坦言，我是个有理想有追求的人，是一位在国内相当知名的诗人，可我眼看着成了大年龄青年，却还从来没有跟一个女孩认真地恋爱过。虽然我的文学事业让我清醒地认识到，单身是最好的选择，恋爱以及婚姻可能会使我失去自我，变得平庸，可也有另一种可能，在爱情与婚姻生活的滋润下，我可以写出更多优秀的作品。当然我也要向她说明，我初中都没毕业，不过以我现有的水平，完全可以像大学教授那样给大学生上诗歌课。虽然我没有车没有房也没有多少存款，但在将来我一定会通过写作获得一切，让她过上幸福快乐的生活。我这么说，一方面可以拉近和她的距离，不会让她觉得我高不可攀，另一方面我给她画了一张大饼，让她看到了希望。她理解也好，不理解也好，她接受也罢，不接受也罢，这信我是决意要写了。无论如何，我感到自己是一支有潜力的股票，不管哪个女孩选择了我，将来一定会是发达的了。只是现在我有点担心，万一将来我出了大名，有了很多很多的钱，我也会像别的男人那样变坏。当然，坏也坏不到哪里去的。如果我有了钱，我可能会请几个有气质的漂亮美女当秘书，她们至少要懂两门以上外语，那样她们就可以陪着我周游各国，与国外的一些译者、诗人进行交流。平时她们也不用做什么，就陪我喝喝茶，聊聊天，必要的时候为我声情并茂地朗诵一下诗歌就好了。当然，她们的普通话得标准一些，如果普通话说得不好，我也可以请专业的播音员帮她们培训。只要有了钱，一切都好说。不过有个问题可能不大好办，她们说不定会情不自禁地爱上有钱又有才华的我，我也有可能爱上善良貌美的她们。那么我只能请我的爱人不要吃醋了。我喜欢所有的美女，这实在是没办法更改的事实。如果我的爱人能接受这一点，我想她一定是一个伟大的女人。你说她一个饭店的服务员给我当爱人，她好意思拒绝比她优秀得多的女人爱我吗？我也只是想一想，现在她能不能接受我的爱还是未知数呢。

李修竹果然连夜写了一封挺长的信，第二天中午我们又去那家饭店吃饭时，他请我帮忙把信交给了那位叫张成兰的服务员手里。吃过饭，我们一起去不远处的公园里走路。在路上他想象着不久的将来，他与张成兰成双成对，情意绵绵。他说，谁要是成了我的女朋友，我的爱人，她一定会是世界上最幸福的人。我会写诗，没有谁比我懂得什么叫浪漫。我会做饭，你也吃过我做的饭了，绝对是有想象力的饭食，在别处是吃不上的。你也知道，我这个人最大的特点是善良、有爱，我会是那种把她捧在手心怕摔着、含在嘴里怕化了的男人。要是她耍小性子闹脾气，蛮不讲理，我也会像个大哥哥那样包容她，关心她。当然，我目前唯一

64

的遗憾是钱少，这些年也没能存下什么钱。不过我可以先跟朋友借一些钱，无论如何我要给她一个盛大的婚礼，因为婚姻对于我们来说，一辈子只有一次，我一定会让她感到体面。为了她，我可能会变得更加现实一些，我会考虑多兼一份职，多写点东西。你说我可不可以写小说呢？据我了解，很多诗人也是写过小说的，而以写小说著名的作家最初也都写过诗歌。没有关系，你不用紧张，我也不过是想通过写小说多赚点稿费而已，我的主业还是写诗，不会跟你抢小说这个饭碗的。你现在也租了房子，暂时安定下来了。你一定要好好写，写得让我佩服你，这样你想不出名也难了。

　　来到深圳之后，我租在离李修竹不远的地方。有一段时间我们每天早上去公园里跑步。李修竹认为，只要我们坚持每天早上跑步，坚持四五十年，在我们七十多岁时都有可能获得诺贝尔文学奖。只是坚持了不到一年，当他把张成兰追到手后，就再也不早起跑步了。只有晚上时，他想消化一下吃进肚子里的食物，才约我一起去公园里走走。我们边走边聊，海阔天空。当然我多数时候是倾听者，他是滔滔不绝的言说者。他确实读了不少书，也了解了一些文学界的名人，不管是谈人，还是谈作品，也都能谈得头头是道，自圆其说。在能说会道的他面前，我只能自叹弗如。我读过大学，有一次谈到学历，李修竹说，不是我吹牛，我给大学生上过课的，就连请我去讲课的大学教授都有些崇拜我。他是个诗歌研究者，曾经给我写评论，把我的诗歌当成了教材给学生分析。当时我给学生讲课时说，我初中都没毕业就去山里放牛了。不过当年大作家高尔基和我们的莫言先生还没有我的学历高，他们也就是小学毕业吧，不是也成了大作家吗？中国的应试教育还是存在着不少问题的，不少人从大学里读出来，把脑子读坏了……我说的都是掏心掏肺的真话，学生们也真是给力，一个劲儿地给我鼓掌。你要相信，我并不觉得自己比那些硕士和博士差什么，当然我还是要谦虚点，要不怎么能继续进步呢？相对于我来说，你就太沉默了，就好像你心里脑子里没有什么货，倒也倒不出来。这是不行的，你要锻炼你的口才。另外做人不可有傲气，但不可无傲骨。你本来还没有什么名气，太谦虚了谁会在意你？如果你想要在写作上获得成功，除了踏踏实实地去写，还要有种傲视群雄的气概。据我的观察和了解，现在的人越来越虚荣和盲目，这让我们这座城市，这个时代都会变得物欲横流。这是不对的，这种情况要尽早结束，不然文学越来越边缘化，我们越来越没有前途。我最近读了马尔克斯的《百年孤独》，特别佩服他的想象力，那部在全世界畅销的书是一面镜子，可以照一照我们自己。我们或许没有生在一个好的文学时代，但这并不是说写作不可以名利双收。我们还是要深入研究自己，研究同时代的那些获得成功的作家，争取在写作上杀出一条血路。攀上高峰，一览众山小的感觉一定很棒的。不客气地说，首先你要研究我，向我学习。我们离得近，方便交流，这是其一。我懂诗，语言的最高形式就是诗，一位作家要终生追求语言，这是其二。我正走在成为大师的路上，你有幸与我同行，要真正珍惜这来之不易的机会，这是其三。大画家毕加索你应该知道，西方抽象派绘画的代表，他的《亚威农少女》引发了立体主义运动的诞生，很多人看不懂他的画，因为他的抽象画表现出的太阳光是呈螺旋状照射的，不同于我们所认为的光是沿直线传播的——我从他那儿获得了启发，后来写的诗打破了常规，呈现出语言新的可能性，你不信可以认真读一读我近来的诗作，好好研究一下，聪明的你一定能发现我的变化，这会对你有益的。就像刚才那么高明的话，平时谁会对你说呢？所以说，你是有幸和我成了朋友，又住在同一个城中村里。

　　李修竹借到了钱，确实给了张成兰一个体面的婚礼。婚车是租来的加长林肯，婚宴摆在五星级饭店，文朋诗友、亲戚朋友也来了不少，婚礼主持人还是当地有名的节目主持人。自然那场婚礼也让他背负了巨债，那些欠着的钱让他无法再安心写作。我倒过了一段自由写作的日子，写出了不少作品，有作品还在报纸副刊和杂志上发表了。不过靠稿费确实无法继续生存，因此我最终还是找了一份工作。最初我在一家文化公司上班，每个月二千五百块钱。我做了两年多，所赚的钱至少有三分之一借给了生活起来总是捉襟见肘的他。有一次他向我借钱时说，没有办法，我只能又向你开口了。张成兰自从嫁给了我，以为嫁给了一个大款，原来的工作也辞掉了，好吃懒做不说，还整天在楼下的麻将馆里和人家打麻将。也都怪我太爱她了，几乎对她百依百顺。为了她我又兼了一份职，给人家小学生教作文，也赚不了多少钱的，但钱再少我也得做啊。如果我真是一位有钱人，还真的喜欢我的女人什么都不做。有钱了好啊，她想吃什么，我们去吃，她想要什么，给她去买，她想玩什么，我拿给她厚厚的一沓子钱，拍在她的手里，对她说，尽情花，别省着。唉，只可惜写诗稿费太少了，我兼着三份职仍然赚不了多少。以前结婚的时候欠了四五万块钱，我到现在还没还上，看样子一时半会的还不上了。我都做到这个分上了，她对我还有很大意见。主要是她打麻将输了，心情不好，没事找碴。她嫌我不去找一个正式的工作，把写诗当成主要职业，又赚不来钱。有一次她给我发火，把书架上的书全给丢到了地上。我也是个好脾气的，我就看着她一本一本地丢，等她丢完了，我还给她倒了杯水，让她歇歇。她看着我满面笑容，一点也不生气，还对她那样好，结果破涕为笑，然后像个小猫那样委屈地钻到我的怀里。我抱着她娇小的身体，耐心地给她讲道理。我说写诗虽然暂时不能够让我们一夜暴富，但在将来肯定是有前途的。为什么这么说呢，我是有理由的。我就给她讲，大学教授、政府官员、企业家有很多是喜欢诗歌的，因为他们要忙着别的事，不能专心一意地写诗，写得不如我好，因此对我特别尊敬。如果我真想找份收入高的体面工作，那是我一句话的事。但工作能赚几个钱呢？每个月收入就是一万块、两万块，又能怎么样？那是没有前途的。写诗不一样——我跟她谈到了诺贝尔文学奖，谈到了数目可观的奖金，以及有名以后在全世界出书的版税、活动出场费。结果谈得我们热血沸腾，好像奖金和版税什么的很快就能到手了。那天夜里，我们缠绵了很久。我不得不承认，女人会让男人幸福快乐，可也消磨着男人的意志。我现在就没法早起和你一起跑步了，晚上除了陪她，还要写作，太累了，跑不动了。确实，现在我们交房租的钱都没有了，她还要下楼打麻将，我也只能暂时请你帮一下，先借给我几百块钱，解决燃眉之急。再过一个月，有个诗歌大奖赛就要公布结果了，以我现有的名气，我的诗很可能会被评为一等奖，到时就有三万块的奖金，扣完税也有两万多，到时我会还给你的。

　　一个月后，李修竹说的那个诗歌大奖赛，他也确实获奖了，不过获得的是入围奖，没有奖金。偏偏那时候，张成兰又怀孕了。李修竹在我下班后找到我说，你要恭喜我快要当爸爸了。我们原本没想这么早要孩子的，没想到孩子却不管不顾地来了。有了孩子，以后开支就更大了。我现在也打算去找份正式的工作了，没办法，孩子是第一位的，我不希望孩子一出生连买奶粉尿布的钱都要向别人张口，那样我还算得上是一个合格的爸爸吗？当然不是。唉，女人、婚姻、孩子、家庭生活，与我的诗歌理想形成了难以调和的矛盾。在现实生活面前，我感到自己成了一个不现实的人，成了时不时大战风车的唐吉诃德，在别人眼里成了一个可笑的人。以前一个人的时候是绝对不会出现这种情况的，可现在不一样了，当我得知她怀孕的那一刻，我感到肩头沉甸甸地有了责任。我无法逃避，无法继续活在想象之中。我是个善良的人、浪漫的人、诗意的人，而她和孩子让我不得不与过去的我做个切割。我要对自己狠下心来，拼了老命去赚钱。我要现实起来，努力让自己双脚踏在尘土里，而不是飘浮在云端上。我要放下诗歌写作，哪怕是去工厂的流水线上做一位工人。我认真想过了，我爱着我的老婆和孩子，尤其是知道她怀孕之后，我发现自己好爱好爱她。我们有了孩子，这太神奇了，我真的没有想到自己竟然可以让一个女人怀孕，我可以成为一个孩子的爸爸。也许是因为怀孕太辛苦，反应也大，她最近情绪特别不好，我也不知道该怎么安慰她。但我知道自己必须行动起来，找个正当工作了。我把钱拿到她的面前，拍到她的手中，她不想开心也难，是不是？唉，本来打算拿到奖金还你钱的，可没想到他们竟然只给了我一个入围奖，我这么有名的一位诗人，那些评委也好意思。没办法，话语权在别人的手里。我以过来人的经验告诉你，一个从事艺术的人，如果自家经济条件不够好，还真该找个经济条件好的，或者说有能力赚到钱的，不然你生活起来会相当被动。就拿我来说吧，我一次次向你借钱，都不好意思向你再开口了。可是没有办法，谁让我们是好朋友呢。张成兰现在需要补身子，补在她身上也相当于补在孩子身上，我想给她去买一只走地鸡炖了吃，可我没有钱了。老周，你也别为难了，痛痛快快地再借给我一千块吧。记着啊，将来找对象千万别找个靠你生活的，你是个未来的小说家，需要有钱的女人养着你，至少不能让她拖累你。我这个忠告，你听进去了的话，价值绝对超过一千块。

后来，我换了工作，去了报社，收入高了，也确实找了个家境不错的对象。她的收入也不错，我们很快结了婚，不久首付了一套小房子，还买了一辆车。那时李修竹的女儿也已经快两岁了。也许是女儿的出生带给了他好运气，他接连获了几个诗歌大奖，出了一本诗集，还转成了深圳户口。虽然他欠别人的钱仍然没能还上，但生活大致还过得去。有一次他带着刚会走路的女儿找我时说，我当年说得没错吧，你现在娶上了漂亮富有的老婆，比我还牛的是你还有了房子和车子。不过我也是幸运的，我要感谢这个小不点，我实在是太爱她了。因为她的到来，我有了以前不曾有过的好运气，感到给我一个世界，也不如给我一个女儿。我获了几个大奖，出了一本诗集，就连户口也转到深圳来了，张成兰现在对我刮目相看了，她说如果我能买套房子，她还可以再给我生个儿子。我认真地对她说，我不喜欢儿子，我喜欢女儿，我们把所有的爱都给我们的小不点就好了，我不想再生一个孩子和她分享我们的爱，因为她配得上我们所有的爱。你知道吗，我给小不点喝从香港买来的进口牛奶，用的是一片四五块钱的进口尿不湿。没有办法，我不想让她受一点儿委屈，她才是我真正的小情人，是我的一切，为了她，我把自己的命交出去都不会犹豫的。现在张成兰去工作了，我找朋友帮她在图书馆找了份不太累的工作，工资不多，也还可以。她是太年轻了，带孩子粗心大意，我不放心，我得亲自来带。你们什么时候要宝宝啊？赶紧要吧，有个孩子真是太幸福了。当然你们也得做好吃苦的准备，孩子可不是好带的，这是一门大学问，你看上几本育儿的书都不一定能成为一个合格的爸爸。现在也有一个致命的问题，那就是我带着孩子，没法儿再写作了。白天我带孩子，张成兰去上班，晚上回来虽说她可以带孩子，可孩子一会儿哭了，一会又笑了，我根本没办法写。不能写就没有稿费，我那几份兼职现在也没时间做了，相当于我这一块儿就没有了收入来源。那点奖金和稿费很快就花光了，将来花钱的地方还多着呢，光靠张成兰的工资肯定不成。我的女儿，将来我要给她最好的教育，我要让她学画画，学钢琴，当然跆拳道也得学一下，我不能总是陪着她，一个女孩子要有保护自己的能力。想一想我就好有压力，你瞧瞧我这头发，这两年是不是白了许多？

前前后后我不知借了多少钱给李修竹，更不知道他跟别人借了多少钱。有一次他说，这几年下来你的变化太大了，你的作品不断在大刊发表，还获了奖，受到一些相当牛的评论家的关注，成了青年作家中的代表性人物，凡是热爱写作的人，没有几个不知道你的大名了。周而复，这个名字好吧？当初我真该给你收点起名费的。我最佩服的不是你的写作，而是你娶了一个好老婆，你们在深圳这样寸土寸金的地方有了自己的房子，房子这几年价格噌噌地向上涨啊，我是越来越不敢想象也能买得起了。每一次想到你高学历、高颜值、性格又温柔贤惠还给你生了一对龙凤胎的老婆，我都有些后悔选择了张成兰。什么叫一步错，步步错？我就是，你看我现在带着孩子，诗写不成了，兼职没了，还欠了外债。我欠钱的事不敢让张成兰知道,她要知道了非得跟我离婚不可。最近也是奇了怪了,一下子有好几个朋友打电话来,都是让我还钱。有些还过得去的暂时欠着也就罢了,可有个得了重病,现在就在医院里等着钱动手术。这个时候我再拖着不还,那就太不像话了。可还钱,钱又在哪儿呢?张成兰家里还有个上学的弟弟,每个月领了工资,先拿一千块钱打给家里,她只肯出一千块钱来,让我交房租和水电费,家里的一应开支还是让我想办法。我一不能偷,二不能抢,三不能骗,那都是犯法的事儿,没有办法,我只能借。这些年我借遍了所有能开口借钱的朋友,我的哥哥姐姐也都快与我绝交了,也不怪他们,他们本来就没有多少钱,我一而再再而三地跟他们借,是不应该的。现在大家好像都有一个共识了,他们都不再给我李修竹借钱了,因为有借无还,因为我是个不现实的诗人。说真的,我也只有你一个人可以张口了。也许我真的是错了,以前我总以为自己是一个很有能耐的人,通过写作可以应有尽有,现在看来,我是太天真了。我欠那位朋友三千块钱,你就先帮我一下吧,他在医院里急着等钱用。你要对我有信心,我是对自己有信心的,我总感到自己有一天会发财。你不信可以摸摸我的手,我的手是不是很软和?是不是有点小?算命先生早就给我算过了,说有这样手相的人,肯定会大发的。你别笑,只要我真的下决心去赚钱,我相信自己是会发达的。

有个周末,李修竹急匆匆地过来找我说,老周,我现在遇上大事了。张成兰知道我在外面欠了很多账,决定要与我离婚。我不同意,她还要上法院起诉我。昨天她跟我闹了好久,最后她抱着孩子上了天台,说我不同意她就和孩子一起跳下去。孩子吓得哇哇大哭,我只好假装同意和她离。我不能赚钱,还借了许多钱,她对我是彻底失望了。可她也不想一想,她有什么资格对我失望呢?我借来的钱花在谁的身上了呢?我一不抽烟,二不喝酒,平时连一件好看的衣服都没有舍得给自己买,我带着孩子没有时间和精力去写作,也不能去工作,她的收入又不多的,不借钱日子怎么过下去?再说我也没有借别人多少钱的,加起来也不过二十来万块而已。她可能是觉得我写诗没有前途,只会说,不会做,对我没有信心了。她都闹到这种程度,要不是看在孩子的分上,我也不是非要和她在一起过下去的,但是为了孩子,我不想和她离婚。可我跟她说什么,她都不听,说多了,她就发飙,家里的碗和碟子都被她摔碎了,我那台电脑也被她摔坏了。没有办法,我这次来是想请你和她见个面，好好跟她谈一次。她没有什么文化，做事情没脑子，一般人的话听不进去。我建议你来我家的时候带点贵重的礼物给她，装成很崇敬我的样子，你就说我是一位非常有前途的诗人，虽然现在混得差一点，但将来肯定会好起来的。你还要装成要给我介绍工作的样子，你就说有一个相当不错的工作，一年收入十多二十万的，福利也相当好，只要我同意，工作准能成。最近也确实有家文化公司招人，公司的经理还是个写诗的，我打算去应聘，到时说不定能成。成不成的另说吧，先把眼前的这一关过了，她的情绪不稳定，我担心孩子。我想好了，我不能再继续带孩子了，孩子上了幼儿园，接送的活，她也能搞定的，我得出去工作赚钱了。我知道钱重要，可从来也没有把钱太当一回事儿。现在不一样了，我要在乎她对钱的态度，她认为没有钱就没有安全感，借着别人的钱过日子没有幸福感。好吧，她是对的，我会努力给她赚回钱来的。你要相信我，我说到做到。

我带着礼物去了李修竹的家里，也照着他说的演了一回戏，张成兰也同意再给他一段时间。张成兰在图书馆的工作虽然轻闲，可对于不爱看书的她来说，也觉得无聊。当李修竹假装自己应聘上工作之后，张成兰很快便辞掉了工作，在家里带孩子。那段时间，李修竹每天早上早早地起来，穿戴一新地装成去上班的样子，那家他说过的大型文化公司并没有要他，他只能漫无目的四处去找工作，碰运气。他没有学历，只有出版过的一本诗集证明他的能力，可有些收入高的单位并不需要会写诗的人，也不愿接受他。收入低的工作，除了出苦力，也没有什么好的工作，他又看不上的。后来他对我说，老周，你说这样可不可以，你出钱帮我租个房子，别人不要我，我就为自己打工。我天天写作，也许头几个月稿费不能及时来，我还得给家里交钱，不好意思，麻烦你想办法先借给我，也不用太多，每个月三千吧。我就告诉张成兰，以后工资会长的。你要相信，凭着我的写作能力，三个月之后，稿费单会像雪片一样翩然而至的，你愿意给我一个证明自己的机会吗？当然，我不能只是写诗，写诗确实赚不了什么钱，有些报刊还不给发稿费。我会考虑写一批散文和小说，只要是有稿费的，也不管稿费多少，我都给他们供稿。有些文学赛事，不管大小，我也会认真参赛。如果有谁需要我帮忙修改书稿，或者谁需要编写村志什么的活儿，你也可以介绍给我，凡是能通过文字赚钱的，我又能胜任的，我都可以去做。一段时间之后，我有自信还清你所有的钱。我想好了，这是最适合我的一种方式了。我知道这对于你来说是一笔不小的投入，而且我又欠了你那么多钱了，但是没有办法，谁让我们是好朋友、好兄弟了呢。你想想办法帮我实现这个想法吧，将来我有飞黄腾达的那一天，如果有记者采访我，我会好好感谢你的。我知道你帮我不是为了我的感谢，但我不感谢你，我心里过不去啊。不说感谢的话吧，我有了工作室以后，你也可以经常过来和我一起喝喝茶、聊聊文学啊，到时候你也可以请一些写作的朋友过来，我们一起聊文学，相互鼓励，相互支持，我们甚至也可以成立一个文学沙龙，等将来我们都有名了，一些文学史家会写到我们这个沙龙的，到时候你就是发起者。

我认为李修竹的话有一定的道理，虽然那时我也有房贷和养家的压力，但还是能搞到一笔钱，帮他实现靠写作赚钱的想法。三四个月后，他也确实收到了一些稿费，但数目加起来也不过刚够房租和生活用的，而他每个月还要给张成兰交三千块钱，这就成了大问题。我去工作室找他，李修竹的脸像是被霜打了似的高兴不起来，他说，唉，靠写作赚钱还真是有些不靠谱，我是太理想主义了。这几个月来，我克制着回家看女儿的冲动，让自己坐下来写，没黑没白，废寝忘食地写，写得头昏眼花，腰椎和颈椎都出了问题，可付出与收获完全不能成正比。更要命的是，这样为着稿费急功近利的写作，时间一长就让我厌倦了，我现在痛恨自己爱上了写作。生活现实无时无刻不在逼迫着人，让人不知不觉间扭曲变形，失去原来的那个自己。我怀念以前单身的自由自在，甚至怀念流浪的那段吃了上顿没有下顿的时光。有时我真想不管不顾，放下一切，再去流浪。但是不行，我现在是一个女人的男人，是一个女儿的爸爸，我对她们有责任和义务。有时我真的想要变成一个坏人，去偷也好，去抢也好，去骗也好，可我的良知和理性又告诉我，不能那么去做。昨天有一件比较可笑的事，我中午去吃饭时经过福利彩票店，抱着必能中大奖的心态，把身上仅剩的二十块钱都买了彩票，可是今天一看，一张也没中。这件小事就像一则寓言，深刻地教育了我。是啊，我不能一直生活在幻想里，我要正视种种围困着我的现实，我要挣脱生活的笼子。老周，请给我支烟吧，我今天特别想抽烟，可我连买包烟的钱都没有了。我有种被生活彻底打败了的感觉，你就像是我唯一的救命稻草。假如有一天我实在厌倦了活着，请你一定要原谅我，也请你想办法关照一下我的女儿，她是那么漂亮，那么可爱的，我是真想好好地陪着她长大。可自从有了她，我几乎就失去了想象力，几乎就放下了写作，因为她是我这一辈子最好的作品。瞧，我这么坚强的一个男人，竟然在你面前流下了眼泪，不争气啊。

　　一个阴雨绵绵的天气里，李修竹和张成兰还是去民政局离了婚。李修竹找到我说，我的女儿六岁了，刚刚上了小学，我和她却离了。唉，这些年来，我是相当失败，现在我终于承认这个失败的结果。她要离婚，好，那就离吧。她要孩子，好，那就由她抚养，我每个月承担一千五百块的抚养费。但是我告诉她，你也别急着找男朋友，将来有一天我发达了，为了我们曾经的爱情，为了我们的女儿，我还是愿意和你复婚的。你猜她怎么说？她说，你做梦去吧，我这一辈子再也不想见到你了。瞧瞧她说的这种话，说这种话的女人怎么可能把孩子教育好？我伤心啊，我恨不得立马变成一个亿万富翁，让她后悔，让她跪在我面前求我，主动与我和好。我要是真的变成有钱人，我是不会生她的气的，我会对她说，你是我女儿的妈妈，你不要给我下跪，你起来，我要真诚地告诉你，我所有的钱都是你们的，我也是你们的，因为我是那样地爱着你们，以后我们房子、车子、票子，什么都有了，就一起好好地享受生活，开开心心地过日子吧。唉，张成兰是不会理解我对她的爱的，她没文化，那么普通，又是那么地嫌贫爱富，可造化弄人，我就偏偏爱上了她，她又给我生下了那么漂亮的女儿，我后悔都没有机会啊。现在我决定了，亲爱的老周，我要郑重地告别写作，换一种活法。这回是真的，我要去赚钱，赚很多很多钱。我要尽快与张成兰复婚，要给我的女儿一个完整的家。我想，这才是一个男人真正该有的想法。我还要谢谢你，谢谢你这么些年来对我的无私帮助，谢谢你对我不离不弃。为了与过去的我做一个真正的切割，我要把所有的书都当废纸卖掉。当然你需要的话就更好了，你拉走就是。我还要退掉你帮我租的房子，因为现在的我不配住在房子里，我应该逼一逼自己，把自己当成一个初来大城市打工的青年。我要一点点靠自己的能力还上所有的钱，拥有很多钱。当我真正成为有钱人的时候，或许还会重拾写作，但那时的我或许真的就对写作再也没感情了。因为，写作成就了我，也伤害了我。

　　有九年的时间，李修竹没再跟我联系。他女儿上了高中，突然有一天他给我打了电话约我见面。有位个头高挑、皮肤白净、气质高雅的女士开着一辆价值百万的奔驰和他在五星级酒店的停车场里下车时，我看到了穿着一身西服、打着领带、头发几乎全白了的李修竹。我吃了一惊，差点没有认出来。他却认出我来，把手上的黑皮包交给那位女士，上前与我拥抱了一下。我们上电梯到了预订好的包间，他从那位女士手里拿过黑皮包，从里面拿出三十沓钱，自信地微笑着说，老周，这是还你的，收下吧，你对我的情义何止三十万？如果你有需要，一百万两百万，你开个口，我让秘书小方立马给你送过去。来，你们也正式认识一下，这是方蓝，我的秘书。现在我脱胎换骨，变成了我以前有些瞧不上的有钱人。这九年来我一首诗没写，一个与文学有关的字都没写，结果我发财了，你说是不是挺有点儿意思？成为有钱人说难也不是那么难的，当年我退了房子，处理了那些书，感到海阔天空，一身轻松。我坐公交车去爬了梧桐山，下山后进了一家工厂，我在那家工厂里踏踏实实地干了一年。听着机器的轰鸣，我渐渐忘记了自己曾是一位牛皮哄哄的诗人。那种感觉现在想起来真的挺棒的，机器比人单纯，那时我爱上了那些会运转的铁家伙。一年后我做了销售，你也了解我这张嘴特别能说，因此在销售这一块儿做得相当出色，第三年就赚到了数目不少的一笔。第四年我用那些钱成立了一家销售公司，亲自给员工培训，结果他们个个都变成了出色的销售员。我有了专业的团队，这几年我们的业务开展得相当不错，什么样的大型公司找上我们那算是找对人了。没错，现在的我住上了别墅，开上豪车，成了一个地地道道的商人。我还清了所有人的钱，只有你的迟迟没还。我欠了你多少呢，记不清楚了。再说钱真的能还上你对我的情谊吗？这是绝对不能的。另外我在写作上成了逃兵，也没脸见你。不过总不见你也不是个事儿，所以我鼓起勇气还是约了你。好了，现在一切都好了。三年前我在深中附近买了套房子送给了张成兰，在那儿我女儿上学方便。我也给了她一笔钱，她不用再去工作养家了。你不知道，那次我带着漂亮的小方开着奔驰去见她说要给她买套房子时，她哭了。她以为小方是我的女朋友，其实人家小方有男朋友的，男朋友是位健身教练，比我英俊健壮多了。我对张成兰还有感情，无论如何，是她而不是别的女人给我生下了女儿，我们也曾有过非常幸福快乐的时光。我和她谈过的，可谈的结果却是没有办法再复婚了。她无法理解我为什么还想和她复婚，因为凭我现在的条件我完全可以找更年轻漂亮的，比她好得多的，她怀疑我不是真心的，这让我觉得她从来没有理解过我对她的感情，没有理解过我。哪有配上配不上的啊，我不过是有钱了，变成了她以前希望我变成的样子，可我变了，她又无法接受了，你说搞不搞笑？这些年你没有见过我女儿吧，她现在个头比我高了，看到那么漂亮聪明的她，我觉得不配当她爸爸。唉，有六年时间我整天忙，整天东奔西走，一心扑到事业上，也很少见她的面。只有每年过生日的时候我才会给她送个礼物，可每一次回去的路上，我都难过得哭上一场。为了她我确实是拼了命地在做事，在赚钱，我骗她我在别的城市工作，工作很忙，不能常来看她。那孩子太单纯了，像我，现在都不知道我在深圳。更让我意外的是她竟然也喜欢上了写诗。我以前出过的那本诗集，有许多诗她都能背诵，更要命的是她也写诗，想要成为一名诗人。我对她说，好啊，你想做什么老爸都支持。我最近在想，究竟要不要重新开始写诗。你看我的头发几乎全白了，光阴如梭啊，真是令人感慨。不说了，今天我们要好好喝上几杯，一醉方休。

喋 喋 不 休

今天晚上我们喝点儿小酒，好好聊一聊。说真的，我的心里空落落的，经常这样，所以今天我想到了你，和你聊聊。我心里喜欢一个人，有二十年了吧。让我算算，对，二十一年前，我喜欢上了班里的一位叫周小凤的女生。那时我听在县一中读书的初中同学说，男生因为周小凤打架，一个男生把另一个男生的一只眼睛给弄瞎了，伤人的男生被劳教，被伤的退了学。周小凤没法再在原来的学校待了，就转到了二中，偏偏就来到我们的班上。

周小凤的脸有些大，圆圆的像一轮月亮。她笑时让我感到像是春天来了，桃花开了，你说得对，我当时就是那种如沐春风的感受。黛眉，是那种细细的，弯弯的柳树叶的形状。凤眼，薄薄的单眼皮，显得挺有灵气。眸子漆黑发亮，水汪汪的，显得她顾盼生姿特别多情。她的眉眼里有着一种春色一样的风情。她的头发正是书里说的那种"青丝"，有种生机勃勃的味道，让我特别想要摸一摸，闻一闻。她把头发束起来，扎了个马尾辫儿，荡来荡去的，拂着空气，也拂着我那颗有些可怜巴巴的心。她的腰挺细，细细的小蛮腰带动着她粗粗的腿，比一般女孩要大的肥大屁股，踮着脚尖走路时扭来扭去的样子，让我觉得很特别。我不可救药地喜欢上了她。那时我还单纯，情感上一片空白，喜欢一个人是很单纯的，不像现在，心里乱七八糟的啥都有了。来，我们喝掉这杯。

二十年前，我们家乡那个小县城还不像现在那样大，有些路还不是柏油路，没有那么多车，也没有那么多高楼大厦。二十年来变化太大了，去年我开车回家都分不清方向，费了一些劲才找到我原来上学的高中。我们二中当时在一片庄稼地里，现在那些地早就盖上了楼。那时候乡下的孩子特别保守，平时都不怎么敢和那些漂亮的女生说话，也不敢拿正眼瞧她们。如果和她们说话，或走得近一些，别人看见了就会议论、起哄，就会弄得你特别不好意思。不漂亮的倒还好些，瞧她们时你心里没有鬼，别人看着也觉得算是正常，没有议论和起哄的价值。这种现象不正常，当时我们就生活在那种环境里。现在我也深受影响，见到漂亮的女人，心里就像有了鬼似的，不太敢也不太好意思和人家套近乎。

起初我压抑着对周小凤的感情，偷偷观察别的男生看她的眼神，谁多看她一眼，我心里就有些不舒服。我没法安心学习，后来我觉得解脱的唯一办法就是向她表白。那段时间我精神恍惚，人就像变傻了一般。有一天晚自习结束后我终于像梦游一样走过去，对正打扫卫生的她说，周小凤同学，我喜欢你！说出那句话我好像才醒了，觉得不该那样说。当时教室里还有不少别的同学，有的正准备离开教室回宿舍，有的值日生开始把凳子放到桌子上，准备打扫卫生，叮叮当当的，有些嘈杂。我走向周小凤，站在她面前时，已经引起了一些同学的注意。周小凤抬起她俏丽的凤眼，吃惊地看着那时又高又瘦、像根麻杆似的我，以为自己听错了。我又傻傻地说了一句，小凤同学，我喜欢你。周小凤快速地瞄了一眼正在望着我们的同学，脸"腾"地一下就红了。真的好像有声音似的，那声好似从我敏感的心里响起来的。我看见她的脸红了，裸露着的脖子也红了，这才意识到自己可能错了。接着周小凤捂着脸，小跑着出了教室。

那一夜我的心像是一团火，一直在烧着我，让我浑身发热。有些话说出去了，就像泼在地上的水，收不回了。我反省自己不该那样肆无忌惮地向她表达，尤其是当时班里还有别的同学的时候。太唐突了，即便是她对我有意思，也会一时没法儿接受。不过那时的我是挺傻的，一个人过分单纯，有时候就是一种傻。那时候对自己还挺自信，我觉得自己是班长，是文学社的社长，身高长相也不差。我自以为是的觉得我喜欢她，她也应该喜欢我，我真的是自作多情。来，喝。

第二天，周小凤换了一身粉白色的连衣裙，上身穿的白衬衫，外面套了一件黄色的小马甲。马尾巴辫儿扎得也格外高了，高过了头顶，显得越发清纯美丽了。我心中暗喜，认为她是因为我才有了改变。这么说吧，那时我对周小凤有一种纯洁的爱恋，应该算是纯洁的爱恋，尽管十有八九，还是她的身体样貌吸引了我，使我对她想入非非。我想找个机会对她做个说明，想对她说，我不过只是喜欢她，并没有别的意思，让她别有太大的心理负担。没有别的意思，是说我没有不洁的对她的性幻想。我想否认那一点，其实那也可能是种虚伪的表现。后来我写了张字条，在没有人的时候偷偷放在了她的文具盒里。我写了时间和地点想约她出去谈谈。说起来可笑，我在约定的地点等了整整一个晚上，最终也没有见她出现。在那个初春的夜里，我在离我们二中不远的一座桥上，焦虑不安地来回走动着。我看着远处县城的暗淡灯火，看着在夜色里灰黑一片的树林和麦田，后来又扶着桥梁，看那时要比现在清澈得多的缓缓流动的河水和水里破碎的星星和月亮，我看了很久。我明明知道她不太可能再来了，还是固执地让自己等了下去，因为我字条上写了不见不散。我挺傻的吧？请为我那时的傻干一杯吧——我当时就是那么傻！

　　后来我冷得实在受不了，找了一个打麦场上的麦垛，弄了一些麦秸盖到自己身上，眯了一会儿。第二天早上我被冻感冒了，头重脚轻，浑身发热，恍恍惚惚地回到学校。其实我可以早一些回学校，叫醒门卫也是可以，但我好像是为了自我惩罚，硬是让自己在外面待了一个晚上。那个夜晚会让我记一辈子，因为那个晚上让我感到我是真的喜欢上了她。真心喜欢一个人，多么美好啊，那种美好，仿佛是找到了我来到这个世界上的意义、活着的意义。当然那是一种内心的体验，一种精神上的美好。在现实中我发着高烧，据同宿舍的同学说，我在梦中被烧得胡话连篇。我可能是为周小凤未能赴约感到失望的，我在我的心里责备她，跟她吵架。

　　一周后，我分析了自己爱与喜欢她的心理，真诚且坦白地写了足足有十张信纸。在那封长信中，我写到自己莫名地对她的喜欢，并且强调了我喜欢她并不是爱她。其实那就是爱，是我受挫后想为自己找个台阶，是我的无力辩白罢了，那也是一种虚伪表现。人在现实中很难不虚伪，但我想要做个真诚的人。我傻兮兮地在信上写了我对她的感受，从头到脚，从里到外写了一遍。大概是说，我喜欢她生机勃勃的马尾辫，喜欢她的大脸和俏丽的眉眼，喜欢她的细腰、粗腿、丰臀，喜欢她踮着脚尖走路时怪怪的带劲的样子。我说我喜欢她，是从内心里喜欢，是从灵魂的深处感觉到她就像个仙子一样特别美。我认为她的美和春天里的鲜花一样，和世间一切美的东西一样，应该大公无私地，自然大方地与人分享。我还写了我自己的内心活动，我说从她来到我们班的第一天起，我心中的那个长满了奇花异草的花圃里就种下了一粒非常特别的花的种子，那粒花种很快生根发芽成长了一棵枝繁叶茂的花树，在我的世界里没边没际地盛开了，那一树繁花恰似令人惆怅的繁星。现在想一想，那封信写得太诗情画意，太搞笑了，也太自以为是地把别人不当外人了。不过还是请举杯吧，来，让我们干了。

周小凤给我回复了，你猜她回了什么？对，你猜对了，差不多就是这么说的，她说我是个脑子里进了水的神经病！尽管她的回复不能令我满意，但我还是非常高兴，因为她毕竟回复了我。后来我总结了一下，觉得自己可能太过真实了。我不该对她的身体进行描写，那不等于说我在渴望她的肉体，想和她那个吗？其实吧，那个时候尽管我生理上早就发育成熟了，但我还真的没有明确地想到就和她怎么样，那完全有可能是真实的。性这个东西，对于那个时候的我们来说是神秘的，令人感到羞耻的，一般是不好意思去那么想的，想一想就觉得自己道德败坏，不纯洁。那时的我只不过是喜欢她，从心里喜欢。请允许我抽象一点说吧——我把全部的她当成了我所在的这个世界上的，必须得喜欢的女人的一个代表，把她当成了我青春期的一个爱的对象，仿佛在秘密的思想情感里要以此来证明活得并不虚空。另外，那时候我们正在准备考大学，学习任务繁忙，压力山大，而且学习那种事又是那么枯燥乏味，我那颗娇嫩的心，难免会渴望来自异性的美妙的情感的贴心安慰。

我在楼道上，在操场上，在通往教室的路上，常常怀着美妙的感情盼着周小凤俏丽的身影出现，然后偷偷地看着她向教室走来，或者回到宿舍，再或去别的一切地方。只要能看到她，我就有一种心满意足的快乐和幸福感。尽管她骂了我，拒绝了我，但我还是不死心。我把她拒绝我的责任推给自己，觉得自己在某个方面做错了，引起了她的反感，而这并不是我这个人不值得她喜欢。我在喜欢上周小凤之后注意了自己的形象，我像个女孩子一样经常偷偷地一个人照镜子，照的结果是，我对自己的长相和形象总体还算是满意。事实上那个时候的我脸上生了一些青春痘，不是太多，但还是让我特别苦恼，觉得那些痘痘是故意出来跟我捣乱，让周小凤嫌弃我的。由于我的家境条件不是太好，穿的衣服也总是皱巴巴的，换来换去，也换不出个新的精神面貌。我省吃俭用，还骗了家长说要买复习资料，后来终于有了一百多块钱，买了一身带条纹的蓝色西服，皮鞋买不起，只好买了一双十多块钱的白球鞋。当时也不觉得西装和白球鞋不搭配，现在看以前的照片会觉得那时自己穿得特别傻，我给你看看我以前的照片吧——你看，是不是，以前多可笑啊！那时我天天洗冷水澡，一方面是为了锻炼自己的意志品格，另一方面是不想让别人闻到我身上的汗臭味，因为我在心里随时都在想象着与周小凤见面和约会。

那时候我绝对是个有志青年，我写诗，有位同学叫李天的也写诗。我们是好朋友，经常在一起聊天。李天不明白我为什么偏偏会喜欢周小凤，因为他觉得周小凤就是个装模作样的小骚货——他喜欢脸小、屁股小、大眼睛的女生，我们的审美不一样。我问李天我是不是对周小凤做错了什么，她才那样不喜欢我。李天对我说，哥们，我很想说你没错，可惜你真的错了！我觉得随便换一个女生都比她强，她一看就是那种特别虚伪的女孩，我都不知你喜欢她什么。后来我也渐渐模糊了自己究竟喜欢周小凤什么，觉得她个头不高，和高个子的我不搭配。她的脸显得太大，比起那些女明星来也算不上特别漂亮，也许并不值得我爱。但是那只是一种在浅层次的思想和感情上的刻意否定，我还是忍不住喜欢她，觉得她就应该是属于我的，我愿意永远和她生活在一起。后来我为自己找借口，感觉到喜欢她也许是我在进行一次感情试验——正像到了一定的年龄，人人都会对异性产生好感一样，我仅仅是对她产生了好感，不过是希望与她一起进行一场感情的试验，求证我们是不是合适成为恋人。那样的想法，是在被拒绝后的一种心理活动，一种假设。不过我还是把那种真诚的、没经过大脑的想法写在纸上，又偷偷放在了周小凤的文具盒里。我的目的可能也包含了不想让她有一种被爱着的压力，或者不想让她有一种被爱着的优越感，并以此来抵消自己被拒绝的失落感。你都不明白，当时我对周小凤的那种复杂多变的感情，是多么丰富多彩。人的心真是奇特得让人难以言说，来，我们干了这杯。

周小凤看到那封信之后，觉着我简直是不可理喻，有些可怕了。她说，她不想成为我爱情的试验品，因此她很庆幸没有接受我这样一个自私而且虚伪的人的爱情表白。我回复说，我喜欢她完全是一种真诚、自然、美好的表达，甚至也可以说是一种无私的爱的奉献。我怀疑她是虚伪的、自私的。那种感觉让我痛苦，可在我看着她假模假样地看书或走路的时候，我就忍不住喜欢她，觉得自己和她终会有一天会达成共识，成为比翼双飞、交颈相爱的鸟儿，成为并蒂的花儿连理的枝。我真的很自我，自我得特别傻。周小凤又回复说，你无耻、你下流、你做梦、你给我滚，滚滚……我再也不想收到你的任何字条了。呵呵，我真想不到，我会激怒了她，而我在自己想来，还是那么真诚的。怎么说呢，有一段时间，我觉着周小凤做什么像是在演戏给我看。在班上我坐在后面，她坐在前面，如果她一回头，我就觉得她是在看我。感到她在看我的时候，我都会不好意思地避开她的目光。现在我回过头来想，那时的自己真的很可笑。不过，我那种喜欢与爱着一个人的感觉，像一团云雾一样，一味自然地在我的生命深处升起，袅娜飘荡，消散在蓝天里，仿佛也充满了全世界。

在收到周小凤几乎是愤恨不已的回复后，我对周小凤声称自己是一个有理想有追求，而且有特别情感和思想的人，虽说在表达上引起了她的误会，还是希望她能够理解。因为我对她的感情是纯洁的，像天上洁白的云，泉中清冽的水一样纯洁，像林中的小鹿一样天真可爱。结果周小凤又忍不住回复说，一个自称有理想有追求有特别思想情感的人难道不正是那种枯燥乏味、没有情趣、自高自大、自欺欺人的人吗？还天真可爱的小鹿呢，你他妈的让我觉得讨厌和可怕，希望你以后不要再给我写信，你已经严重干扰了我的学习和生活，这是我最后一次回复！可是第二天我写的内容又得到了回复。我想不明白她为什么会拒绝我，请她告诉一个理由。周小凤回复的理由是，你太自以为是，太不顾别人的感受，最主要的是我对你根本就没有任何感觉。我不可能喜欢你，请你最好早一点死心！但显然那不是我想要的理由。好好，来，干杯！

在晚自习后，我习惯了最后一个离开教室。那个习惯是我向周小凤的文具盒里放字条时养成的，虽然在以后的时间里我向她的文具盒放的字条，她没有再回复，但我习惯了晚自习后，一个人静静地坐在教室里想象她。那时我感到教室是一个舞台，而我与周小凤就是那个舞台上真正的主角。我也会早早起来去教室，看着安静的一排排桌椅，若有所思。那个时候我想做的事情有很多，感觉自己想要支配一切，改变一切，通过自己的努力来获得她的好感。我的学习成绩一直不错，高中一年级时我就是班里的学习委员，高中二年级时我成了班长。除了在班里担任职务，我在学校里还成立了文学社，出任社长和主编，每个月出一期报，获得了许多师生的好评。我一直在想，这么出色、这么优秀的我，为什么不能获得周小凤的心，让她喜欢呢？我也消沉过一段时间，后来我觉得不能那样，于是我又开始带着文学社里的十多个社员，有时间就去学校外面的田野或树林里朗读诗歌、相互辩论、练习演讲。那个时候我有从政的想法，我想改变问题多多的世界，让全世界全人类变得更美好，这一点都没夸张。好，干，干了这杯——我真得谢谢你陪我，听我说这些话——你是不是觉得我很搞笑？呵呵，实话对你说，我现在觉得那时的确挺搞笑的，但我很怀念那个时候的我。现在我觉得很多人在这个变得越来越搞笑的世界上，也变得越来越搞笑了。人的思想和情感在相互被扭曲变形，人们一起创造了一个让人人都感到不适甚至是厌倦的大环境，这的确搞笑。我经常会责备自己，因为我面对这个世界，面对自己以及别人，想要改变什么却又感到无从下手，无能为力。我高中时的理想，现在早已经不再是我的理想，我想改变世界的想法也早就烟消云散了。你说，我是谁啊，也太自不量力了，对吧！来，我们喝酒！

那时我们文学社里也有喜欢写作的女生会对我有好感，也有漂亮的，但是那时我的眼里却只有周小凤。班里的一些女生知道我喜欢周小凤，看我的眼神也怪怪的。她们会认为她周小凤有什么好啊，我这么优秀，怎么就喜欢她呀，也太没眼光了。我作为班长的威信受到了影响，说话不再像以前那样好使了。为此我还把我们班的体育委员叫到小树林里，两个人打了一场架。我估计体育委员也是喜欢周小凤，只是全班同学都知道我喜欢周小凤了，他不好再怎么样，但他与周小凤走得比较近，是比较好的朋友。他在工作上不配合我，一次两次我忍了，后来我就把他约了出来。我们打了一架，没人知道。我是有思想的，这么说你别笑我。我把体育委员约了出来，用打架的方式来解决我们之间的矛盾，那是一种有思想的，有些特别的表现。当然那也是那个年龄阶段单纯和傻气的一种表现。不过，那是一种美好的回忆，而且最终还是收到效果了。胜负并不重要，打完之后我们终于达成和解了。我的意思是，该他做好的工作他得无条件去做好，因为他在那个位置上。他如果喜欢周小凤，也可以去追求，完全没有必要为了我喜欢周小凤就对我有意见。当然他后来也没有追求周小凤，我们的关系最终也没有和好如初，是他不够大度。我得说明的是，在周小凤没有来我们班之前，我和体育委员的关系还是相当不错的。

我一直被周小凤拒绝，她处处躲着我，像躲一个追债的地主恶霸一样。看到她那样我感到特别无辜。在眼看就要毕业天各一方的时候我想和周小凤有一个了结。又是在晚自习的时候，又是鬼使神差一般，我拿着为周小凤写的一首长诗，走过去对她说，我为你写了一首诗，请你看看好吗？那时晚自习还没有结束呢，真的，当时真正是鬼使神差一般。全班的同学都抬起头看我们，现在想一想那时我的心智好像因为爱这个东西出了问题，其实我完全可以跟踪她，寻找一个没有人的地方，把我写给她的诗歌拿给她——当然她总是躲着我，让我受到了伤害，这样就有可能是越发激起了我光明磊落、坦坦荡荡地与她交往的心，我不想藏着掖着了，因为眼看就要毕业了。当时教室里静悄悄的，真是静得落一根针都能听见。我让周小凤接受我写给她的诗，周小凤坐在自己的座位上，扭头狠狠地看了我一眼说，我，没兴趣！她那时根本没有料到我会那样贸然地来到她面前，而且还当着全班同学的面。她可能会联想到差不多一年时间被我所影响和干扰的痛苦，因此她看我的眼神是愤怒的，甚至是仇恨的。我像个白痴一样看着她说，我觉得我们应该好好谈一下，也许，也许我并不是爱你，我只不过是喜欢你！的确，那个时候我感觉到已经不是怎么爱她了，而且是准备要放弃了。但那也只是一种想法，事实上我一直爱着她。我已经预感到事情要闹大了，但是我退不回来。来，来，来，我们先干了这杯再听我说。

周小凤用她好看的凤眼看着我说，我早说过了，我从来对你就没有感觉，你究竟要我怎么样？我灰着脸固执地说，我只想跟你谈一谈！她说，我不想，请不要强迫我好不好？我的忍耐是有限度的！我像是较上了劲似的说，我并不想强迫你，但是我的心里很难过——你为什么不能给我一个坐下来谈一谈的机会呢？周小凤冷笑了一声，满脸带着不屑的表情说，很简单，我讨厌你！我说，现在我也很讨厌你，但是我感到我仍然在爱着你——你能理解这种感觉吗？周小凤可能是实在忍受不住了，她骂了起来，你，你他妈的无耻，你，你有什么理由讨厌我？我也急了，我冷着脸说，你敢骂我？周小凤霍地从座位上站起身来说，我就骂你了，怎么样，你他妈的！全班的同学都盯着我们呢，我感到自己滚烫的血冲到了头顶，长期积压的那种委屈和单恋的痛苦，以及周小凤在我面前仇视我的那种态度使我愤怒，使我无法自制。啪！我打了她一个耳光，说，你再骂？她又骂了，你他妈的，你他妈敢打我！啪！我反手又抽了她一个耳光。我看到周小凤两边的脸肿了起来，我很快清醒了。我觉得自己错了，我怎么能打她呢？不可理喻，说真的，那件事回想起来就会让我感到，一个人与外界有种心灵滞差，难以调和！打周小凤两个耳光的事都过去二十年了，我仍然有些想不通当初为什么就打了她，还那么用力，肿得让她吃不了饭。真的，那时就像不受自己的大脑控制似的，就像是有谁在指使一般打了她。后来我想，很有可能我是真正喜欢上了她，而她不应该完全无视我对她的感情。在她一味拒绝我的过程中，我越发不可自制地爱上了她，也很有可能，那时我的爱是纯粹的，尽管那种纯粹过分自我且无知。后来你猜怎么着，周小凤的妈妈想要见我。来，我们把这杯喝掉吧！

我在学校外的一片树林里，与周小凤的妈妈见了面。周小凤的妈妈当时有五十多岁，穿着青灰色衣裤，个头不高，也是大脸盘，有些中年人的肥胖。一见面她就自我介绍说，我是周小凤的妈妈，原来是镇小学的教师，后来因为教育局说我精神方面出了问题，不让我教了。我教的是数学，思维缜密得很啊，我看他们才有问题……不错，不错，很好的一个小伙子，个子挺高的，小凤她爸活着的时候和你差不多一样高！周小凤看着妈妈跟我说话，难过地把头低下。周小凤的妈妈接着说，我听说了，你打了小凤——你知道吗，她哥哥是练武术的，他听说你打了小凤，非要过来找你算账，是我拦了下来。别看你这么高，可你瘦啊，你可不是他的对手，你对她有那个意思是真的吗？我老老实实地点点头。周小凤的妈妈微微笑着，看上去完全像个正常人一样，她又说，好，有勇气承认就好，做事要认真，做人要诚实。现在你们最重要的是学业，懂吗？爱情是不能当饭吃的，空谈爱情是要出问题的。你们要先上好学，拿到好的学历，找到好的工作，有了稳定的收入然后再谈，行不？我点点头。她又说，我一直是这么教育我家孩子的，你对她说了些什么，做了些什么，她都告诉我了，我们从小家教好，孩子不会说谎，你以前是不是单独约过她？我又点点头。周小凤的妈妈又说，你呀，你想一想，学校外面就是庄稼地，你要是拉着她到地里去怎么办？

女孩是不能随便答应和一个男人单独见面的，起码我们家的孩子不会！当时的我心情特别复杂，我说，阿姨，您能不能让我与她单独说说话？周小凤的妈妈说，当然可以，我在这儿看着，你们出不了什么事！来，我们再喝一杯，真的，这个世界上总有一些特别的人让你感到有些不可思议。那个时候的我，多少也是那类让人感到不可思议的类型。

周小凤用手摸着衣襟，与我走到不远的一棵大槐树下处站住。我低着头说，对不起，真对不起，我太冲动了，我不该那样打你，我错了！周小凤低着头，用手摸了摸还没有消肿的脸说，我也该说对不起，后来我想通了，我应该给你一个解释的机会！不说了，真的，我真的没办法，我妈非要见你不可的，她早就想要来见你了，我爸去世的时候她受了点刺激，所以……我抬起头看着她说，真的对不起，我不知道你妈妈她有病，还有你爸爸，他不在了？这是真的吗？周小凤皱皱眉头说，这与你没有关系！我不好意思地说，当然，是没有关系，唉，现在我真是不知说什么才好，我……周小凤说，你不是觉着我特别像演戏吗？是的，我每天都在演戏。我爸爸在我很小的时候就去世了，是被汽车撞的。司机肇事后逃逸了，路上的人没有一个肯把他送进医院，死了。从那以后，我妈妈精神出了问题，出院以后就成这样了。我从小在这样的环境里长大，我不相信任何冠冕堂皇的话，也不相信人与人之间所谓的真诚和友爱。我觉得一切都是假的，但是我得装作我相信，因为大家都信。我对任何事情都没有激情，但是我却装作有激情。每次集体劳动的时候我都跟别人抢着干，比别人干得多，为了和同学搞好关系，我违心地给别人笑，赞美别人。你不是喜欢我走路的样子吗，我不知道你为什么会喜欢我走路的样子，有那么好看吗，你简直是变态！你说我不理解你，你理解我吗？再说，我又何必要让你理解，又何必去理解你呢？周小凤一口气说了那么多话，激动得胸脯都一起一伏的。我想了想说，难道你一点都不因为我喜欢你而高兴吗？周小凤说，我没有想到你会喜欢我，会那样对我说，后来我回到宿舍哭了。平静下来以后我很高兴，被人喜欢总不是一件坏事。但后来我不知道你为什么还要为自己找出那么多可笑的理由，什么情感实验……你越是解释我越是讨厌你。我不想见到你，不想听到你说话，我也从来不看你主办的文学社的报纸，你越是做出真诚的样子，我越是觉着虚假，你越是想走近我，我越是远离你。我说，对不起，真是对不起！你为什么要把我们的事告诉你妈妈呢？她说，我怀疑我也是个有病的人，你相信吗？我看着她，摇摇头说，不信！周小凤无奈地笑了一下，她说，我告诉她，因为她是我妈！我说，我对你所做的一切虽然让你不高兴，但我也是真诚的。不管怎么样，我还是喜欢你……我有个提议，以后不管我们考到哪座城市，不管在哪里，我们都保持联系好吗？周小凤点了点头，分别的时候，我还伸出手与她握了一下。这就是我的初恋，来，为我不成功的初恋干杯吧——瞧，我们把这瓶酒喝光了。我们再喝一瓶吧，后面我要说的更有意思！

我和周小凤原来的学习成绩都是不错，但因为我，或者说我也因为她，我们都没有考上理想的大学。我考了个二本，周小凤考了个大专，两个人不在一个城市。虽说我们说好了要保持联系，但由于我打了周小凤，也不大好意思和她联系了。另外那个时候去到了大城市，在大学校园的生活又是那样地新奇和丰富多彩，我也不想再固执地继续爱着她了——那个时候我看到更多更漂亮的来自全国各地的女孩子。那个时候我也多多少少有些怨恨周小凤，觉得她并不值得我那样去爱。周小凤呢，自然也不会再想与我联系。我们之间只能从同学那儿偶尔知道一些对方的消息。我在大学里恋爱了。当然那场恋爱也没有修成正果，就像是一场游戏，大学毕业后，我们也都各奔东西了。那样的爱也是爱，在我们都还年轻、充满着各种可能性的时候，有快乐幸福的时光，也有痛苦和忧伤的时刻——但归根到底我们还是没能坚持下来。因为在大城市里物质诱惑太多了，可以选择的方向也太多了，因此谁都不再是谁最为重要的、不可分割的部分。也正是在那样的大环境里，人的心开始变得浮躁，变得不满足，变得没有真正的方向。工作之后我也遇到过几个可以谈恋爱、彼此觉得可以在一起的，相处的时间有长一些的，也有短一些的，那样的感情经历就如同在商场里买了一件衣服，穿了一阵子就搁一边了。现在想想真没什么意思，但那却形成了我个人的生命内容，人生经历。有时候，我会想起周小凤。想起她的时候，我觉得在心里仍然爱着她。就好像那种爱是一粒坚硬的种子，在各方面条件都具备的时候还是会生根发芽。十年后，在一次高中同学聚会时，我和周小凤又见面了。来，我们先碰一下。

那年春节，分布在全国各地的同学都陆续从外面回到家里准备过年。写诗的李天大学毕业后在我们二中当了老师。他建立了QQ群，召集大家聚会。班里四十八名同学，相互都有关系好的，彼此有联系的，有一多半都聚到了群里。聚会时到了二十多个。我没想到，周小凤也来了。李天告诉我说，哥们，你还不知道吧，周小凤也在北京，和你在一个城市？我说我还真不知道。这些年来大家各忙各的，几乎都没怎么联系。其实当我听到周小凤也在北京的消息时，我的心里很特别地跳动了一下。怎么说呢，我觉得我和她可能还没完，还会有故事。那天周小凤穿着一件红色的羽绒服，当然没再扎马尾辫了，她留着齐耳的短发，唇红齿白，有了一种成熟女性的魅力。饭店里有两张桌子，我们没好意思坐在同一桌。碰面时有点假装不认识的感觉，都没好意思说话。喝酒、吃菜、聊天，几个钟头过后，大家都各自回家。通过 QQ 群，我加了周小凤的 QQ 号，也没聊什么，因为不知道能聊什么了。过年后回到北京，李天把同学们的电话号码发到群文档里，我有了周小凤的手机号码。在一个周末我忍不住给周小凤发了一条短信。我说，你知道我是谁吗？过了一会儿，她回复说，是李光明吧？我说，你怎么知道是我？她说，我猜的！我心里一阵甜，像蜜。我没话找话地说，为什么偏偏猜是我啊？她不回话了。我说，今天有空吗，要不见面聊聊吧？你在什么地方，我过去！周小凤竟然同意了。来，我们再干一杯，接下来，你猜我和她怎么了？

我去了约定的地方，上岛咖啡馆。我先到，要了个房间等她。时间不久，她来了，穿着一身正儿八经的银灰色西装，西装里面穿了件白毛衣，那显得有些饱满的胸，把毛衣撑得有了鲜明的曲线。她脸色红润，眉清目秀，性感的红嘴唇微张，隐隐露出一线白牙。她的表情显得似笑非笑，有些严肃，有些冷的样子。你要知道，十年后，我也已经谈过多次恋爱，已经不再是过去又单纯又傻气的我了。我不得不提一下，大城市，或者说这个时代对每个人的影响——那时我们都有了挺大的变化，那种变化主要是心理上和思想上的，当然也有经济上的，最起码我们都工作了，有了一定的经济能力。我特意打扮了一下，穿着一身得体上档次的休闲服，头发理成了板寸，胡子刮得精光，显得特别精神。我记得脸上还涂了一层增白霜，是真的，我想自己还是特别在意她，想和她好上的。

我微笑着看她，尽量把内心的美好浮现在脸上，而我的心里可以说也是纯净的，但又在潜意识里特别渴望和她发生点什么。我们面对面坐下来。我要了一瓶红酒，微笑着，看着周小凤。周小凤微微低着头，又不时抬起头看我一眼，欲言又止的样子，好像等我先开口说话，也在思索怎么与我对话。哎呀，我得自己喝一口，你可以不喝——嗯，我对周小凤说，没想到在同学聚会时能见到你，你知道我见到你之后心里是怎么想的吗？她看了我一眼，笑了笑，意思是，你是怎么想的？我说，见到你之后，就在心里想，我得找个时间约你一起坐坐，因为我有很多话在我心里，还没有对你讲。十年前的话，有些讲了，有很多还没有讲。那些没有讲的，还一直在我心里响着——我看着周小凤说，我该怎么说呢，算了，还是不说了，我们喝酒，为了我们久别重逢，咱们把这一杯先干了！我和她碰杯，都喝光了。我顾左右而言他地说，嗯，你变得更加漂亮。周小凤没说话，只是看着我，好像我是个不怀好意的骗子，准备在骗她。我也看着她，眼神相交的时候，她又低下头来。我感到自己仍然喜欢她，这么说吧，我甚至对她有了一种强烈的占有欲，我想要通过我的身体来拥有她，来试探她和我可不可以相爱。是的，以前仅仅是我单方面地喜欢她，而那时我在想，我可不可以爱上她，得到她的爱。当我有了那种想法之后，我突然觉得并不了解她，也谈不上真正了解自己。我当时在想，我为什么在面对她的时候张扬了我的欲望，张扬了我对爱的需要呢？其实吧，从那个时候开始，由于长时间一个人生活，我都是自己解决生理问题的，那使我渐渐对女人不太感兴趣，甚至会隐隐地有些讨厌女人了——因为她们总是与我隔着，总是让我一个人忍受着孤独和寂寞。那只是一种相对的感觉，你懂得吧——我仍然会喜欢女人，只是我开始有些讨厌和女人在一起发生那种事情了。我觉得男女之间的事会让人活得没价值，会让人觉得自己活得特别局限，会让人感到人生越发空洞没意义。我觉得只是喜欢和爱着，只是想象着期待着就好了。当然那也只是一种相对的感受，如果碰到相互喜欢的女人，难免还是会睡在一起。来，喝，我们干了。

在我看来，尤其是我们七十年代出生的男人，对于两性关系多多少少都会有一些心理问题。因为我们基本上是在一个封建意识还很浓厚的、非常保守的环境里长大的，我们对异性有的那种天生的情感上和生理上的需要得不到理解和尊重，如果你喜欢一个人，和一个人上了床，你就很容易被人戴上一顶不道德、不高尚、不要脸的帽子，你会被人议论、被人耻笑、被人批判、被人排挤。在那种环境中长大，人会变得非常压抑。你看现在城市里有多少洗脚城、洗浴中心、夜总会？

他们生意为什么那么好？可是你再看那些娱乐报道，成天是明星中谁和谁好了，谁和谁又分了，谁和谁偷情了，大家津津乐道，兴奋异常，其实这特别无聊，多虚伪啊，男欢女爱，分分合合，不挺正常的吗？有什么好报道好议论好指责的，对人家尊重一点行不行？大家就对这个感兴趣，显得特别没素质、没出息，我看到这些就来气，都他妈太虚伪了，自己吃不到葡萄就说葡萄酸，自己明明也是这么干的，却还一本正经地有脸指责别人。咱们中国人的素质要想提高，首先得摘掉虚伪的帽子，人人都活得真诚点儿！咱们中国人要想真正强大起来，文明起来，首先得学会彼此尊重，人人都变得光明磊落一点儿！我们还得尊重文化，别整天想着投机取巧钻研人际关系学，别以为有钱或当上公务员就看不起穷人和老百姓，没有起码的对真善美的认识，怎么就是社会精英了，怎么就能代表广大劳苦大众了？咱们干了这杯！

周小凤和我面对面的时候，多少还是有一些紧张。那时候，我觉得自己不像十年前那样纯粹了，但又觉得那种不纯粹的感觉也是挺真。我想拥有她在我看来不仅仅是一种欲望，可以说还是一种精神上的渴求，一种生命里的需要。我问周小凤，你说说，当年，难道你对我真的一点都没感觉吗？周小凤沉默了一会，摇摇头说，没有！我说，你还记得我给你写的那封长信吗？我把我喜欢你的理由全都写进去了，虽然有点傻，但是的确是那个时候的想法。一个人喜欢另一个人真的说不清楚。那时候我像傻瓜一样望着你的背影，一直希望你能给我一个单独相处的机会，但你一直就不给我那个机会。她幽幽地叹了口气说，落花有情，流水无意，过去的就让他过去吧！你还在写诗吧？我说，偶尔写写，炒炒股票，我的主要工作是给一家大型企业做策划！周小凤说，你应该结婚了吧？我笑了笑说，没有，你呢？她没说话。我说，应该有男朋友了吧？她摇摇头。我笑了，说，假如再给我们一次机会，你会不会考虑和我谈一场恋爱？她抬头望着我的眼睛，也笑着说，你觉得我们还可能吗？我笑了。她问，你笑什么？我说，没什么。我们聊各自的工作和生活，后来一瓶酒快喝下去的时候，她也聊了自己的男朋友。

周小凤大学毕业后换过几个工作，我们见面时她正在一家网站做编辑。她毕业工作后谈过一个搞软件开发的男朋友，两个人感情一直挺好的，在差不多谈婚论嫁的时候男方突然就消失了。她打他的电话，电话成了空号。她在 QQ 上给他留言，也一直没有收到回复。他原来工作的单位说他辞职了，没有人知道他去了什么地方。她大概知道他是什么地方人，但也没有他家里的联系方式，没法找他。没有给一句话他就消失了，她甚至不知道他是生是死。她搞不懂那是为什么，那件事让她一直耿耿于怀。我说，说不定他喜欢上了别的女人，和别的人在一起了，也说不定他得了什么重病，不想让你知道……周小凤说，不管怎么样，总得给我一个回话吧！我笑笑说，还有一种可能，那就是被外星人给绑架了！我们两个喝了两瓶红酒，聊到晚上十二点多。她有些晕了，我要送她，她不让。我说，反正我晚上也没有什么事情，还是送送你吧！她说，我就住在附近，真的不用送了！我说，还是送送吧，不放心，我陪你到楼下！

我陪周小凤走在大街上，望着万家灯火说，我真心希望你幸福！她说，谢谢，你也一样！我说，你知道现在我在想什么吗？她问，你想什么？我说，我想拥抱你一下！她看着我说，为什么？我说，我就是这么想的，也没有为什么！周小凤没再说话。我说，我仍然喜欢你，不管你喜不喜欢我！我仍然爱你，不管你爱不爱我。她又问，为什么？我指指我的心说，我的心告诉我的，尽管我不愿意让自己那么想。周小凤不说话了，我们默默走路。在一个小区附近，周小凤站住脚说，我到了！我站在她对面，伸出双臂说，抱一下吧！周小凤没有动，我抱住了她，她挣扎了一下，然后任由我抱着。你想啊，在北京那么大的一个城市里，我们抱在一起，那样的拥抱，在个人与群体、我们与时代之间具有一种象征意义。真的，有爱的感觉让人的生命得到升华。来，我们干了这杯！

我感到周小凤肉感十足的胸部起伏着，我听到她带着淡淡香味的呼吸，闻到她洗发水在夜色中弥漫的味道，那是一种既熟悉又陌生的味道，那种味道使我想起我以前的女朋友，甚至想起许许多多陌生的女人，想起两性世界中诗性的存在，多么美好的想象。我觉得，周小凤是属于我的，我那么想的时候特别无助，甚至有点儿瞧不起自己，凭什么那么想啊！同时我又觉得自己和她最终也不会有结果，虽然我感觉到了，却不愿意相信。过了一会儿，她又挣扎了一下，小声说，行了吧！不行！我还有些没想明白，有些无赖地说。我想吻她，她用手挡住了。我说，让我吻你一下，就当是一次吻别！周小凤信了，挡着我的手软了一下，被我拉到我的腰上，让她抱着我。我的唇贴到周小凤的唇上。我感到她的气息有一种煮熟了的玉米味道，我用舌尖轻轻舔着她肉乎乎的、有些冰冷的唇。嗨，我真不愿意跟你这么说，因为这是不该说的事，但我不那样说就没办法进行下去——两个人的关系，有时候是建立在一种细节上的，是建立在一种隐秘的感知中的，不能一下子进入主题，那不真实，对吧？

我轻轻地开启了她的唇，有种温润的感觉。曾经的爱从我心底像泉水一样迅速涌现，仿佛又化成一种看不见的火，在慢慢点燃我，使我更加明确了我的欲望，唤醒了我心中漫无目的的爱，或者是对爱的渴望。我希望她在我的拥抱和亲吻中慢慢融化，我们一起融化。后来，我的手插进她的头发，抚弄着她耳朵、脖子，然后又滑向她丰满坚挺的胸——那些行为多么可耻，但又是多么地必不可少啊！其实我清楚，我在思想上是想要做一个正人君子的，我不想那样努力着去与一个女人融合。她没想到我会抱她、吻她、抚摸她，就像没有想到天上突然就落下了一阵雨。她试图推开我，但没有成功。我拥着她在路旁边树下的一个排椅上坐下，继续吻她，我想要她——很自然的想法，也可以说是想让心中的爱，生命中的爱落到实处的一种想法。她说，不要！我说，我要——唉，你说，我凭什么啊？来，呵呵，我们喝掉这杯吧，酒真是个好东西，能让人变得真实！

周小凤带我上楼，我们来到她的房间。房间很干净整洁，一张一米二的床，一张沙发，一个简易衣架，一张桌子，桌子上放着台笔记本电脑。我们意识到我们即将要发生的事，但谁都没有再反对。仿佛在世界上，两个人，不妨就那么放纵一下给彼此一个享受对方的机会。我洗完在床上等她。她好像洗了很久，似乎是还在思索该不该和我在一起。后来她走出来，用浴巾紧紧地捂着身子望了我一眼，似乎想确定躺在床上的男人是谁。人在感觉中面对着整个世界，当他确切地要面对着一个具体的人时，会有一种不确定的感受。我看着她，笑了笑，伸出手。她的脸上有一种严肃的表情，似乎仍在思考。我坐起来看她的眼睛——美丽的，有着疑惑，甚至透着一些傻气的眼眸，里面有着对一切都不确定的光。灵魂在她身体的哪个地方呢？我再次感觉到她的陌生，仿佛她从遥远的地方，风尘仆仆地突然呈现在我面前，让我突然感到一种淡淡的忧伤，在生命中弥漫扩散开来。

周小凤说，你真的爱我吗？我点点头说，是的，我爱你。她说，你感觉到我会爱你吗？我又点点头说，是的，是的，至少我愿意这么相信。我用双手捧住她满月似的脸，那张脸捧在我手里暖暖的有种实实在在的感觉。我看着她，然后又开始吻她。欲望如火一般越烧越旺，模糊了世界，让我的感觉中只有她。她在我的亲吻中只好中断了思索，接受我，感受我，回赠我——她被燃烧起来的身体，有心灵参与的身体，与我结合。我望着周小凤光滑洁白的身体、美丽的身体、在暗自燃烧的身体、充满渴望的身体想，她的灵魂一定就在那样美妙的身体里。她使我感受到自己的灵魂，弥漫至身体的每一个部分，使我不忍心轻易地与她融为一体。我要一点点吻遍她身体的每个部位，唤醒全部的她，使她的世界百花盛开，万紫千红，使她对我发出呼唤，命令我占有她，成为她，融为一体。

我多次提到"灵魂"这个词，你知道这是为什么吗？来，我们再喝上一杯——灵魂，我觉得那是让人感受到永恒的一种存在。当你想起某个人的形象，别人想起你，就是一种灵魂的存在的证明。当我们感觉到自己爱着世界，全世界都与自己有关，那也是一种灵魂存在的证明。我们需要意识到灵魂的存在，相信一些永恒的东西，广阔的东西，我们活得才更有底气，更有意义。是真的，我不是开玩笑，我沉浸在对周小凤的想象中。我用身体与我的想象互动，是的，曾经我也与别的女人那样互动，像是相互寻找，最终找到了，之后又必须回到各自的现实中来，过一个现实中的人所必须过的生活，面对人人都将面对的一切。我所说的"一切"，在这儿主要是指让人陷入的现实生活，以及复杂的人际关系。每个人在现实之中，差不多渐渐都会迷失自己，学会了现实，忽略了灵魂的存在，因此也就活得不是那么真诚自由，不是那么称心如意，不是善良美好。我觉得自己真该感谢那样的探寻，因为那会使生命充满幸福的感受，拥有一些说不清的意义！我又觉得自己该为此感到抱歉，因为那样地探寻，最终会让自己把身心放到茫茫大海的孤独荒岛上，久久无法靠岸。

我看到周小凤有些冷漠的脸开始变得潮红，她洁白丰满的身体像波浪一样起伏，她的喉咙里不断发出"哦哦"的呻吟声，她的手胡乱地抓握着我，抱着我。她在我的眼里心里变得更加完美，也更加脆弱得需要我的爱与呵护！我感到她对我的呼唤和需要，然后我轻轻把自己放在她的身体上，又轻轻地进入了她的世界。不仅仅是欲望，还有着盲目的渴望，甚至对整个世界的漫无边际的那种爱。有一瞬间，我感到有种融入虚空的实在——她也感受到有种被充实的空茫，被占据的幸福。通过身体与心灵，那幸福感来得似乎可怜又可恨。我望着她，感受到生命中的力量带动着我进入无限，灵魂在身体的狂风暴雨中欢畅地飞翔。最终将要到达哪里呢？通过身体与心灵，感受到的远方似乎是种不确定的，但又是存在的。我感到自己被她吸纳，成为她的部分。最后我完成了一个男人对一个女人的，不，应该是彼此的燃烧吧。我感到有些疲惫，甚至还有了一丝沮丧！因为那样的美好无法长久和持续，那种愿意永恒的、精神方面的渴望最终会停止下来，让人重新回到现实。

周小凤问我，你真的没有女朋友吗？我想她在那种美好的感受中，大约是渴望和我保持一种长久的关系，所以才想从我这儿获得有可能会属于她的答案。我想了想说，真想对你说声谢谢，因为我和你在一起的感觉真好，我真想永远和你在一起。那不是确定的答案。于是周小凤又问我，你真的没有正在交往的女人吗？我说，我是自由的，你也是自由的，你真觉得我们可以永远在一起吗？其实我那么说，是不想永远和谁在一起。我那时在想，谁可靠，谁值得让彼此永远在一起呢，没有那个必要吧！一个男人的意志，通常会被一个女人无端的出现所消融，因为通常在很多情况下，男人与女人发生了那种关系，不再是单纯的相互愉悦，而是会被附加上一些东西，不管是精神层面的，还是物质层面的，让人觉得特别累，特别不值得。在经历过一些女人之后，我这么说你别笑话我，有时我会想回到古代，我想阉割了自己去当太监，去伺候皇帝的女人——我不和她们上床，但可以欣赏她们的美丽。呵呵，当然这也仅是个一闪而逝的想法，但你要想一想，我为什么会有了那样的想法呢？其实性还是美好的，我不该否认这一点，但我那时候真的挺烦自己和女人有那回事的。

欢情已属过去，周小凤渐渐又回复到自己原来的位置，她的脸上渐渐又有了那种淡淡的冷漠和属于现实的严肃表情。我想，结合我们赤裸相对的现实，她可能会感到自己有些虚伪。但那就是她，她会觉得自己归根到底是属于现实的。只是她被我、被彼此的欲望带到了另一个地方，完全敞开了，变成了另一个自己。那样的体验使她，当然也使我会感到，我们作为人的存在，理想与现实、肉体快感与思想纯洁的复杂与矛盾。在那种矛盾面前，我们感到了爱的可笑，人生粗枝大叶的不严谨。是啊，每个人的生命中都有一些漏洞，除非你活着无欲无求。来，让我们满饮此杯，以酒来温润一下那些旧时光里的人和事。

周小凤或许还会觉得她并没有真正认识我，了解我，她不确定我到底是怎么样的人。十年前那两个打在她脸上的耳光，我给她写的那些信与字条，以及两瓶红酒，彼此的一些交流，甚至包括各自在都市中的工作和生活的体验交会在一起，凝缩成的一场欢爱活动，而且在一起时的感觉还是那样美好，这究竟做何解释？过去，她对我或多或少是有厌烦和恨意的，但那一切通过一场欢爱暂时消失得无影无踪了，这可信吗？在床上，我那么熟悉她的身体，那么熟练地操纵着她，让周小凤觉得我一定经历过不少女人。是的，我是有过一些女人，我和她们，而不是周小凤这个女人在一起时，有过一些美好，有过一些感情上的交换共享。这又能说明什么呢？世界如此博大，地球上有六七十亿人，每个人又都有着那么鲜明的生命欲求，一个人怎么能够完全理想化地保持着他的纯粹呢？我感到每个人几乎都在时光中坠落，在滚滚红尘中、在熙熙攘攘中、在庸庸碌碌中一点点消失，或者转化为别的什么存在。能够一直上升到天堂的，简直是少之又少，能够在别人的生命里留下印象的，也不会太多。当然，我的认识也许是有局限性的，我也仅仅是想要表达一下我现在的感受吧，你别太当真。来，让我们喝酒吧，让我们今天一醉方休！

周小凤再一次说，你想和我永远在一起吗？我想了想说，我觉得每个人，包括他的爱情都在远方。有时候我会想，两个人为什么一定要在一起，还要永远在一起呢？周小凤说，我明白了！我笑了笑说，也许你并不明白！周小凤说，你是不是想要报复我？我说，可以肯定地说，不是——我觉得我真正在爱你，难道你没有感觉到吗？周小凤说，那你为什么不能永远在一起呢？我说，我不知道我们能不能永远在一起，你真的能知道吗？但我知道，我是这么想的，我想，想和你永远在一起。周小凤说，为什么强调想呢，你还是不想吧？我说，我不知道。周小凤说，你知道我为什么就会接受了你吗？当你拥抱着我的时候，让我感觉到我一直那么期待着一个人的拥抱。还有，你不再像以前那样自以为是，你懂得了用花言巧语骗取我的好感了。我笑了笑。周小凤又说，你也许并不是真心想吻我，真心想和我在一起，你只是在报复我。你是在报复我，但你并不清楚自己是不是在报复我。我说，没有，我真的没有。周小凤说，我想我仍然会恨你，因为你的干扰我没有考到一所理想的大学；因为你的两个耳光，一个女孩的优越感变得荡然无存；因为你和我在一起了，却又和我没有将来——所以我也要报复你！我笑着说，你打算怎么报复我？周小凤说，我要你永远属于我，爱我，和我在一起。我说，也许这仅仅是你一时的想法。你想，我是一个自由的人，一个相对真实的人，我的一些想法和感受会变化，我并不能确定我要永远和谁在一起。我觉得两个人相互喜欢，也未必一定永远在一起。你想要永远在一起这等于是说，你在期待一个可以让你为他去生、为他去死的人出现，我知道我们之间并不太可能！周小凤说，为什么？为什么？为什么？她一连说了三个为什么，我笑了，看着她，觉得自己好像又在重新认识她。唉，喝，再喝一杯，咱们干了吧！

其实，我的感觉是这样的，我想周小凤当时也未必真心地想和我永远在一起。可以这么说，想，也不想。我当时隐约感到，我也在想要得到全部的她，她的身体，通过她的身体获得她的灵魂，那种获得，如同忘我的两个人的相爱，可以使人热泪盈眶，但我知道那是一种相对虚妄的想象！那时我已经不太相信女人了，我这么说，也可以说是我不相信我自己了。我不相信在现实中有永远，但我相信精神上，生命里有远方。在远方，我们的生命和精神会有一个相对纯粹的国度，那个是可信的。因此我对周小凤说，我对你不仅仅有欲望，肉体是终会消失的媒介、载体，它使灵魂呈现，属于个体生命真实的组成部分，那也是一个人真正的生命部分，而不是全部。肉体承载着灵魂，但灵魂要比肉体生命博大得多。我们两个人赤身裸体面对的时候，是两个相对独立的生命个体在对话。我们拥有一个特别的空间，那个空间是我们的小世界。我们要通过内在的互动交流，验证自我生命的真实，探寻灵魂的存在。意识到灵魂的存在，存在于自我，存在于他人之中，是生命的一次升华，是对自己的一次放逐。两相情愿的欢爱是一种美好，而那种美好是个体生命呈现给世界的美好，我们会带着那种美好的感觉爱着世界，而不愿意给别人给世界带来损害。我们要永远在一起，这似乎是在约定，我们在限制着对方爱上别人，爱着全世界的可能。

可能我说得有些复杂吧，周小凤没有听得太明白，因此默然不语。我看着她，用心想象着她，使她变得纯粹和美好。我读了许多书，想过很多事，心中具有那种想象的能力。我甚至有孩童一样的目光，一直有，但这也让我在现实中会感到不适。我觉得自己并不是像一只贪恋肉体的狼，而是一个发现她的美、希望她成为美的部分、使她更加强大、更加充实的男人。我希望她也是严肃和纯粹的，能够通过我们有限的肉体感受到我们彼此的灵魂。我的灵魂中有着别的女人，有着我在社会生活中个人修养与品质的局限性，但是没关系，因为她也有她的局限性。我们谁都不可、也不必去否定我们的局限性，那是对全世界全人类的不负责任。我希望她能意识到这些，于是我继续说，通过我们的身体，最终实现的也许仅仅是欲望，一种对现实、对自身孤独和对爱的缺失的不满和报复，如果你感受到这一点，你觉得我们还需要融合在一起，还需要永远绑在一起吗？周小凤看着我，像看着一摞在说话的书籍。呵呵，来，我们喝酒——你别说我深刻，比起我们生存在人世间的种种体验，那些感受说出来还真算不了什么，人的内心太博大了，人知道得越多，在现实中反而会越不幸福！来，还是喝酒吧！

　　周小凤不说话，我也停止了说话。有一刻我突然感觉到，如果不需要通过身体，也许会使我们的那个时刻成为一片空白。我感受到那片刻的寂静，因此我再次选择了靠近她，抚摸和亲吻她。那挺无聊的，我们刚演过一场淋漓尽致的床上戏，又来了。我希望使她的美、她的身体渴望我的存在，与我的思想和情感进一步融合，让我能够尽量地感受全部的我们，我们的过去、现在和未来，我们之间关系的多重可能。我看到周小凤的身体在拥有我的同时，脸上仍然显示着一种冷漠的表情，甚至她抿着的嘴角带着一丝嘲弄的笑意。我再次想到我与她最终可能会没有结果，没有结果，是一种感受，甚至也可能是一种结合自身意愿或存在现实的一种想象。我感受到周小凤在用力地握我、掐我、拉近我、用牙齿咬我的肩膀，使我感受到欲望的鲜明，那是种相对纯粹的欲望，似乎是一种不附加任何条件的欲望，类似于你情我愿，一起燃烧，彼此照亮，彼此温暖，合情合理，没有什么不好——尽管有时候，最终会让人感到，有一方是用骗的手段获得了自己，让自己在回到个人现实的层面后，有种受到破坏、被欺辱的感觉。但那也与自己的选择有关，有时人是需要犯些错误的，不是吗？我用力地揉她，用手指划过她脸庞和肌肤，像是要彻底征服她、化解她，让她成为我的部分。那纯粹的动物般的动作带给我一种前所未有的快感，最终我们一起到达欲望的巅峰，然后，我有种坠向深渊的感觉！

周小凤说，有一天也许我会杀了你，因为你会让我更加迷恋自己，你会让我觉得自己就是个女王，可以支配一切！我说，我不是你的全部，因为我不是一切，我只能是我，我有我的局限性。请忘记我吧，不，就像让我忘记你一样这是不现实的。我们放下吧，彼此放下，去平平淡淡地活着就好。其实你也会使我有一种冲动，让我想要拥有千军万马去征服全世界，但那样是为了什么呢？难道为了可以拥有完全的你？不，也许我会在那样的过程中试图征服所有的男人和女人，把他们踏进尘埃，成为虚无，从而彰显自己的强大，从而说明自己可以为所欲为。但我知道我只能像个小人物那样活着，工作着，偶尔写写诗，承受着生活的种种烦恼。就像彼此放下这种想法，或许在你的生命内部也在渴望，因为我的存在会阻碍你走向远方，奔向未来！人生是多么有限，多么盲目啊！周小凤说，是啊，所以我们要做出选择，你不想死在我手中，最好的办法就是离开我，尽管我现在已经爱上了你！我笑了笑说，你爱上了我？那好，我现在想要死在你手里了！周小凤心中涌出一种感动，她说，我爱你，我爱你，可我知道，也会有别的女人爱你，我不能阻止，而且我也完全有可能对你不满足！我说，是的，是的，事实上你也应该不断地有别的人来爱你！来，我们干杯吧，为了我们存在的局限性，为了无处不在的人生中的矛盾与纠结！

周小凤那时刚读过《金瓶梅》，那是她对我说的，以前她喜欢《红楼梦》。周小凤说，《金瓶梅》这部书在一定程度上让我明白了爱欲与死亡，明白了男人和女人的关系。与《红楼梦》相比，这部书写了人性的真实与丑陋，而《红楼梦》则写出了人性的虚伪和美好。我想我之所以会接受你，也许正是因为受到《金瓶梅》的影响，是在渴望着一种真，一种自我放纵的快乐，我强调了我真实的欲求，放弃了一些虚伪和美好——其实，美好的或许在于想象，正像你所说的远方，在远方，有纯粹和美好的可能存在的空间。人在社会现实中都有悲剧性的一面，人对死亡的想象，有时则会让人对欲望的需求更为强烈。我点点头说，每个人在自己的世界里，都会有一个浩浩荡荡的人生，但在别人的眼里也许什么都不算。你说，我给你的感觉是不是那种贾宝玉和西门庆相结合的男人？周小凤笑了一下说，我呢？算了，算了，你想离开就离开吧，你去选择你有可能喜欢的和爱上的吧。我笑了笑说，你不报复我了？周小凤说，那或许就是对你最好的报复吧！我说，以后我想你了，怎么办？周小凤说，你说呢？我说，我不知道。周小凤说，不过至少我现在知道了，我们没法结婚在一起。

差不多又有十年时间，虽然我和周小凤都在北京工作和生活，但真的就没有再在一起过了。我们觉得在一起又不能有将来，就没有必要再折腾。尽管折腾给彼此带来的感受，足以使我们在一段时间里，能够向全世界全人类展现出我们美好的精神面貌。我们会在 QQ 上聊，一开始彼此都挺坦诚地谈到自己与别人的交往，内心真实的想法，可聊了几次，又觉得也没有太大意义，因为我们在城市中最重要的，还是生存与发展的问题。我们不得不认真面对那样的问题，并为之付出大量的时间和精力。因此后来，除了过年过节时会相互问候一下，我们几乎就很少聊到有实质的内容。我会想周小凤，想着一些相干不想干的女人解决生理上的麻烦。我感到我的心越来越冷，那种没有具体的、爱的对象的冷。那种冷的感觉，会使我感到一些纯粹，使我喜欢那种孤独的状态。那种状态，有点儿像瓷器——我像摆在人世间的一件瓷器。

我做的一些股票和房产的投资是成功的，也有了一些积蓄，生活不存在问题。也有女人喜欢我，但我不会与她们好了，觉得没意义。因为我和她们谁好都要面对一些两个人的现实，而一个人就简单多了，我喜欢简单。在我的父母催着我成家时我也在想，我到底要不要和一个女人结婚？像很多男人那样有一个女人，有一个温暖的家庭？这有那么困难吗？我犹豫过，动摇过，有时一个人面对夜晚心里也挺空、挺难过的，但我知道和谁结婚都会失去一部分我想要的自我和自由，和谁结婚都不能使我保持精神上的相对纯粹。你别笑，我真的是需要那种纯粹。来，我们碰一下——真的，简单、纯粹是一种精神上的美好感受！现在我不知道周小凤心里是不是还会有我，在我的心里是有她的，我一直在心里喜欢她。那种喜欢并不是爱，又好像是爱。我想最终还只是一种喜欢吧，那种喜欢如同是我在喜欢世间一切美好的时候，她在我的远方是一个具体的人，是个我的生命世界的一个代表。她在过去曾与我产生联系，此刻我也正在对你说她，我说她就是因为我在想她。我希望她幸福，她可能也是幸福的，因为她做的是对外贸易，赚了不少钱，在北京通州有了别墅，把哥哥和她妈妈都接了过来住。

周小凤一直单身，前不久她在 QQ 上以开玩笑的口气说，她妈催她找个人嫁了，急得都要犯神经病了。我答应了，去了她的家里。她妈妈竟然还能认出我，见面后一把抓住我的手，问这问哪的，让我觉得骗人真不是件好玩的事情。如果我愿意，可能周小凤也会考虑和我结婚的，但我不想。我觉得自己已经不爱周小凤了，我谁都不爱了。我只是喜欢她，如果她愿意和我上床，我可能也乐意，但我无法想象和她结婚，永远在一起。我觉得那么麻烦，虽然那时我的家里人也为我的婚事着急。当然，周小凤也不至于会低声下气地求我娶她——当然，如果她求我，我这人心软，说不定也会同意。现在我有一些设想，我不打算工作了，我的钱赚得够用了。我得出去到处走一走，像个古代的游子似的去看看山水和人间，当然是人少的地方，有风景的地方。有感觉了就写写诗，把我的所思所想全都写进诗句，两三年出一本诗集，谁喜欢诗就送他一本。如果有机会，说不定我还会恋爱，只恋爱不结婚，事先给人说好，也不骗人家，我们就享受那种恋爱的过程。我有时候也想要和周小凤做个长期情人，谁对谁也尽量不要有什么要求，在都想见面的时候就见见。当然，那也只是想一想。我还想过在将来我和周小凤都不结婚的话，有一天我们五十岁了，六十岁了，说不定还会在一起搭伙过日子。那时好在人老了心也就老了，没有那么多想法和欲求了，也没有那么多自我和坚持了，如果能在一起可能还会挺不错的，你说呢？喝酒，喝酒！你不用批评我，真的，我知道我是有问题的人，你不用多说了。对了，你不是也单身吗？你想不想找个人结婚？如果你想的话，我可以把周小凤的联系方式给你，你们见个面，好好聊聊，说不定你们俩会好上了呢。我是说真的，我是真喜欢你，所以我才愿意把周小凤介绍给你！我今晚上没有喝多吧？我真讨厌自己对你喋喋不休，希望你不要见怪！

我们在这个世界上

一

刘石打来电话，说有重大抉择要来深圳和我聊一聊。

我和刘石十年没有见面了，非常期待他来，不过也没有问几点到，用不用去接。我只是发了工作室地址。我和刘石在大学里是最好的朋友，后来虽说联系得并不多，但彼此在心里相互认可。照说应该开车去迎接他，可我不想去。那种自私的想法真实得使我有点儿自责，也使我莫名其妙地联想到过去我接触过的许许多多的人。过去熟悉的，仅仅见过一面的，甚至陌生的那许多人，都让我觉得没有必要太热情。那时我认为全世界上的人，总体来说都是虚伪冷漠的，各自有着功利目的和鲜明欲求。好在那样的认识并不会令我绝望，我不是那种消极的人，可以说还算是那种积极上进的，我还想着要通过写作来改变世界呢。不过有时我也怀疑，觉得有那样的想法显得可笑。世界需要我来改变吗？我能改变得了吗？不过，在夜深人静的时候，我还是会为有那样纯粹的想法而感动。

我后来想到，之所以没有说要去接刘石，那是因为我太懒，不想把时间精力用在与写作无关的事情上。另外，那时我已经辞职一年了，正在写作一部长篇小说，希望心无旁骛，将来作品出版后达到一鸣惊人的效果。当然，十年前刘石跟我借过几百块钱，一直没有还，也有可能让我感到不爽。我是不在乎那点钱，在乎的是他的态度，借钱怎么能不还呢？

刘石要来了，这个消息中断了我的写作。我有些后悔没有关机，刚产生那样的想法，我又在心里狠狠骂了自己，觉得自己太不像话了。我是想要见到刘石的，他在我的心里可以说是最好的朋友了，既然这样，我为什么不能对他好一些呢？

我是孤独的，那种孤独感似乎来自我对全人类的感受，全世界的人都或多或少地为了自己的利益在破坏着这个世界的秩序，有意无意地伤害着他人。人人都在随波逐流的过程中变得冷漠、麻木、贪婪、残酷无情，超级现实。只是在需要有人关注和同情时才会装成和我、和一些人假惺惺的好一些。就像刘石吧，我们一年也不联系一次，这回突然就来电话说要和我见面，会不会是这种情况？

人活得太有局限性了，我也一样，好在我还有写作，可以让我虚构另一种生活。有挺长时间，我难以克制地讨厌生活在这样的世界上，我知道那是一种无益的情绪。可以说，为了能在城市中更好地生存和发展下去，我还算学会了克制，学会了装成大多数人的样子默默生活。我理解和包容了自己，对别人也不好意思过分苛求。一切存在都有道理，我在其中，只需要去感受那一切就可以了。我顺从了生活，认为相对庸俗的人群也无可指责。

南方的雨说下就下，刘石从雨中搭车，走着，或跑着到达我的工作室。他带着我过去对他的记忆，我们共同生活过的时光，咚咚敲响了我的门。门没有闩上，我对着门说，进来。那一刻，我突发奇想，要对刘石冷漠一点，想看看他的反应。

刘石推门进来时，我坐在一张黑色的老板椅子上，看着浑身被雨淋湿的他。他左手拎着一只黑色提包，圆圆的，有些黑黄的脸上露出笑纹，一双眼睛在厚且模糊的镜片后面。我看不清楚他的眼睛，不过从他微微张开的厚嘴唇，我猜到他应该是在微笑着。

刘石可能没有发觉我的反常，他昂着头走进来。他小时候脚上得过一种怪疮，严重时走不成路，一位老中医摸索着给他看了十年才看好。许多年来，他都是用脚尖在走路，走起来有点儿像跳舞，那是他特别的地方。除了那一点我还真说不上他有什么特别。在芸芸众生中，他是个普通人，只不过他是个我认识的、熟悉的普通人而已。

刘石把手中的提包放进我房间一角，脱下了白衬衫。他的肩膀宽厚，和我印象中的不一样。以前他瘦弱单薄。他胸脯上松松垮垮的有了许多肥肉，肚子圆圆的像一面鼓，以前他还是有点胸肌的，肚子也是像荒原上饿了很久的狼那样凹下去的。我坐在椅子上没有动是很不礼貌的，我那样不动声色地看着他，不过后来还是忍不住笑了。笑出卖了我，让我没法再继续装下去。

刘石像在自己家里一样，把衣服挂到阳台的晾衣架上，然后走到我身边，拿起纸巾，抽了一张，眯着眼睛，擦了擦镜片再戴上，看我。他是陕西人，有着像秦王兵俑那样的杏仁眼，眼睛里射出的光，仍是我所熟悉的善良随和的光，这让我感到一如既往地亲切。我心想，刘石还是刘石，这可真好。我站起来，站起来我比刘石高出许多。刘石大约不到一米七，我的身高差不多一米九。房间里有些闷热，我把风扇扭向他，想让风把他淋湿的身子吹干些。

刘石坐在一张方凳上，用装出来的、有些狡黠的眼神看着我说，老大，这些年你过得怎么样？

我比刘石大几岁，他一直叫我老大。我笑一笑，递给刘石一支烟说，还好吧。

刘石接过来，慢悠悠地说，据我观察，这些年你好像没大变样。我想象了和你见面的情景，你坐在那儿装样子，果然和我想的差不多。当然，我们都是变了的，你看我变胖了。你好像也胖了些，不过你本质上应该没变，我能感觉得到。

我笑了，问他，什么叫本质？你又怎么知道我以那样的方式来迎接你？

刘石笑了笑说，虽说联系得不多，我在心里还一直想象着你，另外我也在看你在网上贴出来的小说，你现在就生活在你的虚构之中，我来就等于打扰了你。我们本质上都没有变吧，本质在我看来，就是我见到你时仍然会有一种如我所想的那种亲切感，不管怎么说，我们是一类人。

我给刘石发一支烟，帮他点燃，自己也点着，默默抽着。我们好像都没有表现出十年之后再见面的那种激动，仿佛我们从来就在彼此的生活里生活着一般。说真的，那种熟悉的感觉，并没有因为岁月的流逝而有多少改变，真好。

二

高中毕业后我曾经在外面打过三年工，在二十四岁那年去了西安一所大学上自考班，和刘石成了同学。十九岁的他当时写了一部五万多字的小说，主要人物是以他当村长的爸爸为原型，写了村干部之间为了争权夺利钩心斗角，最终还是一心为公的村长获得了胜利。得知我也爱好写作，他谦虚地请我帮忙看看，提提建议。他特别崇拜写了《人生》和《平凡的世界》的路遥，也看过陈忠实、贾平凹的许多作品，立志要成为一名大作家。因为文学，我们从同学关系转变成了亲密的朋友关系。我们还一起创办过文学社，出过一期报，印了三百份。如果不是刘石说起，我都忘记了其中两位文学社核心成员的名字。我的记性越来越差，刘石的到来，帮助我回忆起以前的一些人和事。

当然，周媛媛我是记得的。我记得最初刘石喜欢大眼睛、脸蛋瘦窄得像一片柳树叶子、身材小巧玲珑的周媛媛。在我的鼓励下，他写了一封长达十页的信送了出去。不过周媛媛却并没有看上他。她在高中时谈过一个男友，男友考上了大学，她没有，那时她可能仍处在失恋的痛苦中。周媛媛向刘石表示，他的信虽然写得文采飞扬，让她感动，但她只能和他做普通朋友。刘石被拒绝后郁闷难过，喝多了白酒，胡乱吃下了一颗没有剥皮的橘子，后来吐了一地。

刘石微笑着，慢悠悠地说，当时你也想要和一位女生恋爱，可班里漂亮的女生被别的男生先下手了。尽管你那时还没有喜欢上周媛媛，可你想帮助我追到她。在征得我的同意后，你约了周媛媛，想跟她谈一谈我的情况。你对周媛媛说，我写的字比你好看多了，你投稿时稿子都是我帮忙誊写的。我是个老实可靠的人，不仅善良，还是个很有才华的有志青年，只要坚持写下去，将来完全有可能成为路遥、贾平凹这样的大作家。那些话都是你后来对我说的，你还说周媛媛听着你喋喋不休地向她推销我，抿着嘴直笑。周媛媛的笑在你看来是具有魔力的，你怀疑自己喜欢上了她，问我该怎么办。我说你也有喜欢周媛媛的权利，如果她喜欢你，我也没有什么话说。后来你继续以说服周媛媛为借口，继续和她接触了下去。

我笑了，说，十多年了，我真的是记不太清了，我只记得我给周媛媛写过一首夹杂着英文的诗歌，在那首诗中我表达了对爱的渴望，大概也用了花与叶、云与雨、冰与火，用了一箩筐煽情又自以为真诚得可以让人流泪的华丽词语。那时都还年轻，肤浅得不像话，果然周媛媛被我的诗歌感动了，再次见到我时，眼神里有了水雾一样的东西。

刘石也笑着说，那首情诗你写好后还拿给我看过，那时我虽说不甘心，可还是放弃了对周媛媛的幻想，觉得你们如果能成，也是件好事，因为你在我心里，是我最好的朋友。

我抽着烟，回想着说，我还记得和周媛媛默默走在黄昏时亮起灯光的马路上，我很想牵她的手，可又不好意思。那时真的挺纯的，虽然二十四了，还像个小男生。后来，周媛媛在大雁塔前面的麦地里，为我唱了一首当时比较流行的《潮湿的心》，我实在忍不住了，就拥抱了她，那是我第一次拥抱一个女孩子，那种感觉太美了。

刘石点着头说，你比我长得好看，皮肤比我白，五官也更能让女孩子产生浪漫幻想，个子比我高是个明显的优势，周媛媛那时大约也没有想到有一天能够和你在一起，因为她的个头还不足一米六，要看你的脸需要抬起头来才行。不过后来你们拥抱了，牵手了，亲吻了，你还兴奋而又忧伤地说过，在有一天晚上，你们在一个黄土坡上情不自禁地做了那种事。那是你的第一次，黑灯瞎火的，你也不太清楚她是不是第一次。不过那不重要，重要的是你觉得我喜欢的人竟然成了你的女朋友，你有些过意不去。为此你请我在外面吃了顿饭，喝了几瓶啤酒。再后来你在学校外面租了房子，和周媛媛同居了。

我说，是啊，是啊，第一次，难忘的第一次，竟然还在野外。那时，我记得快过年了，我们买了炉子和蜂窝煤，买了烧水壶和暖瓶，买了锅碗瓢盆，我们做的第一顿饭，你去吃了，还动手炒了个西红柿鸡蛋。我搬出去后没多久，你嫌宿舍太吵，影响你写作，也想搬出来住。刚好我们租住的房间旁边有一间空房，我给房东说了一下，你也租住了下来。

刘石纠正我说，我炒的是尖椒土豆丝，我喜欢吃辣嘛。后来我搬过来，住在你们隔壁，晚上我听见你们在床上吱吱嘎嘎地折腾，也想象着周媛媛和一些明星的模样打飞机。

我笑了，说，你搬过来住是不是有预谋的？

刘石举起一只手说，老大，我发誓，我真的没有。

我笑笑说，有也没关系。

刘石说，后来我们在二手市场各自买了一辆旧自行车，上课时就一起骑上车去上课。那时周媛媛坐在你的车后面，抱着你的细腰，看着你们亲密的样子，我也在想着，什么时候我也有个女朋友啊。那段时光在我的记忆中是美好的，我好奇怪，看着你们幸福，我竟然也是快乐的，就好像和周媛媛同居的人也是我。第二年秋天吧，我看到报纸上有一则招聘记者的消息，就想去试一试，叫上了你和我一起去应聘，没想到我们两个人都成功了。

我点着头说，对，那时我们也不想上枯燥乏味的课了，想着去赚钱。我们每天骑车去上班，然后从单位出发，骑着车满西安城乱转，想要发现新闻点。

刘石吸着烟说，我们一起写过打零工的群体生存状态，写过上访群体的一些报道。有些稿子发了，有些稿子发不成。在新千年到来之际，我们还一起写过一篇让报纸停办的报道，你还记得吗？

我真是想不起来了，我问，当时我们写了什么稿子？

刘石感叹了一声说，老大啊，你也太健忘了。我们当时写的是让报纸停办的《千年第一标缘何搁浅》啊，这你竟然给忘记了。我们的主编叫曾伟，他是从复旦新闻系毕业的高材生，当时觉得那篇文章发了也没有多大问题。报道发出来之后，没想到还被几家报纸给转发了。那篇报道写的是政府部门操纵竞标，参加竞标的公司不满上告，工程无法如期开工。上边有关部门的领导震怒，发话下来不让我们的报办下去了。那张小报是私人承包想赚广告费的，可咱们的主编却是个有追求的新闻人，也没有帮承包人赚到钱。停办后过了一段时间，有人接手，改了个报纸的名字又继续出版了。我们在报社做了不到两个月，每个人赚了不到一千块钱，用那些钱我们一人买了一部小灵通，淘汰了那时流行的传呼机。

我拍着脑袋说，对对对，你这么一说我记起来了，的确有那么一回事。你记性真好，比我好多了。你还记得我和周媛媛为什么分手吗？

刘石笑着说，不会吧老大，这个你也忘记了？

我也笑笑说，我没有忘，就是看你还记不记得。

刘石摸着下巴想了想说，在那段没有去上班也没有再去学校上课的日子，有一次你和周媛媛不知因为什么闹了矛盾，她回宿舍住了。你让我帮你想办法，我后来想了一个让你假装自杀的主意。为了让你装得像一点，还从私人诊所讨要了点纱布，缠在你的手腕上，然后在地上还滴了一些红墨水。然后我骑着自行车去了学校，敲开周媛媛宿舍的门，以严肃的表情、凝重的语气对她说，李更自杀了。周媛媛一开始还不相信。我说，是真的，他人都快不行了，你看怎么办呢，要不要送去医院？周媛媛半信半疑，宿舍的其他同学看着我的表情，觉得不像是骗人，就让她去看一看。

我真是把那件事给忘得一干二净了，兴奋地说，你不说，我的确是想不起还有装自杀那么搞笑的事了。啊，那时候真是好玩，竟然干出那样的事来。不过，那不是我们分手的原因，你知道后来我们又和好了。

刘石点点头说，是的，可我后来就搬走了，不是十分清楚你们怎么分手的，我记得好像是因为高小美，你和高小美还有联系吗？

我点燃了一支烟抽着说，很久以前就没联系了。我们分手，也不全是因为高小美。那时我们花着家里供给的钱，钱不多，经常去吃一块五毛钱一碗的米线，日子过得紧巴巴的。有时我们一起去逛街，看上的东西也没有钱买。有一次我们逛完街，连一起坐公交车回家的钱都没有了，只好一个人坐车，一个人走回家。穷是我们分手的原因，我们分手的导火索是周媛媛看到了我和高小美手拉手走在一起了。

刘石笑着说，老大，我一直没明白，当时你怎么就牵上了高小美的手了呢？

我想了想说，我和高小美是在路上遇到的，当时天上刚下过雨，地上有水坑，有车开得快，我看泥水有可能溅到她身上，就上去喊了一声，让她小心，然后我们就成了朋友。高小美觉得我人挺好的，要请我吃饭，要感谢我，吃过饭又让我陪她去逛街，逛街时又让我充当她的男朋友，什么叫无巧不成书呢？没想到刚好让周媛媛看到了。

刘石有点半信半疑地问，你当时没有对高小美说你是有女朋友的吗？你当时就喊了一声，她就开始追求你了？

我说，可能她当时是看上了我。我没有告诉她我有女朋友，也许在心里是想要和她发生点什么。

刘石点着头说，这就对了，男人，见了漂亮女人哪有不动心的？周媛媛为此和你吵了一架，趁你不在家时搬了出去。你当时并不想和周媛媛分手，可她觉得和你在一起并没有前途，因为你写的稿子当时也没赚来稿费，为了练习打字，你花了一千五百块和我一起去电脑城买了一台 386 的电脑，钱有一部分还是向我借的。

我忘记了曾经向刘石借钱的事了，我说，你这么一说我才想起来。周媛媛后来搬到了八里庄她的一位老乡那里，我打她的传呼机留言，想和她见面好好谈谈。她不理我，我就继续给她留言，后来终于下来了，还有个男孩子陪着她。周媛媛告诉我，她已经有男朋友了，让我不要再骚扰她。我当时看到那个男孩，心里有火，警告他走开，不然我要打人。其实那个男孩就是周媛媛亲戚，没有什么关系，她就让那个男孩先回避一下。我们找了个咖啡店坐下来，有过不到一分钟的对话。我那时也傻，说话太真，不懂得妥协，我说她误会了我，我不想失去她，我依然爱她。周媛媛冷着脸说，你无耻、你下流、你说谎，我再也不想看见你。周媛媛起身走出去，我买了单之后跑出门，看到她和那个男孩上了出租车，就追上去，喊着让她停下。她没有停下，我追着车跑，后来拉着了车门，结果把皮鞋都跑掉了一只，只好停下来。

刘石问，从那以后，你就对周媛媛死心了？

我说，没那么简单，那时我是爱着她的，我难过了挺长一段时间。在心里，我也经常会想起她，想起她，我就莫名觉得是高小美的出现破坏了我和她的关系。

三

时间到了晚上，我想和刘石继续聊天，就打电话叫了外卖。刘石想要喝点儿酒，我也想喝，就下楼去买了六瓶啤酒，然后继续聊天。

我说，高小美是做模特的，许多有钱有势的男人想追求她，她却偏偏看上了一无所有的我。我和周媛媛分手后她找各种理由和我见面。她性格温柔，说话时声音不高，慢条斯理的，带着一种让人不能不喜欢的腔调。她的家境很好，爸爸是开厂子的，很有钱，她的穿着打扮高档时髦。我和她走在一起时觉得自己身上穿的那套一百多块钱买来的冒牌西装太不上档次了。每次吃饭，她也总是抢着付钱，让我觉得特别没有面子。她想给我买衣服，我不让，她让我试了，然后偷偷再买回来给我。我不想穿，她就细声软语地求我，一来二去，我们就真的走在了一起。那时我还算单纯，从一个女人到另一个，我的心里乱了。我从思想感情上并不想那样，只是欲望占了上风，让我最终和她同居在一起了。

刘石与我碰碰杯，喝了一半说，后来我来过你新搬的地方，和高小美一起吃过饭。我羡慕你找了一个既漂亮条件又好的女朋友，说真的你真不该辜负人家。

我想了想说，同居之后，我发现高小美是个做什么事都慢腾腾的人，她吃一顿饭的工夫我可以吃上三顿，她洗一件衣服可以用一个上午，她打扫房间可以花上一整天。她并不总是会有演出活动，有大量的时间待在家里。她不太喜欢看电视，也不太喜欢看书，打扫卫生和逛商店是她的两个爱好。最让我难以忍受的是，她的电话总是很多，通常是喜欢她的男人给她打的，有人要给她送花，有人要请她吃饭，有人要请她唱歌或看电影。最终我觉得和她不是一路人。

刘石点点头，向我举了举杯，我们各自喝了一半。

我说，那时我在另一家报社做了记者，实际上是给一些商家写稿子，写稿子的目的是拉到广告。我曾经为了一千块钱的广告，骑着自行车去了一家沙发厂七次。我是没有底薪也没有稿费的，一千块的提成比例按照百分之三十也不过三百块钱。我是报社编外记者，一些享受事业编制的同事看我的眼神总泛着嘲弄的光，其中有一个长相粗糙的摄影记者，大约看我不顺眼，有一次在楼道里相遇，用充满杀气的眼神狠狠盯了我一眼。我忘记了他具体的长相，只记得他看我的眼神。我想不起在什么地方得罪了他，那个眼神让我想到，世界上总有那么一些人会对别人不友好。那个眼神也使我在偶尔想起时会渴望时光倒流，那样我就可以去重新接近他，认识他，和他好好理论一下，甚至打上一架。那个对于我来说成了陌生人的摄影记者，像一个对别人对世界怀有恨意的代表，总是会在我的世界中闪现，让我难以理解。我那时也不太会看别人的眼色，不懂得装虚伪，后来我去了一家杂志社工作，在杂志社我也同样受到了排挤，从别人的言语和眼神中，我看到他们对我的蔑视和嘲弄。在杂志社，我写了许多策划文章，采访过一些文化名人，那时每个月收入大约有了四千块左右，在当时算是不错了。工作之余，我也开始写小说。写小说时需要独处，而高小美的存在严重干扰了我的写作。我开始逃避她，从草场坡搬到了瓦胡同，租了一间民房。

刘石说，你说过，那时你想要和高小美断绝关系，又觉得那样对她不公平。

她是爱你的，她按照她的生活方式去生活也没有什么不对。你忍不住告诉了高小美你新租住的地方，和她约定让她不要在你写作时打扰你。高小美却总是想见到你，后来你为了逃避她退了房，在小寨附近又租了一间，打算不告诉她。结果高小美联系了我，求着我，最终还是找上了门，她对你可真是痴情，老大，你辜负了人家。

我举举杯，与刘石碰了一下，干了。

刘石去了洗手间，回来说，那时我渴望成为一名记者，而不再是一位作家。一则写出来的东西不像发表新闻那么容易，二则写小说成名也没有那么快。我那时还没有在文学期刊上发表过一篇文学作品，新闻作品却变成了铅字。变成铅字意味着我参与了全世界全人类的文化活动，那让我兴奋和骄傲。也正是基于我当时在报社写过的那些新闻稿，我爸爸才愿意出钱让我读了新闻专业。

我说，我一直觉得你没有必要再去学习新闻。

刘石说，星期六或星期天，我，有时候刘晓也过来，我们骑很远的路来找你聊天。九月十一日晚上，世界上发生了一件大事。恐怖分子劫持了四架民航客机，客机撞击了美国纽约世界贸易中心和华盛顿五角大楼。世界贸易中心双塔等六座建筑被摧毁，其他二十三座高层建筑遭到破坏。我和刘晓为美帝国主义遭此重创感到欢欣鼓舞，为此还高兴地找你喝酒庆祝，我们说不可一世的超级大国总算被教训了一下，看还敢不敢欺负别的国家。你和我们展开了激烈争论，最后我们同意了你的观点，认为我们也应该为美国人，为这个世界上受到恐怖袭击死去的人感到难过，因为美国人也是人。

我说，是啊，"九一一"后不久我就被派去了杭州。我在杂志社杭州分部待了三个月，在那年冬天我因为买了一个笔记本电脑，没有钱回家过年。那一年我的爷爷离开了这个世界，我的爷爷是这个世界上最疼爱我的人，一直希望我早一点结婚成家。在西湖边上，我第一次认真想了一个问题，人总归是要离开这个世界的，在活着的时候该怎么活？

刘石说，从杭州回来后，你重新在八里庄租了房子，想彻底与高小美断绝关系。那时你的一个中篇小说被北京一家纯文学杂志采用，那家杂志刚好想要创办下半月刊，后来你辞掉了收入不错的工作去了北京。那年的初春，天上下着冷雨，高小美求着我带她去你新租的地方找他，结果我们去了之后，房东说你一大早就退了房。高小美和我打了的士去火车站找你，没有找到。因为没有找到你，她难过地哭了。那么漂亮善良的一个美人哭了，在人潮人海中，为了安慰她，我拥抱了她。我现在仍然觉得，你不该辜负她。

我说，我看到了你们，但躲了起来，我怕见了面就没法再离开了。

刘石举起杯说，真不应该啊老大，来，这杯咱们干了吧。

四

外卖送来了炒菜，我付了钱，重新坐下来，吃了几口菜。

我说，我在北京新的单位报了到，才知道杂志社的编辑都是作家和诗人，在全国也都有一些名气。那是个和西安不一样的圈子，编辑部的氛围相当不错，所有的编辑成员对我和蔼可亲。最初我还没有租房，有个编辑是诗人，他带我去他家中暂居。诗人租住在通州，以月租四百五十块钱租住在一个小区里。两室一厅，一间是诗人和妻子的卧室，另一间是他的写作室。房间里摆满了各种书，书架上还摆着一幅裸体女人的素描。他说在上海鲁迅故居，鲁迅先生的书房里也摆着那么一幅。他告诉我诗歌是他的乌托邦，在那个理想国里，人应该是自由的，人性应该是敞开的，世界应该是美好的。诗有助于人类认清自己的本质，诗人是这个世界上最纯粹的人。我在他的家里住了一晚，晚上听见他和妻子在床上折腾的声音，我想到了已不再联系的周媛媛和刚刚分开的高小美，感到自己的那颗心四分五裂，不再完整了。

刘石吃了口菜说，老大，看来你还算是个重情的人，不过我也理解，我们每个人都有自己的方向，都有自己的生活，有些人注定会错过。

我说，是啊。第二天一大早，天还没有亮的时候，诗人就叫我起床，然后我们匆匆离开家去坐公交车。在去公交车站旁边的早点铺，我们一人买了一个面包，吃着等公交车。车来了，诗人喊了我一声，快速冲上去，挤上了公交车。一路上公交车上的人越来越多，我老老实实配合着售票员买了票，诗人却逃了票。我们换乘另一辆公交车时，同样地挤，诗人同样又逃了票。在走向单位的路上，诗人笑着对我说，在那么拥挤的环境里，我是不想要掏票钱的，因此我就能逃票的时候就逃，我要寻求一些心理上的平衡。我对他表示理解，可后来每次坐车，还是会老老实实买票。

刘石笑了笑说，我也理解，我们会不好意思逃票，也许这是我们至今还没有发财的原因之一。俗话说集腋成裘，聚沙成塔，每天节省两块钱，一年下来，他里外就比我们多了上千块，那上千块说不定就成为他做事业的资本，从此发达起来。

我点点头说，我怕了坐公交车，后来在单位附近一个居民小区的地下室租了一间房子。四百六十块一个月的房间，只有五六平方米。房间里有一张单人床，一张小桌子，一把坐上去便吱吱嘎嘎响的椅子。房间里有水桶粗的铁皮出气洞，有碗口大小的出气口。空气几乎是不流通的，僵沉沉的有种潮湿的味道。地下室共有两层，我住在第一层。十五瓦的电灯发出昏黄的光，照着地下室的通道。房间大约有六七十间，房间里住着来自全国各地的形形色色的人，每个人都有梦想，都有自己的小世界。有的房间里有电视，声音很大，不同的台发出的此起彼伏的声音交错在空气中。有的人反抗那种声，便放声高歌。我关上房门，可没多久就感到有些喘不过气来，只好敞开门，听着各种喧哗声，躺在床上，盯着灰白的天花板发呆。晚上我实在受不了，就跑去办公室，打开电脑去上网。我去一些文学的网站，在论坛里看别人发的文学作品，自己也会贴一些，期待着别人回复。累了困了，就趴在桌子上睡上一会儿。那时我的工资一个月只有一千五百块钱，吃住的花费都是自己出，因此每个月也存不下什么钱。

刘石说，你在北京安顿下后告知了我，高小美又从我那儿知道了你的单位，跟我要了你的新手机号码，和你又联系上了。

我说，她打了我的电话，先是委屈地哭了一阵子，后来非要来北京看我。我不想要她来，两天后她说已经到了北京车站。没有办法，我只好让她打的士过来。那时我感到高小美就像是自己的一位亲人。我觉得她人不错，但无法用心爱上她，和她没有未来。高小美在北京待了三天，在我的劝说下回去了。那三天时间我们探讨了一些问题，主要是我说话，高小美不太喜欢探讨什么问题。最终我说我和她并不合适。我所住的地下室让她也清楚，两个人生活在不同的世界里。她提出过帮我租套单元房，钱她出得起，我拒绝了。高小美答应回到西安以后就不再和我联系了。分别时我们还有些悲壮地拥抱了一下，可问题是我们还是会通电话，还是断不了。她对我说，你去找新的女朋友吧，你找到了到时我们再分开，不知为什么，我总是在担心你。我也在担心她，不知道除了我，会有一个什么样的男人给她未来。第二年春天，北京因为"非典"死了一些人。学校停课，很多单位关门，大街上人少了，许多外出的人戴上了口罩，人心一片惶恐。我接到单位通知，外来人口从什么地方来回什么地方去。我感到生活了一年，已经有些熟悉了的北京一下子变了脸，变得好像不认识我了。我也第一次感到人类在遇到重大灾难时的那种紧张不安。没有办法，我只好重新回到了西安。

刘石举举杯，我们各自喝了一半，说，我和你一起在瓦胡同找了间房子，你住了下来。那时进出村子需要通过一条有人把守的线，需要房东开条子，或者由村子内部的人来接应。那时熟悉的人们相互问候和关心，人在那样的时候是脆弱的。你和高小美也一样，因为非典，你们又在一起了。

我说，对，那时我甚至也想过要跟周媛媛联系一下，想问候一下她，毕竟我的心里还有她，她代表着我的一些过去。不过我最终也没有找到她的联系方式。周媛媛彻底从我的世界消失了。"非典"过后，我想要重新回北京上班。我喜欢原来的那个单位，可是原单位不再需要人了。

刘石说，你又在西安找了工作，半年后，还是为了逃避高小美，你又回到北京。

我说，在一位文友的介绍下，我先是去了海淀区的一家图书公司，做了两个月。我感到无法融入那个由诗人组成的编辑部，只好辞职。我从集体宿舍搬出来，在朝阳区三里屯附近的一个四合院里租了一间小房子。那个单位出版过许多畅销书，我想，除了自己写不好诗，身高也使那几个身材矮小的诗人感到不适，我喝酒也不行，不会像他们那样放肆地谈论女人和性，因此我自然就显得假，不如他们活得真实。真实是一种力量，他们的确是在文化界有能量的人物，仿佛每个人也都有着世俗野心，要通过做一些我所不喜欢的图书赚钱。最终他们也的确赚到了钱，有些人后来自己做图书，也拥有了他们想拥有的物质生活。我后来又应聘到一家文学选刊杂志，工资一个月一千二，在北京那是极少的，只能让人勉强生存。我从三里屯搬到周家井公司的集体宿舍，后来公司搬家，我又另租了房子，住在现在被称为传媒大学对面的定福庄。在不到一年的时间，我搬了许多次家。后来我离开那个单位，一方面是因为杂志选了别人的稿件不开稿费，另一方面老板有些抠门。让我决定离开的，是我用了单位的信封寄了我要投给杂志社的稿子，稿子被老板的亲戚、一位满脸黑斑负责寄信的女孩拆开了。她报告了老板，老板给我讲了一通大道理，让我感到有些哭笑不得。

刘石也笑了笑，摇了摇头，与我碰了杯说，不少有钱人都是抠门抠出来的，也不容易，是吧？

我喝了酒说，我初到北京时带我去家中住过的诗人那时开始做自费书出版了，同时打着杂志社的招牌举办收费的全国性征文大赛，后来他很快在北京通县买了两套房，成了一位成功的商人。许多人转变了思路，注重了物质的获得，终于也收获了物质的丰富。我似乎并没有别的可以发财的机遇，只能从一家文化单位跳到另一家，只能写写东西赚点小钱。后来我终于跳到了一个满意的单位，主编知道我写小说，把重要的工作交给我来做，钱虽然不算多，可那份工作可以让我获得提升。那段时间我接触了很多名家的稿件，后来我也住进了环境和条件都比较好的单元房。

刘石点点头说，十年前，我去北京找你，就在那个单元房里和你见的面。喝酒，老大。

五

刘石放下酒杯，给我一支烟，自己也点燃了烟抽着说，十年前，我在一个网吧里对你说，我要来北京和你见上一面，因为我有很多话想对你说。那时我刚刚从江西省一个小县城搞传销的窝点出来。我找机会报了警，警察把我和许多加入传销队伍的人解救了出来。那时还有不少被洗了脑的人，哭着不愿离开。我和别人不一样，我从一开始就是清楚的。一直关注新闻的我早就明白传销的性质，不过我还是被刘晓给拉了进去。他说他在江西发了财，想让我过来聚一聚。我那时没有工作，自考课程也已经结束了，便抱着看一看的心态去了。我想到了他可能是在做传销，可我却在想，如果是的话，我可以当一下卧底记者，

113

顺便也劝他回来。问题是一切比想象的要复杂得多，进去后我却出不来了。我曾经还给你打过一次电话，那是在别人逼迫的情况下不得已打的电话。我需要发展下线，介绍新人加入。如果你不过去，我也算是完成了一个发展下线的差事。传销的洗脑教育中，态度也是重要的。如果你去了，我觉得你说不定有能力把我们给带出去。

我点点头，与刘石碰杯。喝过酒，他接着说，你可能当时在工作上如鱼得水，不想去什么江西发财，而我也不好说明自己的真实情况，否则很可能会被在旁边监听的人报告给上级，上级让人变着法子折磨我——不给我吃饭，不让我睡觉，让人轮流给我洗脑。那时你在电话里还劝我，让我不要去做什么产品了，干脆来北京，你负责帮我介绍个做编辑的工作，然后业余写写文章。当然我是来不成的，我的身上那时也没有了多少钱，而且我还认识了张小雨，心里想带着她一起离开。我爱上了她。她长得有点儿像周媛媛，大眼小脸的那种，能激起我想要成就一番伟业的雄心。后来警察来了，我成功了。不过在一群慌乱的人中，组织传销的一个小头目跑掉了。我想带张小雨回西安发展，张小雨也是陕西人，与我还是同一个县城。张小雨听她姐姐的，当初是她姐姐发展的她，她姐姐要去呼和浩特，她的男朋友也在那儿。她们所有的积蓄都被骗走了，她姐姐想要回来。她姐姐觉得，那个讲起课来天花乱坠的传销经理，看上去长得慈眉善目的也并不像坏人，当初正是他在呼和浩特发展了她。他说过，他们做的事业是目前政府不理解的，但将来会被承认。很多人也不能理解，所以他们一直受穷，等他们明白的那一天，看到早明白的人开着名车住着豪宅，是会后悔得想跳楼的。他是呼和浩特一所重点中学的教师，正规名牌大学毕业的，为了传销事业放弃了工作。张小雨和他的姐姐决定去呼和浩特，刘晓也想要回自己的钱，也跟着去了。我反对他们去，没办法说服，也拦不住他们。等他们走了，我只好先坐火车来北京找你。

我举起杯，与刘石碰了一下说，那一次，你也是自己找上门的，当时我们将近有三年没有见过面了。我住的房子宽敞明亮，装修得也不错。你进来后有些惊诧于我在北京能住上那样的房子。当时在北京那样的单元房一个月得二千多块，比一个普通人的月工资还多。当然，那时我的工资也才一千八百块，如果不是杂志社出钱我是租不起的。我给你倒了杯茶，坐在你的对面，重新打量你。那时你穿着一件破旧的、写着"奋斗"两个白字的黑色 T 恤，一条脏了的青灰色牛仔裤。你的头发大概有几个月没有理了，长长的头发，盖在你那时便开始有些秃的头顶。那时你见到我时是笑着的，笑意从厚厚的玻璃镜片中漾出来，让我感到熟悉和亲切。这一点，今天看来你还没有变。

刘石点点头说，十年前的那次见面，也是时隔了三年。我那时从外形上还是没有太多变化，你把一件有些小的 T 恤和一条短裤拿给我穿，让我把衣服洗了。你带我去理了发，之后在外面吃了碗面。晚上你买了酒，和我边喝边聊。那时我特别感慨，觉得有太多人想发财都想疯了，不然他们也不会去做传销了。也有很多没有脑子的人，他们就不会想一想，那种人骗人的销售模式最终会坑害自己。不过我不得不承认，他们是积极的，是无比强大的。我和他们在一起的那两个月，几乎被他们改变了。以前我当着陌生人讲话脸会红，手脚会发抖，可后来不一样了，我被他们锻炼出来了。我给他们讲路遥是怎么抽了满屋子的烟写出《平凡的世界》的，写好后又是如何不被编辑看好，后来通过广播才被人重视后出版获奖的。我讲陈忠实看到路遥获了茅盾文学奖后，自己也决心写一部佳作，结果就写成了《白鹿原》。总之他们喜欢我讲的励志和成功的故事，那掌声响亮得简直让我头晕。我在那儿获得了成就感，张小雨可能也因此喜欢上了我。张小雨的出现，让我并不后悔进入了传销队伍。另外在那儿我像个卧底记者一样，了解了当下中国人内心的发财欲望，我当时仍然想着要做一名优秀的记者。我希望能把张小雨从呼和浩特带到北京找你，找家报社当记者。

我笑笑说，看来你还是有收获，至少你找到了爱情。

刘石也笑了笑说，那时我的发小刘晓执迷不悟。他没什么文化，初中都没有毕业，家里穷，就去西安打工了。论辈份他应该叫我叔叔，但从小玩到大，我们更像是兄弟。他人不坏，成天笑模笑样的，也爱帮助人，见不得别人受苦，路见不平会拔刀相助、真干起来就会跑的那种人。他喜欢西安本地的一位女孩，女孩在超市里上班，家里有栋楼可以出租。女孩也喜欢他，他家里穷，给人送水一个月也赚不了多少钱。他想发财，所以才去了江西，也是被人给忽悠了。当时见了我的面，他满脸兴奋的表情，一把拉住我，觉得离成功又近了一步。他磨破了嘴皮子，最终让我交上了钱。我身上没有多少钱，是让我家里给汇的。那时我吃住在那个有三十多号人的房间里，觉得不交钱也说不过去。我交了钱，算是正式成了他们中的一员了，结果有更多的人来给我做思想工作，希望我能发展一些下线，成为他们中的精英。我们的生活是丰富多彩的，虽然我们睡在铺着稻草的地板上，一天吃两顿糙米饭，就的是清水煮白菜。后来白菜也没得吃了，就只能吃咸菜条。每天我们三十几号人在一起学习交流，一段时间后有人打拍子起歌，大家就一起唱。每个人都会上台讲自己以前在城市中如何赚钱少、生活如何艰难的辛酸史。有的人生活艰难，家人有病看不起，工作不好找，找到钱也少，讲到动情处，声泪俱下，特别有感染力。那情形有点儿忆苦思甜，也有点儿像开批判大会。批判的对象是谁呢，是自己，因为自己思路不开阔，因为自己对赚钱和成功没有信心和决心，于是最后喊口号，我要赚钱，我要成功！接着有更多的人在一起喊，我要赚钱，我要成功！

我笑着说，疯了，你当时也喊了？

刘石也笑笑说，当然喊啊，为什么不喊？不过我比他们要清醒，我之所以会喊，是因为我心里郁闷，当然我也怕别人看出我想逃走的心思，不想让人怀疑。我之所以有机会跑出来报警，还不是因为我讲过几堂课，跟着他们喊口号，通过说违心的话来骗得了他们的信任，他们才让我一个人出去了？

我说，十年前的那次见面，我对你挺失望的，因为你没有继续写作，也没有成为记者，也和我聊不到一起去了。

刘石说，是啊，十年，好像是一转眼的事，我现在仍然无法安静下来写作，尽管我想，可动不了，写不成。我还记得十年前离北京时从你那里拿了几百块钱，一直也没有还。

我虚伪地说，我不记得了。

刘石笑笑说，我一直记得，可我不打算还了。

我举举杯说，我理解。

刘石笑着问，老大，你怎么理解？

我说，你是想让我一直记得你。

刘石举举手中的杯说，老大，干了。

六

我干了杯中的酒，又吃了几口菜，对刘石说，说说你在呼和浩特的事吧，其实这么多年来，我就没有怎么过问你的事，你说这是好朋友干的事吗？

刘石也喝光了酒，吃了几口菜说，我也理解，你不是对我失望吗？说起来，那几年我特别不顺。我在走出呼和浩特火车站时钱包被小偷偷了。手机还在，我联系上了张小雨和刘晓。张小雨姐姐的男朋友在一家企业当保安队长。刘晓当时身上没有钱，需要个吃住的地方，就在那家企业当上了保安。我联系到刘晓时，他刚刚穿上了保安服，后来他骑着借来的自行车来火车站接我。我与张小雨见了面，她当时也不同意跟身无分文的我回西安。我只好在呼和浩特住上一段时间，想打工赚到钱再说。我在一家小餐馆找了一份工作，包吃，一个月才他妈的三百块钱，为了生存，三百块也得干啊。你不知道，那活真是又脏又累，我一个大学生，一个曾经的记者干那种活，又不是体验生活，你说有多搞笑？晚上下班后，我得走上两个钟头的路才能回到刘晓的宿舍，晚上就和他挤在一张床上睡觉。我领到第一个月的工资后，买了一辆三十块钱的破自行车，开始骑着车上下班。

我问，你当时怎么不跟我联系，让我给你寄一些钱呢？

刘石笑笑说，如果说要寄，让家里人寄也可以，我是觉得可以应付得了。我一直劝说张小雨跟我去北京发展，张小雨一直没答应。她那时没工作，一直在四处转悠，找那个传销经理。经过多方打听，她还真找到了。张小雨和她姐姐一起叫上了刘晓和我，我们出现在他面前时，他表现得非常热情，说他正准备在呼和浩特重新开始我们的传销事业，我们来得正是时候。他希望我们能继续跟着他干，得知我们想要回钱时，他的脸变得很快。他说要钱没有，要命有一条。刘晓上前一把拎着他的领带，要打他，被我拦住了。刘晓将他一把推倒在地上。经理见我们人多势众，从地上变成了个跪姿，声泪俱下地说，他现在有家难归，老婆孩子不说，就连上了年纪、生了重病的爹娘也没法顾上，他的很多亲戚朋友都在找他，而他收上来的钱早就被他的上线收走了。他手头上有些产品，如果我们要，可以拿一部分回去。我知道是要不回钱了，就把刘晓和张小雨他们劝回去了。那样，

117

那件事也算是画上了一个句号。

我说，后来你为什么还在呼和浩特待了那么久呢？

刘石举举杯，我和他碰了一下，他喝光了，抹抹嘴巴说，张小雨姐姐的男朋友说，他有一位战友开了家广告公司，因为做一个大工程顾不上了，需要有个人帮忙经营，问我想不想去。既然张小雨暂时不想离开，我就试着去了解了一下，最后决定去做。广告公司以前出过广告册，一个月一期。我不久把广告册子办成了报纸，每两天一期。看上去在做大事的我，也进一步获得了张小雨的好感，在我租了房子后，她从姐姐那里搬出来和我同居了。张小雨是我的第一个女人，可以说我很爱她。张小雨那时在一家洗头店上班，洗头比较复杂，我不想让她去做，可做不了她的主。我还得做我的事业，那时我一心想赚到钱，好把张小雨带到北京。我断断续续招了四五十个广告员和发行员，人员工资的开支每个月就是一大笔钱。广告公司的资金是我向亲戚朋友借的。一年时间，我们总体还是赚钱的，问题是有很多钱收不回来，等于还是赔了。发行量大的时候，每期印六七万份，因此印刷厂里还欠了几十万，我觉得不能再做下去了。广告公司老板和我是合伙做生意，他想让我继续办下去，因为市场已经铺开了，只要咬咬牙撑过一段时间就能赚大钱。可我不想做了，怕越做越赔将来无法收场。算了一下，老板承诺还清印厂的钱，我投的钱由我自己负责。广告公司关门，财务上的钱发给员工之后就没有什么钱了。我本来可以不顾那些员工，不管他们，我至少可以带走五六万块钱，可我不能那样做，那样做就坏了良心。我明白，干大事是不能太有良心的，我就不是个干大事儿的人，老大你说呢？

我看着刘石，问他，你说你有什么事情想让我帮你参谋一下，现在说说吧。

刘石喝了口酒说，老大，你先听我讲完我这些年的经历再帮我参谋吧，这对你帮我参谋至关重要。当时，我身上带着两千块钱，背着将近三十万的债和张小雨一起回了老家。我没有对张小雨说起自己欠钱的事，我还对张小雨说我父亲是村长，家里不差钱。我知道她是个挺现实的女人，不想失去她。刘晓知道我欠钱的事，我让他不要跟任何人说起。那时我是要回家和张小雨结婚的，和张小雨同居后，我一直想早点儿和她结婚，仿佛结了婚就可以有权利对她负责了，我当时可真够傻的。在同居时，张小雨总是不听我的，还和一个追求他的男人见过面。

另外张小雨的姐姐那时也结婚了，她家里的人知道她和我在一起，也催着她结婚。我爱着张小雨，尽管我们在一起时总是吵架，我还是爱着她。爱是一个人对另一个人的迷恋，是 种奇怪的说不清楚的感觉。回到家乡后，我们的所谓结婚也不过是我家给张小雨家送了一笔彩礼，摆了酒席，实际上两个人并没有去领结婚证。举办过结婚仪式，我也没有去北京找你，主要是张小雨那时想要离家近，我们留在了西安。我带着张小雨回到西安后在杨家村租了一间房子，简单办了一些生活用品，开始了我们的新生活。

我举杯与刘石碰了一下问，刘晓呢？

刘石喝了一口说，刘晓那时也回到了西安，还是做送水工，他一个初中毕业生别的工作也不是太好找。我后来在一家医疗器械公司找到了工作，做文案，一个月一千块钱。张小雨那时还在洗头店给人洗头。我还是不想让她做，不过，张小雨那时也找不到更合适的工作。她的手机总是在晚上突然响起来，打电话的多数是她在洗头店里认识的男人，自然有些男人是想打她主意。张小雨总是来者不拒，当着我的面和打电话的男人调情，让我感到特别闹心。有一些男人还会给她送东西，我不知道就罢了，她还拿回家来刺激我。我表示不满，说她爱占小便宜早晚会吃大亏。她就说我没有本事，有本事我能赚到大钱她也用不着去占别人的小便宜了。张小雨越来越看不起一个月只有一千多块工资的我。我那时的工作也不顺心，我做的文案老总鸡蛋里挑骨头，总是不满意，一再地让我重新写。有些为人精明的同事可能是看我老实，也会拿我开玩笑，欺负我。

我皱皱眉，举起杯与刘石碰了碰，两个人都喝光了。

刘石抹抹嘴说，有一天晚上我做了一个不好的梦。我梦见一条龙被困在地下的黑水池子里，挣扎着很难受，可是就是出不去。果不其然，过了没两天，一位同事因为一件小事打了我，我气急之下拿起身边的凳子就抢了过去。对方的头被我打破了，并不是我先动的手，那时我也没有钱赔医药费，不想让他讹我。那位被打的同事竟然找人绑架了我，把我关在了西安东区一间破旧的楼房里，让我想通了给家里打电话拿钱。我趁没人看守，最后挣脱了绳子，把绳子系在双人床的铁架上，钻窗溜了下去。

我笑了，说，真没想到，你还被人绑架过。

刘石也笑了一下说，是啊，我也没有想到我那位同事敢那么干。那一天晚上，我情绪特别差，心里又紧张，我打张小雨的手机老是打不通。我猜想她不知和哪个男人去鬼混了，心里更加难过，一时悲愤交加吧，想到了死。我下楼买了白酒，独自一个人喝着。一瓶白酒下去后，老大，我呜呜地哭了。是的，我哭了，老大，你说我是个不坚强的人吗？我是个爱哭的人吗？当时真的是难过得哭了。我决定最后给张小雨打一次电话，但她的电话却关机了。那时我没有想到你，也许我在那种状态下根本来不及想你，当时我背着一身债，亲戚朋友催我还钱，婚姻生活也充满了痛苦和烦恼，工作不顺利，又被人绑架勒索，我来不及想你。当然也与我喝了一瓶白酒有关。我把酒瓶摔碎，捡了片玻璃，心一狠，在手腕上划了一下，有点浅，又划了一下。我自杀了，老大，你绝对没想到吧？这事儿我从来没有跟你说起过，你看看，这伤口。

我看刘石手腕上一粗一细、赫然醒目的两条疤痕，想象着他当时的痛苦，心里有些难过，我问，后来呢，是谁救了你？

刘石点燃一支烟，深深吸了一口，吐出来说，是刘晓。也是我命不该绝，他早上给人送水，路过我们住的地方，就跑上楼来看我在不在。门是明锁，他见门关着，就打我的手机，手机在房间里响了。他透过窗户一看，见我躺在床上不省人事，血流了一地。一脚踢开门，他把我背下楼，叫了辆车送我去了医院。医生给我缝合伤口时要打麻药，我不让他打，傻笑着说不用。我坚定地说不用，结果医生就给我缝合伤口，真的，我没有感觉到痛，可能我心里的疼痛大过了肉体的痛。

我点着头，想了想问，张小雨呢，没来看你？

刘石又深深吸了一口烟，从鼻孔里喷出来说，张小雨来了，刘晓打了她的手机，说明了情况，中午时她过来，看到躺在病床上的我却他妈笑了。可能是她没有想到我那么老实，那么没出息的一个人，也会那么搞笑地要自杀。她认为那是搞笑，也很可笑，这就是我打心里爱着的、一心一意想要和她一生一世的女人。我操，老大，你猜我当时看着她有什么反应？

我说，你很愤怒？

刘石说，你错了老大，当时我也笑了，从来没有那么灿烂过。我知道，我和她应该结束了，我不能再继续爱她了。我出院后提出离婚，张小雨爽快地同意了。

我们一直没有领结婚证，所谓离婚也就是给双方家里人知会了一声，就算解除了关系。我搬到了刘晓住的地方，两个人合租，第二天就出去找工作了。那时候我感到自己在鬼门关转了一圈，就像是获得了新生，决定振作起来，改变自己，把欠下的账还上。

我举起杯与刘石碰了碰说，真不容易，我敬你！

七

刘石仰头喝光酒，笑了笑说，后来我在一家咨询公司找到了工作。头三个月是实习期，每个月只有一千二百块钱。三个月后，每个月差不多有了四千块。那时的我给人的印象是阳光的、自信的、乐观的、积极的，谁都不知道我自杀过，还欠着几十万的账。我的工作得到了认可，我们部门的项目经理接到一个百万大单，他不想拿给公司，就让我和另外一位同事去做。我在领着单位工资的情况下，每个月又有三千块的收入，在项目完成后还可以得两万块钱。公司大老板知道了项目经理做的这个事，打算让混社会的人教训一下他。项目经理听说后就找到老板，说了家里的困境，又说了他给公司做的贡献，直言说自己没有拿到应该得到的报酬。老板原谅了他，给他提了工资，也没有开除我们，反而给提了工资。

我点着头说，有时有些事情说明白了，其实也简单。

刘石说，对，大家都需要在城市中生存，需要相互理解。我那位经理后来给我推荐了两本书，一本是《厚黑学》，一本是《曾国藩传》，他说，如果我要想干成一番大事，这两本书是很好的老师。刘晓也看了那两本书，他那时仍然在和那个在超市上班的、叫顾小莲的谈恋爱。她家里不同意他们交往，她就借口住单位的宿舍，偷偷和刘晓住在了一起。我那时有了一些钱，又重新租了间房子。不久顾小莲怀孕了。刘晓在闲暇之余看完《厚黑学》和《曾国藩传》里的招数也用过。一开始他装阔，穿戴整齐，拿着厚礼去求婚，结果没成。后来他又装可怜，给顾小莲的父亲哭着下跪，但也都没有用。顾小莲有些灰心，想要打掉孩子，刘晓也想要放弃了。我对他说，你也看过了《曾国藩传》，有没有记住里面的一句话？刘晓问，哪一句？我说"联姻以自固"。你女朋友家是西安本地的，条件不错，你学

121

历低，也没有别的什么大本事，将来要想改变命运的话还真得找个靠山靠一下。刘晓说，你也知道，我什么招都用了，是真想不出什么法子了。我说，让我去跟顾小莲的家长见个面。

我笑着问，结果呢？

刘石脸上浮现出得意的微笑，说，我穿着一身黑色西服，戴着眼镜，显得很有文化的样子。顾小莲的父亲接见了我，我长得有点老相嘛，他以为我是刘晓的叔叔，就对我说，他叔，我先把话说到这儿，我是不会同意小莲嫁给你们家孩子的，我看你是个有文化的人，请你喝完这杯茶就从这儿走出去吧。我咳了一声，腰板坐得直直地说，先别急着把话说死了，我不是来为他们说话的，可有些话我还得说一说，省得你会后悔。顾小莲的父亲对我说，我后悔？我说，这个时代也不兴包办婚姻了，他们自由恋爱，刘晓他家境条件差，你想让女儿挑个条件好的我也表示理解，不过我得告诉您个实际情况，说完我就走了，剩下的您考虑着办。他说，那你说吧。我慢悠悠地说，顾小莲她现在怀上了，已经有六个月了，她不想让您老生气，就想打掉，可跑到医院里，医生说孩子大了，拿掉的话大人会有生命危险。其实那是我编的，顾小莲那时也就刚怀孕三个月。顾小莲的父亲一听就急了，问，这是真的？我说，我先走了，我劝您老人家不要急，好好想一想。刘晓女朋友家里人了解了情况以后，也只好认了。选了个好日子，一无所有的刘晓和顾小莲结了婚。顾小莲的父亲后来知道我比刘晓还要小一岁时笑了，就说，我还以为你是他叔。我也笑笑说，论辈分，他是该叫我叔。

我问，后来呢？

刘石抽了口烟说，后来他们结了婚，成了一家人。他在岳父的帮助下开了一家送水的门店，请了送水工人。他岳父又让他学了车，他拿到驾照后，又为他买了一辆小货车。刘晓由一个打工的穷苦小子，变成了有头有脸的小老板。不过刘晓有了变化，他开始看不起我了，当然也不见得是真看不起。不过他说的话会让我生气。刘晓有次对我说，你看你念了两个大学，还拿到了新闻专业的大专文凭，还不是给人家打工，你是怎么混的？我当时觉得，从小玩到大的朋友，怎么一阔嘴脸就变了，不应该啊。我就说，你不好好想一想，你今天得来的这一切都是靠你自己的吗？说得不好听点儿，就是靠女人。刘晓笑着说，不管怎么样，我现在混得比你强，你不服气也不行。我当时心里挺生气的，有很长时间没搭理他。

我说，他也就是和你开开玩笑。

刘石说，当然，现在我早就不在意了，不过当时我还是很在意。随着年龄的增长，社会阅历的丰富，我越来越发现这个世界在变，所有的人也都在变。我虽说明白了"联姻以自固"的道理，却还是找了个家里人给介绍的、离我老家不远的女孩。我们订了婚，很快也结了婚。那时我还欠着很多账，也不好跟她说明。我老婆在老家和我父母住在一起不习惯，我就把她接到西安。她怀孕十个月，给我生了个儿子。有孩子的感觉真是不一般，我当时心里特别高兴，觉得自己竟然也当爸爸了，真他妈神奇。可是，我儿子是先天性心脏病，心脏功能不全，供血不足，小脸是青灰色的，医生说随时有生命危险，将来心脏不行的话得换心。换心，你想想这得花多少钱？这事我没法想，一想就头痛。可也没有办法不想，我儿子可是我们的命啊，老大。

我看到刘石的眼睛里溢出了两滴泪水，心里挺难过的，问他，现在怎么样了？

刘石摘下眼镜，用手指抹了抹眼睛说，现在吃着药，不敢让他多运动，还算好，可我总是担心啊。我这些年一直做咨询师，经常全国各地跑，为合作的企业进行培训服务。我老婆了解行情，知道我不少赚钱，但却不见我把更多的钱交上来，有一次就趁我回家的时候给我买了酒，陪我喝到半夜，想套问我的钱都到哪里去了。我虽说喝了不少，可头脑还是很清楚，我不说。我清楚她心里盛不下事，知道了会受不了。那时我外面还欠了差不多有二十万，那对于我们来说，不是一个小数目。

看看几瓶子啤酒喝光了，我就说，你等一等，我下楼再去买一些酒来。下楼我抱了一箱啤酒上来，打开后给刘石倒上说，今天我们好好喝，喝透了。

刘石叹了口气说，我当了咨询师以后，收入每个月有七八千块，每月只给家里打两三千块，我存四五千用来还账。吃住和路费一般都是由企业出，我在外面除了抽烟，喝点酒，基本上花不上什么钱。有机会的话我还会接点私活做一做。我给企业家写过自传，给别人当过枪手写过论文，总之有赚钱的事我都会考虑去做。一个人长期在外，有时会孤独，想一想现实问题，难过得想哭。老大，我是不是挺没志气的？那时我也会想到你，想到你也许正在电脑前写小说呢，你在过

123

着自己理想的生活，多好啊，比我好多了。我看了你在网上贴出来的全部小说，也在书店里买了你出版的书，从心里佩服你是一个有理想有追求的人，你一直从事着自己喜欢的事业，你成了作家，你比我快乐，比我幸福。不过，我认为你完全不必辞职，一年十多万的工资，为什么要辞呢？工作着不是一样可以写作吗？将来你真正需要钱的时候你就知道钱的重要了。光听我说了，也说说你的情况，为什么辞职呢？

八

我点了支烟，抽了两口说，十年前，你离开我去呼和浩特后不久我就来到深圳。我放弃那么好的工作去深圳，是因为爱情。我在网上认识了一位女人，我们聊了很久，彼此发了照片，也知道了对方长什么模样了。那时候我和高小美也已经不联系了，她可能被别人追求，觉得对方也不错，就不再和我联系了。一个曾经密切相关的人，突然相互就不联系了，我还真是有点儿不适应。我开始在网上和别人聊天，结果遇到了特别能聊得来的一个女人，她叫杨芳。杨芳来北京旅游时我们见了面，要命的是我对她一见钟情。我第一次有那样的感觉，以前和周媛媛、高小美都没有过的那种感觉。怎么说呢，人有点傻了，呆了。我心想，如果可能，就是她了，这一辈子。不是说杨芳多么漂亮，一个人喜欢另一个人，不见得是她长得多漂亮，但她长得一定是合自己的心意。她对我的印象应该说也不差，她回到深圳以后，我们继续在网上聊天。聊着聊着和以前不一样了，我们开始相互思念对方，开始说爱对方。杨芳在供电局工作，收入不错，那份工作舍不得丢掉，没法去北京。我就说去深圳，当时被爱情烧昏头了，我要辞职，主编劝我，留我，可我铁了心要去。

刘石举起杯来与我碰了一下说，是啊，你那个工作丢了多可惜，那是个多好的平台啊。不过我理解，爱情有时的确会让人犯傻。

我喝了一口酒说，来到深圳后不久，我家里发生了一件事情。我父亲开车时翻了车，腿给轧断了。我收入一直不高，家里那时又刚刚盖了新房子，还欠了一些账。我父母起早贪黑，开着机动三轮车做生意特别不容易。尤其是在冬天，手上生了冻疮，一用力就开裂流血，感染后发胀，胀破了就流脓血。在乡下赚钱并不容易，有时忙活一天，能赚个三四十块就挺不错了。那天一大早，秋雾正浓，我父母起来发动车子去赶集，父亲那时还没有睡醒，开车时打盹，结果车在上坡时轧到一块石头翻了。我父亲一下子惊醒了，跳下车就想要去扶车，因为我母亲还坐在车上呢。结果我母亲没有事，他却被车轧住了腿，小腿被轧折了。我母亲说，骨头碴子白生生的都露出来了，血咕嘟咕嘟地冒着泡泡向外涌，她吓坏了。她急啊，用尽了力气，可也抬不动车。她只好跑到马路上去拦早起赶集的人，请人帮忙，终于把车抬起来，把我父亲送进了医院。我家里当时没有存钱，乡下人有钱的也都各有打算，不愿意借。许多年前人似乎并不是这样的，那时人的想法要少一些，人也纯朴一些。现在想一想，也不怪他们，乡下人孩子上学，老人看病，翻盖房子，婚丧嫁娶，人情来往，什么地方都需要钱。在笑贫不笑娼的年代，没有钱的滋味谁都品尝过。后来还是母亲给我舅和我姨家借到了一些钱，父亲这才看成了病。腿上需要夹上钢板，钢板也像人一样分三六九等，有便宜的有贵的。我父亲用不起贵的，只好用便宜的。用了便宜的，结果半年后又得重新做手术。这就是现实，在现实面前，我觉得应该去赚钱了，不能总是想着搞文学了。我变现实了，人一现实了，就多少变得有些冷漠了。

刘石举起杯说，来，我们喝酒吧老大，来，这一杯干了！

我喝光酒，接着说，当时辞职后，几乎一无所有的我和几乎什么都不缺的杨芳在现实世界中差距太大了。我父亲出事后，她也劝我现实一些，说她更愿意以一个朋友的身份来面对我，尽管她也渴望真正的爱情，可最终觉得我不合适。幸运的是，那一年我获得了一个文学奖，获得了一笔奖金，帮家里还清了账。我想出去工作，后来也有了一份工作，工资不多，但生活可以自理。我和杨芳仍然在网上联系，她爱我，可又劝我重新找一个女孩恋爱，因为她爱现实远胜于爱我。当时在公司，也有个女孩喜欢上了我，现在回想起来，她也是蛮适合我的，只是时机不对错过了。我还是和那女孩交往了，一段时间后，我和那位女孩在一起拥抱时突然感到心里特别难过，觉得我不能和她继续在一起了，我心里仍然在爱着杨芳。其实吧，那时我还没有真正变得现实起来。我现在也不太确定人是不是应该变得现实一些，尤其是对一位写作者来说。不过我觉得，所谓爱情，通常不过是一场游戏，真的没有必要太认真，我现在就他妈的不相信爱情了，可悲吧，一个写作者连爱情都不相信了。也许是为了逃避那位我辜负了的女孩吧，也许是想离开伤心之地，后来我辞职后又去了北京，真是折腾。

刘石点着头说，是啊，那时我还对你说过，说张小雨已经到北京去工作了，做的是美容。我不是也一样吗？虽然我和她离了婚，在心里恨她，可恨一个人，可能也是一种爱吧。在这个物质至上的时代，我们又没有多少钱，我也不相信什么爱情了，相信不起。不过，我和张小雨一直在 QQ 上聊天，像朋友似的，许多年了，她什么事都跟我说，今天泡了个什么男人啊，明天有个什么新的想法啊，将来如果我写小说，她肯定是个很特别的人物。

我点燃一支烟抽着说，来到北京，我在北京给一家大型图书公司做了编辑。我想做文学图书，他们却把我分到了经管类图书编辑部门。我最终还是不喜欢做那些已经出得泛滥成灾的经管书，那会让我痛苦，所以最终决定还是辞职。当时我做的那份工作让我明白了一个道理，骗人的东西比不骗人的东西赚钱，可我觉得那样有钱也没有意思。可以说，那个时候我仍然还是不现实，一个人真要变得现实起来，也不是那么容易。我租到朝阳区的管庄一个四合院里住，一时没有工作，坐着公交车和地铁在北京城乱转，想重新找份工作。没过几天，深圳方面在作协工作的一位朋友说是要创办一本杂志，工作不累，工资可观，希望我能回来。我离开深圳之后还是想着杨芳的，贱，可拿自己没办法，我经过考虑，又坐上火车来到了深圳。我再次来深圳之前，对杨芳说过，她不想让我再来深圳。她不喜欢深圳，喜欢北京和上海，觉得那才是一个有文化的地方。她认为深圳就是一片文化沙漠，来到深圳，人待久了就会不知不觉被换了血，变成了另外一个人。她对我说，我们已经结束了，我来了她也不会再见我了。我还是坐着火车，经过千山万水，又来到了深圳。那时我的心情是复杂的，思想是矛盾的，我想到了许多年来的漂泊，想到了我所租过的房子，工作过的单位，经历过的人，感到自己的生命世界破碎不堪，是被种种现实所割裂了的。我需要有一定的经济基础，需要在一座城市里安稳下来，我的一些师友也认为，我该现实起来，好好找个人成家立业了。

刘石说，来，老大，咱们喝酒！

我举起杯，一饮而尽，接着说，来到深圳后，我约了稿件，排好了杂志，做了校对，出了清样，就等印刷了。主管领导却说，不办了。原因是一家报社想要拿去办。领导说的话是算数的，胳膊拧不过大腿，反对也没有用。好在朋友以从北京把我请来的借口要给我争取，希望我去报社工作。那段时间，我也是感到诸事不顺，情绪低落，特别想和杨芳见个面聊一聊，我真是天真，一个男人怎么能在失意的时候去找一个女人呢。杨芳不愿意见我，还把我的 QQ 删除了，也不接我的电话。我终于懂得了，我还是太认真太执着了。她可能是个不错的人，但归根结底比我现实。现在想一想，有什么好谈的呢？结束了就是结束了，没有道理的就是没有道理，没有答案的就是没有答案。这个被人类相互遮蔽的世界可能本就是如此，是我在渴求着大地一般地袒露，活得太他妈不现实了。

九

我的酒量本来就一般，喝得有点多了，头有点晕，用手摸着我的头发说，变化是痛苦的，可不变则行不通。久而久之，我们也就变得面貌可憎了。我第一次在朋友喋喋不休、出于好意的劝说下，和一位主管领导见了面，赔着笑脸，装成谦卑的样子，尴尬地拍了领导的马屁，还恭敬地送上了朋友帮我出钱买的两条中华，两瓶茅台酒。那位领导挺不错，他跟我客气了几句，就把我给送走了。礼品收下了，事儿基本成了。一周后收到通知，我可以去报社上班了。报社是个什么地方？就连官员都敬三分的地方，工资高，福利好，能进去不容易。虽说让我去上班了，可还是需要走一个应聘程序，结果我遇上了让我感到难堪的社长。社长眯着小眼睛，盯着我的脸说的第一句话就是，我们不需要作家，本来我不想要你的。我愣了一下，心想这个人不会没有脑子吧，竟然说出了这样的话？照我以前的脾气，我肯定拂袖而去，不过我还是赔了笑脸，说了一些违心的话，这才顺利在报社上班了。

刘石又举起杯和我碰，然后一口喝干了说，老大，人在屋檐下，不得不低头啊！

我喝了半杯，接着说，我他妈的竟然在报社工作了整整五年，那五年里我为了每个月领到工资，每年领到年终奖，每天都夹着尾巴做人。我对所有人笑，有友好的微笑，善意的笑，也有讨好的笑，应付的笑。我谦虚谨慎地做人，不说不该说的话，不做不该做的事。领导安排的事尽量去做好，关系稿子能发的就发，不能发的，感到恶心的，改一改也会发。我知道谁都得罪不起，我得给一些虚伪的、不要脸的人留点脸面。我得配合他们，附和他们。那时我不再去坚持去反对和否定什么，什么事都点头说好好好是是是。我身边有很多那样唯唯诺诺的人，能够混下去，混得人模狗样的，最终让别的人对自己点头哈腰，这似乎才算是多年的媳妇熬成了婆。我也试着适应了一些无聊的聚会，渐渐也像别人一样会说一些无聊，让别人觉得并不高深难懂的话。我尽量让自己与大家打成一片，可还是会碍着一些人。我有机会去上海参加一个艺术学习班培训，并不需要报社出钱，集团里的一些中层也会去。社长曾经因为贪污腐败问题被人举报，上了外地的报纸和本地的电视台，但把他提起来的大领导帮他摆平了那些事。当时怕他并不信任的我会说他坏话。那时我已把手头的工作做好，也特别想去上海那个城市看一看，因此带着谄媚的笑容，好声好气地跟他解释，我并不想放弃要去的决定。社长后来捂着一只发红的眼睛说，你要去就准备辞职吧。当时我实在是忍不住了，给脸他妈的不要脸，我也火了，我几年来一直对他压着火呢，于是我说，辞职就他妈的辞职，老子也不想干了。我回来后，社长并没有让我辞职，因为让我辞职的理由并不充分，说出去不好听。再说我当时也放出话去了，他如果让我辞职，我会让他好瞧。你瞧瞧，我竟然威胁起别人了。

刘石咬了咬嘴唇说，老大，在这个世界上，谁不受人的欺负呢？我可以想象得到，你得罪了他，以后肯定没你的好日子过了。来，我们喝酒，干了这杯吧，我们今天一醉方休。

我实在是喝不下了，就喝了半杯，继续说，我妻子是在报社工作时认识的同事，结婚后社长分别找我们谈了一次话，意思是报社不允许同事之间恋爱和结婚，对于结了婚的，两个人要走一个。其实报社没有那样的条款。我就说，好，如果有这条规定的话我走好了。社长后来也没让我走成，但找了个时机把我的中层待遇取消了，我的编版费也重新调整了，一个月下来，所赚的绩效工资扣除社保和住房公积金，只有几百块钱。这明明是逼我辞职，我忍不住给社长打了电话，正想发火呢，社长却装作不知情的样子说，有这回事吗？我让财务查查。那时我们买了房子和车子，生活算是过得去了，五年的合同也到了期。虽然办公室人员说可以再续签合同，但那样的待遇当然没有办法续签。我已经受够了，因此决定辞职，离开那些让我感到恶心的人和事儿，做回原来的自己。许多人都会有我那样的经历，许多人都被有权势的人变着法子欺压。有许多人忍着、顺着、请着、送着，最终得到了升职，那也是他们放弃做人的原则，放弃道德和良知向权势妥协换来的结果。我感到所有的人都被暗示着，被约束着，必须要这样做，不能那样做，必须假一点，坏一点，恶一点，唯有如此随波逐流，如此自轻自贱，别人才觉得你懂事儿，你才有可能获得更多，最终成为别人眼中的强者。我操他妈的，你说，要是人都活成了这样，咱们这个社会能不他妈的变坏吗？

刘石那时也喝得差不多了，他举着杯站起来说，老大，李白怎么说来着？君不见，黄河之水天上来，奔流到海不复回。君不见，高堂明镜悲白发，朝如青丝暮成雪。人生得意须尽欢，莫使金樽空对月。天生我材必有用，千金散尽还复来。烹羊宰牛且为乐，会须一饮三百杯。岑夫子，丹丘生，将进酒，杯莫停。与君歌一曲，请君为我侧耳听。钟鼓馔玉不足贵，但愿长醉不复醒。古来圣贤皆寂寞，惟有饮者留其名。老大，来，喝酒，我们一醉方休。

我也兴奋地站起来，举起杯来大声说，好，好诗！

我缓缓把一整杯酒喝了下去，喝得实在有点困难，酒液洒在了衣服上，可是心里头高兴。我说，自古以来，也许没有谁活得真正是称心如意。我们在这个世界上怎么活都他妈有问题。当然，如果没有辞职的条件，我也是不会辞职的。可以说，那时我已变成了一个相对的现实主义者，毕竟是结婚成家了，我不可能不考虑生活现实的问题，不可能为了写作什么都不管不顾。在报社工作的那五年，为了工作，我也几乎放下了写作，可以说也赚到了一些钱。我不爱逛街购物，比较节俭，稿费可以开支，工作可以不动，因此每年有近十万可以存下来。在和我妻子结婚时，我们的钱合起来大约有了三十万，用来首付了一套小房子。买下房子的第二年又用十多万买了一辆小车。有房有车，仿佛总算迈进了小康生活的行列，尽管我们还有七十多万的房贷，每个月加管理费等需要四千多块，需要我们供三十年。我之所以敢辞职，是我有住房公积金可以支撑两年房贷。我爱人在报社的工资不多，所赚的也不过刚够她花。我不出去工作，如果家里没有什么大事

129

需要钱的话，是可以有两年时间用来写作。

刘石举起杯说，来，老大，我祝你这两年能写出成绩，不管怎么说，你有了车子和房子，在城市里也算是成功了。

我深呼了一口气，又把酒干了，然后吐着酒气，望着刘石说，我变了，才有了今天的这一切。我还是不够现实，我还欠着银行七十多万的账呢，你想想，每个月四千多块，我还得努力三十年，三十年以后我都六十多了，而我辞去了工作，在家写小说。

刘石也喝干了杯中酒，他说，老大，人是应该变得现实一些啊，写作也一样。我说句你不爱听的，你应该去抱大腿，去抱那著名作家的，还有在作协当领导的，对你有用的人的大腿。你去拍他们的马屁，给他们送礼，哪怕去认他们当干爹干妈，也未尝不可啊。古今中外，多少干成大事的人不都这样过来的吗？人家有权利，你不鸟他们，你装清高，你默默写，你永远难有机会上位。当然，另一方面我也不希望你变，正像我有时不想让自己变一样。不过后来我也变了。许多年前，在我情况好转前做过一个好的梦。我梦见一头金色的狮子捕到了一只瘦小的羊，张着血盆大口咔嚓就把小羊给吃了。结果没多久我接到了部门主任给我的工作，我的情况也渐渐好转起来。我结婚后用了三年时间也把账还清了。这些年来我也变得虚伪了，我学会了给人说好话，学会了给领导送点礼，学会了从别人的手中抢单子，甚至他妈的学会了说别人的坏话，和讨厌的人站到一个阵营里。我看不起那样的自己，但我理解我那样，我是在为生存和发展而战斗，如果我弱下来，就可有能顾不了我那个家，也顾不了我自己。

刘石说到这儿，我只好又把酒杯倒满，然后举起杯说，来，喝酒，为了我们的变化。

刘石又喝光了，他打着嗝说，几年前，我当村长的父亲被别人整下来了，他一气之下得了脑血栓和动脉硬化，在医院里住了一个月后勉强能走路了，医生说还有可能会复发。将来万一不好，又得一大笔钱。我也想过存上一笔钱，在西安，哪怕是在我们那里的小县城买上一套房子也好啊，我想让老婆孩子有个自己的家，老大，这是我的真心话。我和我老婆结婚时也谈不上什么爱情，当时只是觉得到了年龄，而且我运气也不是太好，算命的说应该结婚冲一冲，也就结了。另外，那时我也不相信爱情了，要说爱，我最爱的还是伤我最深的张小雨。张小雨比我强，她很现实，也挺有脑子，她后来在北京傍上了一个有钱的大老板。她勾引了他，算计了他，为他怀上了孩子，给他生了个女儿。我日他先人，你说人怎么可以这样？结果，她的命运"哗"的一声改变了，人家现在成有钱人了。

说到这儿，刘石扬了扬杯子，默默把酒喝了，我喝了一小口。

刘石放下杯子，看着我没有喝完，就说，我们在这样的现实世界保持自己、做自己真他妈的不容易啊。老大，你怎么没喝完啊？你得干了，我该有话对你说了。

我看了他一眼，然后把酒干了。

刘石长出了一口气，笑着，看着我说，好了老大，我要说一说我面临的选择了。第一个，在深圳的一家咨询公司要把我从西安挖过来，答应过两年后给我在西安开一家分公司。这一次来深圳，我是想来和老总见个面的。我来了，他却说出差了，面都没有见成就他妈的让我去啃一个不可能啃下来的项目。前面已经有两批人败下阵来，我也没有三头六臂，拿下来的可能性等于是零。那个狗日的老总是个固执的人，他相信只要去努力，一切都有可能。他的意思是如果我不去，他就没办法考验到我的工作能力，让我自己看着办。我不去就不用来公司上班了，更不用说以后开分公司的事了。那是一家大型咨询公司啊，很多业界精英在里面，我想杀进去，如果以后在西安开家分公司，过几年说不定我也会像别人那样，有个几百万，上千万。你说一说，我还有没有必要，像条狗那样去啃那块发臭的骨头？

我想了想说，你终究不像别人那样强势，你无法像别人那样不择手段，那样坏，你就是装强势，装着坏，可你也装不像，坏不起来。我看那家公司你就不用去了，说说你的第二个选择吧。

刘石不服气地独自喝了一杯酒，拍着胸脯说，老大，你小看我了吧。我是会变的啊，我真的会变的，我要变得强势，变得无耻，你不相信我吗？

我笑着说，还是说说你的第二个选择吧。

刘石摇摇头，丢给我一支烟，自己也点燃了抽着，过了一会儿，他说，第二个选择是和张小雨结婚。她在北京傍的那个男人，除了他老婆，另外还有两个女人为他生了孩子。那个男人在一个月前喝酒喝多了，脑血管破裂，没能抢救过来。按照他的遗嘱，张小雨分得了一家公司，那家公司价值上亿，需要有个可靠的人来管理。我在她的心目中是个老实可靠的人，最近几年我又在做企业咨询，对公司管理有一套，所以她想到了我。我在想要不要去，上亿的资产啊，如果那些钱真的可以由我支配，老大，我可以让我老婆、我家人过上好日子了，在我儿子需要一大笔钱看病时，也就有钱看病。可如果我真的去了，得和我老婆离婚，和张小雨结婚，这是她提出来的条件，因为只有和我结婚，她才放心。如果我选择张小雨的话，也是为了我的老婆孩子，为了我的家。老大，就像张小雨这个臭婊子，她不应该为我、我所代表的世界付出一点吗？

刘石昂着头，把厚厚的嘴唇合成了一条弯曲的线，厚厚的眼镜片后，那双发黄充血的眼睛，不错眼珠地盯着我，期待着我给他一个选择。

我点燃了一支烟，默默抽着，认真想着究竟该给他一个什么样的建议。半支烟的时间过去了，我看着刘石说，我们在这个世界上，归根到底活的还是自己，我们认为正确的自己。显然你认为选择张小雨是不正确的，选择她不过是为了她的钱。你之所以来找我，是因为你想要让我说服你，你不确定了，你在这个现实世界中有困境，想要挣脱。刘石，去靠自己努力吧，即使将来碌碌无为，即使将来亲人生病没有钱看，面临着死亡，也他妈没有关系。人总归是有一死，真有那么一天，早一点和晚一点有什么区别？对于你的妻子和儿子来说，你在他们身边，这比什么都重要。

刘石停顿一分多钟，似乎在想我说的话，后来他吸了口气，又呼出来说，对，老大，是这么回事儿。你说得对，在这个强大的世界上，在充满欲望的人群里，我们活着，还是要对得起自己的良心。好，老大，我记下了。

十多瓶子啤酒都喝完了，满屋子的酒气和烟味。我们都喝多了，开心，想放声大笑，后来我们也笑了。难过，想放声大哭，我们也哭过了。笑也好，哭也好，我们的心里还是很清楚，我们只不过是想让自己那样借着酒气放纵一下而已。

那天晚上，我和刘石就睡在了我工作室的那张小床上。

第二天中午醒来后，我带刘石到售票点去买回西安的火车票。那时他决定放弃在深圳的那家咨询公司，也不想去北京见张小雨了。他要回西安，继续做他的咨询工作。我在售票处放下他，开车去沃尔玛的地下停车场。我从地下走出来，在售票点对面的一家西安面馆等他过来，远远看见他装好了票，昂着头，用脚尖一拽一拽地向我走来。近了，我看到他把嘴唇绷成了一条向下弯的线，嘴巴里的牙咬紧了，下巴骨有些凸了出来。我的心里有些难过，特别想抱一抱他，便远远张开了手臂。在正午的阳光下，我们紧紧地抱在了一起。

洗　脚

一

　　老邹是位编剧，改编了我的小说。他说将来会亲自当导演，把那部作品拍出来。后来他从北京来到深圳，希望我那些有钱的朋友能够帮助他实现导演梦。

　　老邹具有艺术家特有的敏感，在现实生活中却难免显得脆弱无力。他有着难得的真诚，却让人感到不适。老邹对所有的人都会因爱而恨，因理解而失望。他看不起人们那种假装的优雅，经常称自己是悲观主义的傻瓜。他认为生存是悖论，他一直在瓦解自己，然后试图忘掉矛盾，但矛盾总是无处不在——有些还无法解决，所以有很多时候他认为自己不配活着。

　　老邹终于使我相信，在许许多多的人中，总会有一些偏执的人。

　　老邹说，人们总是告诉我应该这么那么做，我绝不同意生活中叛徒的建议！将来也许我能堕落成所谓的写作者，那是因为我没有能力做什么了，只能写些我一直想对这个世界、对每个人说的话了。

　　老邹来到深圳后，时常叫我到离他住处不远的大排档里喝酒。

　　老邹说，我喜欢你的小说，喜欢你。我从小说中看到你理解了很多别人不能理解的东西。你写的《远方》让我感动，从你身上我看到中国文学的好兆头。你要相信我，只要你坚持写下去，完全可以成为世界级的文学大家。你一定要把毕生的精力和良心坚持用在写作上，否则是个损失……是你的作品打动了我，我把它改编成了电影剧本——我相信《远方》拍出来，要比获奥斯卡奖的很多片子强。拍出来这是我的世俗野心。它是你的作品，我是拥护者和实践普及者。

说到这儿，我不得不举起杯子，与老邹碰一碰杯。

老邹说，加缪说过，人生充满谬误，我非常赞同。我的人生很绝望，但我还在爱着某些人性的力量。现在我不能放弃努力，坠入世俗生活的深渊，我要保持自我。有很多时候我觉得自己不配活着——你想，凭什么啊？四十多岁了，与前妻离了婚，没有房子，没有存款，事业上一事无成，有的仅仅是希望！活到这个年岁，我早就看透了"希望"是什么。我感受中的这个世界是与别人不一样的。你看，就从今晚我们所看到的这一切说起吧——这儿的天空是深蓝色的，这使我感受到过去的和现在的一些灵魂，它们存在于我的生命感受之中，那些灵魂是一种看不见的力量与存在，而我们忽略了，仅仅满足于活在世俗生活中，在有限的空间过着自己的小日子……你看，天空下的这条街上楼房亮着灯火，人和车不断地在街上通过，街道两旁的树也被涂上了一层蓝色，这多像一幅油画……我以前是画画的，我画过很多素描，很多油画，我有画下一切的冲动！

我与老邹又碰了碰杯。

老邹一饮而尽，抹抹嘴说，现在你是我在这个世界上最好的朋友，唯一的好友。你陪我喝酒，我真得感谢你。我也愿意和你敞开心扉，说一些平素我不愿意跟人说的话。我一无所有，带着电影梦来到深圳，坐在你的面前。我不知道深圳能带给我什么，你又能给我带来什么。在来深圳之前，为了找电影投资，我厚着脸皮给那些根本不懂艺术的人谈我的理想，我已经碰过无数次壁。现在我们走在一起，一切都有了新的可能，但同时我又是失望和悲观的。

老邹点燃一支烟，继续说，我从二十岁就在北京的艺术圈里混。在北京，我生活了差不多二十年。我的许多搞绘画的朋友都混好了，一幅画能卖几十万、上百万。他们开着上百万的豪车，住着别墅。他们的作品不会像梵高、塞尚、高更、华托这些画家的作品，没法比。在现实世界中，我一直混得不如他们。我不擅长交际和推销自己，因此我画的许多画没有人买。我就像当年的梵高，世人认识不到我作品的价值，而我为了生存宁可去当小工，也绝不会去迎合市场，迎合那些世俗的眼光……

——我喜欢的画家是达·芬奇、梵高。他们是我学习的榜样。莱昂纳多·达·芬奇是意大利文艺复兴时期的画家，他是整个欧洲文艺复兴时期最杰出的代表人物。他在许多领域都对人类做出了巨大贡献。有一次他迷路，走到一个漆黑的山洞里，后来他在回忆这段经历时说，当时他产生了两种情绪，害怕和渴望——对漆黑洞穴感到害怕，又想看看其中是否会有什么神奇的东西。他对人生中不可知或无力探知的神秘感到害怕，又想把神秘的、不可知的东西加以研究和揭示，以便解释其中的含义。艺术家一生都要有他困惑的事，要有他的执着，否则他就缺少一种为之努力的动力与方向。达·芬奇的壁画《最后的晚餐》、祭坛画《岩间圣母》、肖像画《蒙娜丽莎》是他一生中的三大杰作。这三幅作品是达·芬奇为世界艺术宝库留下的珍品中的珍品。在这样的天才和大师面前，我觉得自己不配活着。

——梵高是荷兰人，长年生活在法国，他是后印象派重要的画家。他的《没胡子的自画像》《鸢尾花》《向日葵》画得多好啊。他热爱一切，像太阳一样热烈地活着，作品追求真实情感的再现，但在他活着的时候不被人重视。他饥饿的时候吃过颜料，精神错乱后用手枪朝着自己的肚子开了枪——现在他的一幅画可以卖到一个亿，是美金。如果现在他还活着，我相信会成为他亲爱的兄弟。他是死在弟弟提奥怀中的，他死后不久弟弟提奥也告别了人世。在他面前，我也不配活着。

——还有一位画家，叫让·安东尼·华托，他是法国洛可可时代的代表画家。这位天才画家，三十六岁就英年早逝。生前他无意于金钱上的成功，创作只是出于表达内心思想感情的需要，出于使自己的艺术尽善尽美的需要。他一生过着朴素的生活，自由自在。我感觉自己就像华托，每一次失意时我就会想起他。我了解很多已逝的作家和艺术家。我为他们创造的东西而着迷，以至于让我无法有更多的时间和精力去关注当下。有时候我感到自己就是他们中的一个，我在为他们而活。亲爱的李更，你有这种感觉吗？当你读陀思妥耶夫斯基、叔本华、尼采、卡夫卡、博尔赫斯的作品时，你是不是也有这种感觉？他们的作品，我在读高中时基本上已经通读了。我认为，天才与大师都是为未来而活的——但现在，我真的不配活着！

我点点头，给老邹一支烟，帮他点燃。

老邹抽了口烟，又接着说，二十多年前，我二十出头的时候，觉得画画已经无法表达更有力量、更有空间感的东西了。我把自己所有的画全烧了，开始做雕塑。画家德拉克洛瓦曾经说过，雕塑是一门残酷的艺术——当你在午夜时分有了创作的冲动时，却被迫要付出长时期而繁重的体力与精神，准备那些用来雕塑的材料，然后还要始终保持最初的创作冲动和新鲜感，这确实不易——但这也是一种长期磨炼出来的，对美与力量天才式的掌控能力的体现。做雕塑更适合表达我想要表达的东西，更能磨炼我，使我对一切美好的事物，产生一种更为具体的感觉。我曾经为了做石雕和大型木雕，在一个寒冷的房子待过一整个冬天。当时我吃着馒头就着榨菜，喝的是白开水，经常几天不出一次门。最后我得了痔疮。我妈说，儿，你的心忒高了！

　　——我的心的确是太高了。我追求雕塑花费了二十年，因为我感到自己心中总有东西要溢出来。我像一股潮水一样被迫着去流淌，流向夜晚群星灿烂的天宇，最终和那些我喜欢的艺术大师们一起闪烁。为了找石料，我曾经在颐和园偷过石头，很可笑吧！当时警察找上门看到我满屋子都是石头，都是雕塑作品时，知道我是一个艺术家，竟然没有抓我。做了将近二十年雕塑，后来我又把雕塑放下了。当我放下凿子，走到窗前去窥探房东的合家欢乐时，我毕竟穿着不合时宜的皮围裙——那时我的孩子已经读了初中，十多年来，我因为投身于雕塑，几乎没有管家里的事，家里一切都由我前妻打理。我雕出的作品卖不了钱，我必须让自己生活下去，承担一些家庭的责任。后来我离开北京，回老家开了一家装修公司。大冬天的，我给人做防盗窗，手冻得裂开了口子，一使劲泪泪冒血。虽说我做着苦工，开着公司，我的心里每时每刻都在想着艺术，忽略了我前妻。

　　——妻子有了外遇，她提出离婚。我一直想不通这件事。我曾经买过一把刀，想把那个男人给弄死，但艺术中善的力量使我没有迈出那一步。离婚后我把房子留给了前妻，孩子由她带着。我关了公司，重新回到了北京，成为一个北漂。在北京那几年也是为了生存，我开始做编剧。我不愿意写东西，也不喜欢做编剧。在编剧的过程中，我越来越发现自己想要成为一名导演，因为我发现电影这门艺术可以更直接表现和反映一些东西。现在我想拍电影，想成为中国甚至是世界上最好的导演。我做什么都想成为最好的，你别笑话我——坦白说，我拍电影是为了名与利。请你相信我的坦诚，但我绝不会为了钱去拍一些垃圾。有一天我实现了这个梦想，有了名声和钱，我还是会继续做我的雕塑。那时候我会有一座庄园，里面有许多石头。到时也会有你的房间，你可以在里面写写东西，得空的时候，我们一起谈论艺术……

我笑了笑，与老邹碰了碰杯。

老邹又说，人活着真是个悖论，适当的堕落和麻木能救我。与前妻离婚后我在北京度过了一段荒唐的日子。那时候我同时谈过三个女朋友，有一次把一个带回家里，没想到家里头还有一位。我伤害了不少喜欢我的女孩子，不再相信爱情。我喜欢女人，女人的身体很美，但是对于我来说，与女人上床不是最重要的。我希望自己能成为古时候的皇帝，有三宫六院，天下所有的美女都属于我。我喝着酒，看着她们玩耍，这就够了。

——我感到孤独。我对中国某些导演拍的东西不感兴趣。我建议你去看一些国外的电影。前不久我看了德国的《窃听风暴》和西班牙的《深海长眠》，这是我喜欢的电影。中国电影需要改观了，我认为××系列是在侮辱我们自己。在电影方面，我希望你冷静地支持我这个想有作为的人。在艺术方面，我积累了大量的经验，相当有眼光。你还记得一个学射箭的寓言吗？老师并没有教学生怎么射箭，而是让他回家躺在床上看苍蝇蚊子，直到看得像磨盘那么大，自然就容易射到了。我就是那个盯着苍蝇看的学生。对于电影创作也一样，我们写出一个好剧本，拍出一部好电影，这并不等于我们很老到，如果我们不靠热情就可以保持旺盛的创作力，能够让一切按照想法顺利进行，这就是真正的成熟——到了这一步，就达到把真理看得像磨盘一样大的能力了。

那时已是晚上十二点钟了，老邹一个人差不多已经喝了十瓶啤酒。我因为要开车，喝得少。那时候他已经醉了，看着我的眼神已经有一些迷蒙，神志也不太清醒。我相信他生命中会有一股孤寂无聊的力量，这或许是来自对现实生活中的一些人和事的不满。我的经验是，他喝到这个时候，所说的话往往是不那么让人喜欢听了。

果然，我对老邹说，差不多了，不要喝了。可是老邹还觉得没有喝好，招手叫服务员过来，让再拿两瓶啤酒。

老邹拍拍我的肩膀说，我真想与你彻夜长谈。时间是不早了，你要回去的话就先回去吧，我一个人再待一会……实话对你说，你是个好人，但是我必须对你说出我真实的感受，否则这就不是朋友的作为。实话说，我现在对你越来越没有信心，因为你变了。来深圳的这半年多我观察到了，你现在所专注的是生活，是工作和赚钱，而不是写作。我是对你和你的那些朋友多少有一些失望。他们都是一些什么人啊，我真是看不起他们！他们的心眼里只有钱，只有女人！

——你还记得我第一天来深圳的时候吧，你们竟然说要请我去洗脚——知道吗，你那是在腐蚀我！凭什么啊，我自己不会洗吗，还要让人家小姑娘给洗？另外，我凭什么把时间浪费在那方面？我知道你对我不满，因为我不能够融入你们的圈子，不利于把一些事办成。凭什么我要融入这个圈子呢？归根到底，你作为我们电影事业的召集人是不称职的，你缺乏一种掌控力。我早就把剧本写出来了，可是拍电影的钱你们一分也没有弄到。我四十多岁了，耗不起这个时间。你找的那几个朋友都有钱啊，你们有车，有的还有几套房子，把钱放在股票里搞投机，这有什么意思？大家都爱电影，爱艺术，为什么不能每个人拿出二三十万，先拍一部作品出来？你们都是虚伪的电影爱好者，你们被深圳改变了，被生活改变了，你们身上没有什么东西是可以闪耀的了！

二

胡英山是我的山东老乡，多年前在老乡会上认识。本来他答应给我们投资三十万，但在那段时间发生了一件天大的事——四十五岁的他，在西安上大学的儿子死于一场交通事故。接到校方电话时，他正在洗脚房边洗脚，边与小妹聊天。

小妹长得挺靓，顺他的眼。他想和人家好，便对小妹说，我开了个厂，厂不大，就几十号人，保守一点说，一年有一百来万的利润。我有小车，有货车，在深圳也有两套房子，资产加起来也有上千万。如果你愿意，我一年给你六万块，比你在这儿上班强——你不是想开个服装店吗？跟我两年你就有资本了！当然，如果你愿意和我合伙，愿意长期和我好，三个月内我就可以帮你开个服装店。我有两位朋友开了个商场，我一句话的事，你就可以到那儿实现你的梦想了。

南方四季常青，人也显得年轻。胡英山看上去不像是四十五，顶多也就三十五六的样子，他戴着一副金边眼镜，有些瘦，漫长脸，白白净净，说话声音挺好听，显得挺斯文，不太像个老板，倒像个文化人。

小妹也有些动心，说，你在家有老婆的吧？

胡英山想了想说，这个我不能骗你，我是有老婆。我和她没有感情，如果你愿意和我在一起，我会真心对你好。怎么说呢，我可以把你当成我的小妹，将来你还可以处男朋友，看上了以后也可以结婚，就当我们俩什么都没有发生过。你能理解这种关系吗？现在都市人的情感是多元化的，这样都可以活得丰富多彩，你说对吧？

小妹笑了笑说，让我考虑考虑吧！

胡英山认真地说，还考虑什么？我知道来你们这儿洗脚的也有不少大老板，但你要相信，我对你是动了真心的——你今年二十二岁，跟我两年才二十四岁，到时你有了自己的店，再学会开车，你也就当老板了。不然你在这儿洗脚，除去吃用，一个月两三千块，一年顶多也就三万块，什么时候才能开成店，能有什么前途？

小妹说，即使我现在能开店，我家里人也会怀疑我哪里来的钱。如果我不开店，我又能干什么呢？我只读过一年高中，我父亲生病就出来打工了，说起来只有初中学历，也只能进工厂。我在工厂里干过一年多，每天重复做几个动作，像机器人一样。累不说，钱也赚得不多，一个月不到两千块。除去吃用，能落下一千块就不错了。我原来在工厂里的好几个姐妹都干我这一行了，我也是别人带出来的，这辈子我再也不想进厂了！

胡英山说，你在这儿干有意思吗？天天摸人家的臭脚，你看你的手都起了茧子，我看着都心痛——再说这儿多复杂啊，像你这么漂亮的，我估计有不少男人打你主意吧？

小妹说，干什么有意思呢？比起在工厂，在这儿还是比较有意思。在这儿可以和客人天南地北聊天啊，挺能长见识。我来这儿一年多，思想观念都有了很大的变化。以前我在工厂谈过一个男朋友。挺帅的，还会开车，在一起的时候山盟海誓，结果呢，他在工厂受不了那份罪，有了机会，被一位女老板给包养了。当时我想不通啊，那女的大他二十多岁，也不漂亮，但是她有钱啊——现在我算是看透了，你们男人哪有不花心的，所谓的理想和爱情，也是建立在经济基础之上的……

胡英山听着小妹说话，不时点着头，后来他接过话头说，深圳这座城市，会改变很多人的思想观念。有一些人变了也不能说他们错了。如果说你男朋友错了，怎么样活才是对的呢？他知道世界如此丰富，打工无比无聊——在城市里，没有钱，差不多就等于没有未来。人生不能假设，我相信，他真心爱你的话，有可能赚到钱会再回头找你。正是因为不能假设，也没办法重来，所以你们分手了，只好各走各的路。

小妹说，他是很爱我的，他也说过，跟着那个女老板过几年，一年有十多万，等他有钱了，还愿意和我好。但是我说，不可能了！如果我不知道还有可能，问题是我知道了，我的眼里揉不进沙子——我们当时租了一个房，那个女人经常深更半夜给他打电话，他总是背着我出去接，我心里就清楚他有问题了。我查了他的手机，明白他被人给包养了。他不想和我分手，但我当时没有办法去接受他这种背叛——如果换到今天，我就有可能接受他，顶多让他不要再去那个女人那里了。

胡英山叹了口气说，真感情总是会被操蛋的现实生活蹂躏得面目全非，但生活是丰富多彩的，人也是可以选择自己的道路——我的原则是，做一个好人，不做坏人，做点好事，没有办法的时候也做点坏事，但不要犯大错误。人要多赚钱，适当享受生活。人这一辈子，还能怎么样呢？我以前也是有过理想的，我的理想是当一名教师，但大学没考上，这个理想也就破灭了。想一想我现在混得也不错，比起很多人都强。每个人的人生都不是那么完美的。就像你男朋友，我相信他也不见得是个坏蛋，不见得特别愿意给别人当情人。就像我，我也不愿意开什么工厂，每天周旋在客户中间，请客送礼，吃吃喝喝，除了赚到的钱有些意思，别的还真没有什么意义——我相信你，也不愿给人家洗脚吧，如果你有条件自己开店的话？

小妹说，是啊，其实以前我学习挺好的，要不是我父亲生病，我也不会那么早出来打工。我以前的理想是当一个医生，那时候多单纯啊！

胡英山问，有没有客人给你买过钟？

有啊，不过，我不会乱跟人家出去的，也看人来。有的客人为我买钟，是为了让我陪着他们吃饭、打牌，或者去见什么客户，也不一定是要去开房。我们每个月都有任务的，如果上的钟少，钱就少。

那你有没有跟人家上过床？

没有，有个客人给我出两千块，我都没同意。

如果人家给你出一万呢？

除非我对他有感觉，才会考虑。

那你对我有感觉吗？

有那么一点点吧，我觉得你这人不坏！

胡英山得意地笑了，他说，算你有眼光，我还真不是什么能坏得起来的人。我在深圳打拼了二十多年，最初也是在工厂给人打工，一步步地白手起家，才有了今天。我跟你说实话——你跟着我绝对正确！你知道吗，我老婆还不知道我现在在深圳混得这么好，她还一直以为我在给人家厂子里做管理工作，一个月五六千块钱……

小妹笑了，说，大哥，你这还不坏？自己都开厂做了老板，有了几套房子，几辆车了，还骗老婆说自己是个打工的，你太逗了！

胡英山皱了皱眉头说，你不明白，我是包办的婚姻——当年我高考落榜，复读了一年准备再考的时候，有媒人找到我家，说大队支书的女儿对我有意思。如果我同意了，他父亲可以在县城里给我安排一份工作。本来那一年我很有可能考上大学的，被这事一闹，也没有考上。我父母是势利眼，看是大队支书的女儿，硬逼着我同意了这门婚事。说真的，我老婆人是不错的，贤惠持家，还给我生了儿子，但我对她产生不了感情。人是感情的动物，没有感情的婚姻怎么幸福？人人都有追求幸福的权利，对吧？再说我们那里，很多男人都是长年在外打工，每年只回家一次，我差不多每年也会回家，也会把钱寄给家里。在我们那个村子里盖起了三层小洋楼，是最漂亮的，也不能说我对家庭没有贡献吧？

小妹说，你没有想过和你老婆离婚吗？你现在的条件那么好，人长得也挺帅，想找什么样的找不到？

胡英山点燃一支烟抽着说，想过啊，我老婆就是乡下妇女，没有见过世面，很传统，她自然不会同意。说真的，如果她同意跟我离婚，我宁愿给她一百万。头几年过年回家，我跟她提过一次，结果你猜怎么样？她用头撞墙，撞得满脸是血，年都是在医院过的，不好离！所以小妹，人的这一生选择很重要，选择错了一辈子都不会幸福。就像你现在吧，如果找一个在厂里打工的，或者是在公司上班的，一个月两三千块钱，什么时候能在城里买上房子车子，过上城里人的生活？你们不想在城里待，再回到乡下去，你问一问自己，你还能适应吗？在城市里见了世面，再回去就会觉得没有意思。人活着总要有点理想，有点追求对吧，要实现理想哪个人不妥协？现在大好的机会就摆在你面前，你选择了我，我敢保证，你的人生就会有大转折，你离自己的理想也就不远了。再说我也不是那种很花心的人，你跟了我，我就会和你好。因为你年轻，我也不敢奢望和你过一辈子，但是我真的渴望你能真心实意地和我过上两年。我和你好，说得坦白点，不是因为你年轻漂亮。我看过你的手相了，你的手上有一条执着线，感情线也很丰富，还有一条事业线，是那种会认真对待感情、将来也会成功的人。

小妹有些高兴，有些动心地说，你能保证在跟我好的时候不跟别人好吗？

胡英山心里一喜，说，我保证，绝对保证！

小妹犹豫着说，一年六万块也太少了点吧……你别误会，我不是太在意钱的多少，我是觉得现在物价那么高，六万块也做不成什么事。如果开店的话，租个店面，再装修一下，少说也得十多万块呢。

胡英山说，你要是真心实意跟我好，我可以为你开个服装店，别说花十万，二十万都没有什么大问题——我朋友最近想拍电影，我一下就给他们投资三十万，我有的是钱！

小妹看着胡英山说，这样吧，你给我一张名片，到时我想好了联系你！

胡英山说，好，你想好了给我电话——我还没问呢，你叫什么名字？

小妹说，我姓李，李娜……到钟了，大哥，还想加钟吗？

胡英山说，还加什么钟，今天就跟我走吧，这儿的工作咱们不要了。

李娜说，这个月快发工资了，如果现在走了，老板肯定不愿意。你让我想一想……等发了工资我再走还不行吗？

胡英山说，也好，这毕竟是你辛辛苦苦赚的钱，不舍得！我就再加个钟吧！

三

学校的电话是在胡英山加钟的时候打来的。

接完电话，胡英山欢悦兴奋的心突然沉了下去。他在电话里说，这不可能，这怎么可能？但对方的答复是肯定的！当胡英山确信这事不会有人去骗他时，突然觉得自己像从天空中坠到地面，缓过劲儿时他特别想痛哭一场——想哭的感觉仿佛不是因为儿子没有了，而是他亏欠了儿子太多。

胡英山只是春节才回家，二十年来与儿子相处的时间加起来也不超过半年，因此与儿子和妻子的感情谈不上很深。可以说，他也仅仅在内心里，在生命中有着妻子和儿子的形象，与他们保持着一种亲缘关系。但是当这种关系突然遭到破坏，当他清醒过来时，却觉得灵魂被什么狠狠咬了一口，生生地撕掉了他的一块肉！

胡英山在深圳有自己的事业和生活，那个在乡下的家，仅仅是他的根，偶尔的念想。他觉得自己是没有办法的，他没有办法对妻子和儿子好一些。以前儿子小的时候，他的事业刚刚起步，没有条件。当他有条件时，又不想让妻子来深圳影响他的自在生活，因此也没有办法让儿子在自己的身边。以至于到后来，那种对妻子和儿子的愧疚感也渐渐淡了。在他的感觉里，他甚至认为自己仍然是单身的，是有权利追求自由和幸福的。

胡英山是一个需要感情、渴望感情的人。在深圳的二十多年来，除去忙事业，他从来没有停止过追求爱情。对女人的爱，总是一段一段的。也有过女人觉得他人不错，又有钱，愿意死心塌地跟他，但最终还是因为他在乡下有个家，没有结果。也有过一个女人为他怀过孩子，愿意一辈子跟着他，做他的情人，不知出于什么原因，他也没有勇气让那个女人把孩子生下来——后来他给了那个女人二十万，让她走了，现在也不知道那个女人在哪里，孩子有没有生下来。

挂了电话，胡英山发了一会呆。他打电话让厂里的文员帮他订了飞机票，当天就去了西安。在飞机上，他望着窗外大团大团的白云铺展开来，无边无际，突然觉得自己活得特别失败。他想，即使有钱又怎么样？现在儿子没有了——这个事实让他觉得自己还是错了，尽管他仍然会觉得自己错得有些无辜。如果人生能假设的话，妻儿都在身边，那么在西安上学的儿子或许就不会在西安上学，而是在北京或上海或广东的高校读书，自然也就不会离开他们。当然谁都有可能发生意外，但至少不会像他现在这样——对于儿子的死，竟然没有作为父亲的那种应该有的、立马产生的悲伤。他有些恨自己，恨自己对儿子没有负起应有的责任，以至于他的悲伤在他的感觉里竟显得有些虚假。

胡英山不清楚自己在想些什么。在他的脑海中闪现的，一会儿是儿子小时候调皮可爱的模样，一会儿是妻子充满忧愁的眼神。一会儿是工业区里灰色的厂房，一会儿是年轻漂亮的情人。有一瞬间，胡英山模糊地想到要与妻子再生一个孩子，当然他的那个想法有点莫名其妙——妻子张素青大他两岁，已经年近五十，不太可能再和他生养一个。即使可能，他也不会再与妻子生了，但那样念头的产生，使他觉得自己对妻子还是有感情的，只是那种感情被他以没有感情为由硬生生地否认了。他为自己那些缥缈的想法感到恼羞成怒，最终他还是感到自己活得太失败了。

在飞机落地之后，胡英山从机场出来抽了根烟。看着机场里的人来人往，那个时候他特别想走进人流里，就那么一直走下去。如果他能够逃走，能够不去面对死去的儿子的话，他甚至想要逃走。逃走，从此和家里人断绝关系，做一个没心没肺的人，无情无义，无牵无挂的人，多好！

胡英山还是坐上了出租车。他从车窗看外面的楼，看灰蒙蒙的天空。有一瞬，他做过一个假设，如果一切可以重来，儿子还能活在人世上的话，他可以出家做和尚，甚至也可以和自己的妻子天天生活在一起，过他不想过的生活——他的心情沉郁沮丧，而他脑中闪过的那些念头让他最终觉得自己并不是一个好人。

在深圳二十多年来，胡英山和十来个女孩同居过，平均一两年换一个。那些女孩有公司白领，有工厂的打工妹，有商场的售货员。他结识的女孩，个个都不差，都在积极向上地生活——她们都想在城市里生存和发展得更好一些，心地也都挺善良，哪一个都可以和他结婚生子，可以和他白头到老。和那些女孩子在一起的时候，除了给她们一些物质上的东西，他也的确是实心实意地帮助她们，给她们以真实的感情，爱她们。那种爱不能说深，但至少不能说是假。他错在什么地方呢？他是的确不愿意和自己的老婆过生活——如果说错了，还是错在最初没有顶住家里的压力，和不喜欢的人结婚了，而且又有了孩子。

父母逼他结婚这件事，使他在心里一直对父母有很大的成见。因此，除了给父母一些钱，在感情上他也和父母疏远了。他清楚自己那样不对，而且那样做有时心里也难过——那种难过使他觉得自己在这个世界上没有一个亲近的人，但是他又没有办法对父母更好一些。是深圳这座灯红酒绿的城市改变了他的血液、他的思想和情感，他之所以还为一些事痛苦纠结，那是因为他本质上还算是一个善良的人，从骨子里无法把一切都抛弃！

妻子坐飞机赶到西安时，两个人见了面。妻子张素青头发都已经花白了，灰头土脸的，眼角满是皱纹，已经很显老了。胡英山看到妻子，觉得她就是自己的一个陌生人，想亲近都没办法亲近得来。妻子是一路流着眼泪来的，见到胡英山反倒不哭了。那个时候的胡英山觉得自己应该抱一抱妻子，给她一个安慰，但最终也没敢。他觉得自己没有这个资格。

胡英山带着妻子去医院太平间。他想看妻子的反应，因为他见到儿子时是没有哭的——当时他在心里责备自己为什么不哭，他心痛儿子年纪轻轻就离开他们，但他就是哭不出来。他甚至在抱怨儿子为什么不小心，为什么出了那么大的事，把自己的性命丢了。他看着儿子英俊的脸，觉得那就是年轻时的自己——当时他想，人生无常啊，人都有自己的命，早晚都会走的。早走也挺好的，不必变得那么复杂，经历那么多世事！

肇事司机因为是酒驾，被抓起来了。司机如果在他面前，他会怎么样对他呢？他会与他拼命吗？他觉得自己可能不会。事到如今，拼命又能解决什么问题？胡英山甚至为那个司机感到惋惜，为什么喝了酒还开车啊，不知道那是犯罪吗？现在好了，你在监狱里待着去吧！胡英山奇怪自己有那么多一闪而过的念头，很奇怪自己为什么会是那么样的一个人。他觉得自己有些不正常——因为感觉到这一点，他多次去洗手间，一次次地洗脸，想让自己清醒些，正常些。以前他不是这样的，他很正常，待人接物很有分寸，也很会来事，不会像现在这样怪异得让他自己心里都没有谱。

妻子看到躺在太平间床上的儿子，顿时泣不成声。她爱着儿子，胡英山想，这不容置疑。但这种爱又能怎么样呢，儿子都没有了。

胡英山感受到妻子对儿子的那种发自肺腑的爱，觉得自己活得不像是个人。他又开始恨自己，恨自己又莫名委屈。他也是爱的，也想多爱。看着妻子哭，后来胡英山也流泪了。泪流出来，他舒服了一些，怕妻子哭死过去，用手去拉她。拉开了，妻子瞪着发红的眼望着他，像望着仇敌。胡英山怕她，又觉得她那样看自己是不对的。儿子是共同的儿子，儿子没有了，也不是他的错。或者说是他的错，他也不愿意在妻子面前承认，因此想用眼神与她对视——但撑了不到两秒，他就感到自己有罪般低下了头。

处理完一些事情，把儿子火化后，妻子和胡英山带着儿子回老家。胡英山要抱着儿子的骨灰盒，妻子死死地抱在怀里不给他。在胡英山的感觉中，妻子是恨他的——他突然想到，这么多年来，妻子也许未必不知道他在深圳的事——为了儿子，只是她不愿意揭露他，不愿意与他撕破脸。当然她或许也不稀罕他的成功、他的钱，她只是想要过自己的生活罢了。但是现在儿子没有了，她等于是一无所有了，感情也没有什么寄托了，情况就要发生变化了。

在回去的路上，妻子一句话也不对胡英山说。胡英山想说什么，但又不知道说些什么，他心里想问一问妻子今后有什么打算。两个人坐车来到村口时，胡英山望着熟悉的村子，他觉得自己再也不是这个村子里的人了。尽管他在精神层面，在心底非常愿意这个村子认他，接纳他，但他觉得自己已经被这个村子抛弃了，或者说他自己抛弃了这个村子。

这是必然的，胡英山想，既然他选择了深圳，不管对与错，他都无法再像小时候那样属于那个村子了。只是村子里还有他的父母，他们都老了，他不能扔下他们不管。他想把他们接到深圳去，但妻子怎么办呢？他甚至也想把妻子接到深圳去，哪怕和她在一起并不情愿，他也想要让步了。他想对她有一些补偿。

妻子在村口站住了，对他说，我们离吧！

这句话，胡英山等了二十多年。没想到在妻子抱着儿子的骨灰盒时，她说出了这句话。

胡英山沉吟了半晌，问，离了你怎么办呢？

妻子说，不用你操心了，离了，我这辈子再也不想见到你！

胡英山说，我知道我对不起你，这些年，你对我早就心冷了——现在咱们儿子也不在了，你以后怎么办？要不，你跟我回深圳吧！

妻子咬牙切齿地说，我不稀罕！

胡英山说，你真想和我离？

妻子用眼睛瞪着他说，是！

胡英山低下头，回避了她火一样的目光，然后说，你，你提条件，我尽量满足你！

妻子说，我的条件是，你离开这个村子，再也不要回来了。

胡英山抬起头说，我父母还在这儿呢，我怎么能够不回来呢？

妻子说，你回来也行，不要让我看见你！

胡英山委屈地说，咱儿子虽然没了，但他还埋在咱们村子里啊。

妻子恨恨地，流着泪，几乎嚎着说，我真希望我也死了，也死了……

胡英山叹了口气，等妻子安静了又说，素青，你跟我回深圳吧，你一个人以后也不好过。

妻子长出了口气说，我哪里都不想去，你走吧，你去过你的好日子，我真后悔当初看上了你，还托人到你家提亲——你记着，你这一辈子辜负了我。

胡英山在妻子面前，再也说不出什么。他说什么，都是错的。他也想要离开了，离开妻子，离开村子，离开现实，回到包容开放的深圳。他若离开，良心会不安。但是他也想过，不安又能如何？妻子既然不想跟他回深圳，他也不可能从深圳再回到乡下。

在家的几天，胡英山与妻子离了婚，他让会计给他的卡上打了三十万，取出来有一大包，堆在妻子面前。

胡英山说，我对不起你，这些钱你以后用，不够到时再跟我说。我们夫妻一场，我欠你太多——我知道这些钱也不能偿还万分之一，但是你以后还要生活下去，这些钱以后会有用。你知道我不是一个坏人，一个没有良心的人，但是我也有我的现实和难处。我自私，我总是想着自己的生活，儿子没了以后，我觉得我是一个失败有罪的人——说实话，我想死的心都有了。我不知道怎么做才能弥补，我想我这辈子是没办法弥补了。说着，胡英山的眼泪流了下来，过了一会儿，他说，我给你跪下吧。

胡英山扑通跪在了妻子面前。

妻子坐在沙发上，看着胡英山跪在自己面前，多少有点意外。但她那时说不出什么话来，也流不出泪了。她的泪为儿子流光了，但她真的很想哭。她用手捂着自己的脸，心里一阵一阵地痛。跪在她面前的，正是她心里爱着的男人啊！

当年胡英山去县里上学，每次经过她的家门，她的目光都跟随着他，直到他走远了。结婚的时候，也知道他不太情愿——她以为他能慢慢改变，但是她怀上儿子不久，他就离开她去外面打工了。距离分开了他们，时间慢慢磨平了她心中对他的那份爱意。

胡英山这一跪，使张素青多少有了一些原谅他的意思。儿子都没了，还有什么可以让她再介意的？

离了婚，张素青还是住在胡英山的村子里。他们离婚的事，村子里的人也没有人知晓。

胡英山回到深圳，收拾了一下自己的情绪，给洗脚妹李娜打了个电话，两个人约在一个咖啡店见了面。胡英山对李娜说了自己儿子没有了的事，然后说，我离婚了，如果你愿意，可以嫁给我。如果你不愿意，还是照以前说的，我帮你开个店，我们就好上两年，然后各过各的生活。

李娜说，我们先处着吧，到时候再决定要不要嫁给你。

四

胡英山给我讲述了发生在他身上的事，是想取得我的理解——因为给了妻子三十万，胡英山又要给洗脚妹李娜开店，打算投给我们拍电影的钱就不想再拿出来了。

我拍拍他的肩膀，表示没有什么。

胡英山走后，我打电话给朋友赵涌说了情况，我说我们拍电影集资的事遇到了点问题。没有想到，赵涌那时也打起了退堂鼓——因为在他身上也刚刚发生了一件事情。

赵涌包养的一个情人马桂芳给他生了一个孩子，要了四十万后把孩子留给了他，给他打了个电话后就消失了。

赵涌比我大一岁，三十八岁——他是十五年前来深圳的。那时的他二十三岁，大学刚刚毕业。那个时候的他还怀着成为画家的理想，想要在深圳开创一片属于自己的艺术天地。但理想很快就被沉重的现实给吞噬了。在没有钱吃饭的时候，他不得不去一家化妆品公司当推销员。他脸皮薄，很快他发现自己做不了推销员，因此不得不进了工厂，成了一名普工，天天在流水线上重复着几个固定的动作——不过，理想折中后最终还是成就了他，半年后他在一家商场找到了一份与设计有关的工作。三年后他又成了那家商场的艺术总监，年薪由最初的十万升到十五万，到后来又升到二十万——他一步步发展起来。在那个职位上，赵涌干了有六七年时间。在把自己卖给工作的那十来年时间里，他只画过两幅素描，还是为了讨好两个他想与之上床的女孩子画的。

十五年前的赵涌，精瘦，眼神明亮，走路像一阵风，对一切都充满了激情。那时的他腹部是凹下去的，体重不足一百斤。后来的赵涌体重涨了一倍，肚子也凸了出来，走路慢悠悠的，眼睛里也有了浑浊多欲的光，除了钱和女人，仿佛再也没有别的事情让他有激情了。

赵涌给我讲过，他刚来深圳的时候，身上只有一百多块钱，当时由于找工作不顺利，他与同来深圳发展的同学潘刚一起睡过马路，租住过没有装修的毛坯房。吃饭也吃最便宜的，常常还不能吃饱。为了省一块钱的公交车费，他们可以走上十里路。十五年后的赵涌有了两套房子，而且还完了房贷，两套房价值四百多万。他还有一辆奥迪A4，他经常开着车，和潘刚，后来和我、胡英山、叶代一起去很远的地方，吃些特别的野味。

大约是三年前，赵涌辞去商场年薪二十万的艺术总监后，与朋友李江河合伙开了一家商场，每年稳稳当当的有一百多万的分红。商场里的事，由李江河一手抓，基本上不用他管——那么，他活着的意义，仿佛就剩下赚钱和吃喝玩乐了。

十五年前，赵涌绝对想不到自己会变成今天的样子。当然，十五年来的深圳也发生了很大的变化。许多高楼拔地而起，许多又破又旧的地方变得繁华起来。

工厂企业多了，公司和商场多了，饭店宾馆多了，娱乐休闲的场所多了，宽阔漂亮的马路上奔驰宝马多了，人多了，漂亮的女人多了——那许多漂亮的女人中，有一些会成为与赵涌他们这些喜欢女人、有一些钱的人有关系的人。他们不是夫妻，不是恋人，却会躺到一张床上，分享彼此的情感和肉体。那些女人，有一些用钱就可以得到，有一些则是需要动一些心思，付出一些感情——不管两个人如何鱼水交欢，柔情蜜意，到头来还是会落实到物质上。一次，或几次相好之后，那种关系便成为过去。

赵涌想过自己与那些女人的关系，他享受那个过程。不可否认，男女之欢，新鲜与刺激，是他生命中真实的欲求。他不会觉得那是没有意义的，甚至也不会认为那是一种堕落与道德败坏。因为他觉得那是一种生命之爱的表现，他爱那些女人，虽然有时候用的方法，或者得到的结果未必就一定是爱——如果他否认，则会失去活着的动力，变得更加没有目标。

当然，他可以去做更多有意义的事，例如去把丢失的理想拾起来，去画画，去把泡女人的钱捐给希望工程，帮助那些有需要的穷人，去把自己的事业做得更大更强——但那对于他来说只能是一种假设。这个世界上，也并不是所有的人都是那种目标明确、积极向上并且乐于奉献的人。

赵涌觉得自己活得并不快乐，也算不上幸福，他有很多时候是面无表情，心无所依的。如果不去找我们这些朋友吃吃喝喝，去洗脚城洗洗脚，一起打打麻将，不去找找女人，寻点刺激，他甚至觉得自己的时间就没法过。

在赵涌一些有钱的朋友中，他绝对算不上是最有钱的。赵涌甚至就不能算有钱。以前，他供职的商场，老板同时还做房地产生意，身价有几十个亿，他私人会所里的一个大鱼缸里，养着十条日本进口的锦鲤价值就两千多万。就拿他一起来深圳发展的同学潘刚来说，他开着一家有几百员工的模具厂，每年少说都有上千万的收入，身价少说也有一两个亿。赵涌是没法与那些真正有钱的人相比的。不过，他通常也不会和别人去比。他觉得自己有两套房子，有个一两百万的存款就已经足够了。钱多了，花不着，也不过就是一串数字。

赵涌有时候觉得什么都无所谓——要不要孩子也无所谓。赵涌与老婆孙慧是高中时的同学。在赵涌上高三的时候，孙慧读高一，那时他们就已经建立了恋爱关系——经历了那么多之后，那种初恋的感觉赵涌甚至都淡忘了，不敢确定了。他记得给孙慧写过情书，至于写过什么内容他也不记得了。他记得第一次与孙慧牵手时有一种触电的感觉，但那种触电的感觉究竟是怎么一回事，他再也体会不到了。

赵涌大学三年级的时候，孙慧考进了他所在的大学，两个人很快就同居了。在赵涌来深圳的两年后，孙慧大学毕业后也来到了深圳。两个人不在一个地方工作，基本上每周见一次面——最初赵涌会坐几个钟头的车去见孙慧，然后第二天又一大早起来赶着去上班。那时，除了一种生理的需要，仿佛也是为了一种爱的需要。

两年后，两个人结了婚，天天晚上睡在一起，赵涌却开始觉得那种生活并不是他真正所需要的了。他爱着妻子，但却渴望更多的女人，有时也渴望一个人孤单地存在。他渴望与陌生人发生爱欲关系，无法自控……不过，活着的过程还是美好的，他觉得自己无害人之心，工作时也扎扎实实，尽心尽力，在有了钱之后，甚至也不想拥有更多——对于女人，他原本的心里也不想拥有更多，但生活有时候太无聊了，生命中的欲望又是那么真切，使他无法自控地渴求着新鲜的内容——新鲜过后呢，却是灰色的心情，是沮丧感。

在大学时期，赵涌的妻子孙慧怀过一次孕。那时不适合要孩子，商量过后打掉了。赵涌无法忘记那次陪着妻子做流产手术的经历。那涉及一个未成型的小生命的消失，使他感觉到性是残酷的，作为活着的人是非常无助的。他后悔使妻子怀上了孩子，更后悔把孩子拿掉。后来那件事成为他心中的隐痛——那种痛使他觉得自己一直在死去，不断地死去，而此时活着又要面对世俗的生活，实在是没有意义。

赵涌不够坏，不够狠，如果够，他就可以不在意。他想让自己不在意，但不行。那次经历让妻子怕再怀孕，因此赵涌和孙慧结婚后一直没有要孩子。一开始不想要，可后来两个人的年龄越来越大，双方父母强烈要求他们要有自己的孩子。赵涌觉得要也可以，但与孙慧商量时，孙慧却不同意要。孙慧说，这个世界上已经有那么多的人了，不管有钱的没有钱的，大家活得都那么累，争名逐利，纷纷嚷嚷的多闹心，我们何必再要一个？还有，我们的地球环境被破坏了，每天呼吸着被污染的空气，就连我们吃的东西也都不再安全——我相信到我们差不多老了的时候，地球就不再适合住人了，我们何必再去要？

既然老婆坚定地不想要孩子，赵涌更觉得这不再是自己不想要，不再是自己不愿意为双方的父母尽责任了。他理解父母的心情，又觉得父母操这分心实在没有必要，都什么时代了，还那样传统。双方母亲让他们有孩子的想法非常固执——孙慧的父母，和他的父母从老家跑到深圳，住到他的家里来，劝说和督促他们要孩子，这使他感到闹心，又无可奈何。

一开始妻子是坚定地说不要，但双方的父母苦口婆心软硬兼施办法还是奏了效，孙慧还是妥协了。几个月过后，孙慧却无法受孕。在决定要孩子的那几个月，赵涌和孙慧的心里一直有一种说不出的忐忑，他们不知道自己出什么问题了。双方的父母让他们去医院检查，赵涌和孙慧都推脱着不去。他们还是不太想要孩子，催得急了，赵涌和孙慧分别跟自己的父母发了火，并且对他们宣布，他们决定不再要孩子了。

妻子孙慧怀不上孩子，赵涌甚至觉得这是天意。双方的母亲走后，他一直忐忑的心稍稍放了下来，但接着一个问题又出现了，为什么怀不上了呢？是自己的原因，还是妻子的原因？他并不太想去弄清楚这些问题，但问题却留在了他的心里。

赵涌无法想象自己成为一个孩子的父亲后会怎么样。尽管他喜欢孩子，但他却是一个怕麻烦的人，他可以想见自己有了孩子之后，孩子会给他带来多少麻烦。当然，他不想要孩子的想法除了别的原因，也与妻子孙慧的生活方式有关。孙慧在一家大型企业做财务工作，除去工作和必须要做的家务之外，她把大量的时间差不多都用在玩游戏上去了。这让他对妻子没有信心。另一方面他也很享受两个人的生活，彼此都自由自在，实在没有必要再要个孩子。赵涌并不太反对老婆沉迷在游戏中，只是他多少有一些不理解，一个女人为什么可以玩游戏一玩就是五六年时间，从不厌倦？

以前赵涌工作的地方离家有一些远，两个周总会有一个晚上借口工作忙，不回家。不回家，有时候工作是真忙，忙得很晚第二天又要起早上班，太折腾，没有必要回家。有时他是在网上与女网友聊天，想与别人约会，想泡人家，不想回家——或者与朋友一起去娱乐场所玩。他甚至不觉得那是在背叛妻子。他想到这一点的时候也觉得奇怪——或许在他的世界里，他的确是把妻子当成一位朋友，一个亲人了，只是他无法像跟男性朋友那样坦诚地说出他与别的女人有关系罢了。另外他觉得自己所以与妻子结婚，除去爱的因素，不过是在履行一个社会意义上的契约关系。假如离婚可以不对妻子和双方的家庭构成伤害的话，他甚至可以与妻子离婚，过着一种真正自由的、无拘无束的生活。他也可以自由地去死，在他活得感觉不到什么意思的时候，他想过这个问题。当然他还得活着，既然有父母，有妻子，有家，有事业。即使没有这些他也得活着——生的意义总归是有一些的，这个世界上总归有一些美好的事物，有一些有趣的人，有一些可以实现的想法，可以满足的欲求。

赵涌不回家，也从来没有听见妻子对他抱怨过什么。在他的理解中，妻子甚至乐得他不回家，这样她就可以有更多的时间来玩游戏。三年前在赵涌从商场辞职后，他每周差不多都有一两个晚上不回家，甚至也会用一个周末的时间，带着从洗脚城找来的洗脚妹，在某个山庄里与朋友在一起钓鱼、打麻将，过着一种潇洒自在的日子。

在孙慧的感觉中，她的老公除了她以外，还应该有他自己的天地，正像她有虚拟的游戏世界一样。更何况他们没有生活的负担，日子过得不错。在这种情况下，说多了没意思。当然，孙慧也会想到赵涌在外面可能会有女人，不过，她会尽量让自己不要朝着那个地方想。有一点她是肯定的，赵涌在感情上是忠实于她的，这就够了。男人谁不花心呢，他花心，不让她看到就好了。

即使是情人关系，赵涌也很少与同一位女孩子接触时间超过三个月，因为他清楚，接触时间长了就容易出问题。他喜欢女孩子喜欢自己，但怕女孩子爱上自己。他没办法给女孩子爱，只能喜欢她们，爱她们一点点。有时他甚至也不是太需要她们的身体，他需要的是一种与她们在一起的感觉。就像城市森林里的一棵树，他需要有一只鸟儿跳上他的枝头，为他而存在，为他唱歌，证明他活着，活得有些意味。

尽管那些女孩会向他要钱，要物，但是在不是太多的情况下，他是愿意给她们的——她们需要在城市中生存和发展，她们也有家乡的父母需要照顾。她们未必爱他，真正喜欢他，但是她们也需要他。

想起自己初到深圳时的精瘦，眼神明亮，怀揣理想，对照后来自己的肥胖，大腹便便，眼神混浊，没有目标，他感到城市会让人发生变异。他的人生观价值观不知不觉就变了。他不再梦想成为一个受人尊敬的画家，通过创造，给世界上的人带来美的感受。他不能去追求爱情也不再相信爱情，对爱的理解和认识与过去相比也发生了变化。他活得更加自私了，他在为自己活着，通过赤裸裸的现实来爱自己。

在钓鱼的时候，盯着微波荡漾的水面，赵涌想到他带来的女孩子。那个时候，他心里响着一种自远方飘来的"无所谓"的声音，可当那声音沉寂下来后，他再次感到自己应该去爱上什么。

那一个晚上，他把女孩压在身下时，强烈地感受到一种蛰伏在自己生命深处的对爱的渴望。那是一个年轻漂亮的女孩，约莫二十一二岁，瓜子脸，大眼睛，嘴唇薄薄的，红红的，身材瘦弱，皮肤白净——她简直像自己十五年前的妻子。

赵涌把女孩带到镜子前，两个人赤裸上身，看镜子里的彼此。

他问她，你想没想过被人包养？

想过啊！

多少钱可以包你一年？

不知道，十万？二十万？

会为他生孩子吗？

如果我爱他的话就会！

你觉得会爱上我吗？

我想得需要时间吧，我不相信一见钟情……

赵涌感觉到自己的变化，那种变化就好像是他莫名地需要一种变化。那个遥远的"无所谓"的声音又开始在他空空荡荡的内心里响起，让他抱住那个女孩，亲吻她，轻咬她，渐渐地用力，使她感到痛，使自己感到爱。那种爱仿佛像雾气一样自他的心底升腾起来，弥漫至他身体里的每一个细胞。

女孩也感受到了一种特别的东西在他们的身体间交汇——舍弃了一切，她感受到一种快感和满足。她的脸潮红起来，眼神迷离，呻吟声刺破了空气。事后，她紧紧地拥抱着他，把自己娇小的身体贴在他凸起的肚子上——那个时候，她或许也感受到自己在城市中的无助与脆弱，感受到模糊的爱欲同样对自己有吸引力。

赵涌对女孩很满意，他第一次为一个女孩子租了一套两室一厅的房子。那时他并没有下定决心要包养她，甚至也没有想过要让女孩子真的为自己怀孕。像对女人的渴望，像他生命中欲望的那种混沌状态一样，他为女孩租下了房子，并且试探性地说出愿意包养她的时候，他希望她能够拒绝。但是她没有，她喜欢和他在一起的感觉，并且说，我爱你。

女孩叫马桂芳，中专毕业，在工厂做过普工，在洗脚城洗过脚。赵涌让马桂芳从洗脚城里走了出来，承诺每个月给她五千块钱，一年后给她十万块。尽管赵涌的妻子孙慧未必会查他的账，但赵涌还是把马桂芳早先说的要包她一年给二十万的要求给降下来了。因为，给她每个月五千块的钱，包括为她租房子以及不可避免地要买的一些东西所花的钱，一年少说也得十万块钱。

不上班了，马桂芳也得要做些什么，不然每天待在家里也太闷太无聊了。在闲了三个月后，赵涌给马桂芳找了一个工作，在叶代的文化公司做业务员，没有底薪——也就是说，她可以上班，也可以不上班。

马桂芳刚上班没有一个月就发觉自己怀孕了。赵涌听到这个消息的时候，突然觉得事情严重了。但这或许又正是他所需要的结果——他一直在想着需要对谁坏一点，对妻子孙慧，或者对马桂芳，对所有人，而那也正是对自己的一种坏。

怎么办呢？马桂芳哭着说。

你确定是我的吗？

你现在还不相信我？我真的爱上你了，怎么办啊？

赵涌搂着马桂芳，想着以前带妻子去拿掉孩子的，那个十多年前的下午，他沉默了很长一段时间，说，那就要了吧……现在单亲妈妈那么多，你就当自己结过婚，又离掉了……我不会不管你……

可是，你老婆那边怎么办？

不让她知道！

永远不让她知道吗？

永远不让她知道……

如果你老婆知道了呢？

那我只好去跳楼……

我不要你去死，我爱你——我会把孩子生下来，即使你不能娶我，我就永远做你的情人。

自从有了马桂芳，除了和妻子每个月有那么一两次性生活之外，赵涌基本上就没有再找过别的女人。不过，在真正包养了马桂芳之后，赵涌才真正觉得对不起妻子了。他没有办法改变那种愧疚的心理，尽管有一段时间，他很想把马桂芳甩掉，但他又不忍心。

马桂芳的确带给了他新鲜的感情，让他确定自己爱着她，而且他也清楚，马桂芳也爱着自己。他只好任由这种关系发展下去，直到马桂芳怀上自己的孩子，他才感觉到有一些怕——然而那种怕的感觉让他更加确定了与马桂芳接触的那些时间里，自己的心里不再那么空空荡荡了。

妻子孙慧仍然过着过去的那种生活——工作、家、游戏，对赵涌的行踪不闻不问。中间双方的父母又多次打来电话劝说他们要个孩子，他们也只是应付地说可以，正在准备要。

在有了马桂芳之后，赵涌回家的次数少了许多，在得知马桂芳怀孕之后，他与我们在一起玩的时间也少了许多。眼看着马桂芳的肚子一天天鼓起来，有时候他会觉得马桂芳肚子里怀的不是孩子，而是一颗定时炸弹。

赵涌为马桂芳请了一个钟点工，帮她做饭，料理家务。马桂芳像一个太太一样，天天听音乐，看电视，等着赵涌过来，给她送钱，送物。和马桂芳在一起，赵涌甚至觉得自己变年轻了，尽管他还不到四十岁，本身也并不老。他又重新有了多赚钱的想法，他觉得自己只有一个商场的股份，一年分一百多万的红利还不够。他在想着为马桂芳和他们的孩子买一栋房子。他甚至设想，如果生活在古代就好了，那样他就可以正式纳马桂芳为妾，把自己家租出去的那套房子给马桂芳住。

我和胡英山与赵涌在一起洗脚的时候知道他包了二奶，而且怀上了他孩子的事。我们没有想到马桂芳在生下孩子后会跟赵涌要了四十万就消失了——而那四十万，赵涌对妻子孙慧说是用来给我们投资拍电影了。

五

叶代的身上倒没有发生什么大事，但那时年过四十的他经常会感到人生没有什么意思。叶代经常给我们打电话，请我们一起出来洗脚消磨时间。

有一天，叶代开车去见一位网友。他绕了大半个城市，见了面，一起吃了个饭，没吃出感觉，又喝了一杯咖啡，也没能喝出感觉。不是女孩不年轻漂亮，女孩二十出头，肤白、胸高、屁股翘、嘴唇红，挺漂亮，也挺能聊。不过女孩聊的全是一些名牌商品，与叶代没有什么共同语言。最后女孩直说，开房也是可以的，但她需要钱。叶代眯起眼睛问她需要多少，女孩说两千块。对于叶代来说，两千块也算不了什么，但他却突然没有了兴趣。他给了女孩三百块钱，说要与女孩拥抱一下，拥抱一下就好了，就可以结束了。为了三百块钱，女孩让他拥抱了一下。

叶代离开了，当时脸上还是带着笑容的，但离开咖啡馆后心里却开始有一种沮丧感，那种莫名的沮丧感使他觉得，他所生活的城市仍然不是属于自己，尽管他在这座城市里有车有房有事业，有了老婆孩子还有了户口，已经扎下根了，他仍然会有一种无所适从的漂泊感。

晚上十点半的时候叶代的老婆给他打了个电话，说女儿发烧，问他在哪里。他随口编了一个理由便把手机挂了。他的心飘浮着，不想那么早回家。不回家，叶代给我打了个电话，问我想不想去洗洗脚——那时我与老邹正在大排档喝酒。我说我与老邹在一起喝酒，你想不想过来？叶代问，就你们俩，没个女人？我说，就我和老邹。叶代想起以前有几次和老邹见面聊天，有些烦他，觉得没有意思，便说等等看，说不定会过来。

除了洗脚城，似乎也没有地方可以去。不过那天叶代连洗脚城也不想去了。他在下午见网友前曾洗过一次脚。许多年了，他每个月差不多都会有十几次去洗脚城，有时候一天就能洗个两三次。他喜欢与洗脚妹聊一些挺无聊的话题，试探对方有没有可能跟自己出去开房。一般情况下就是说些荤笑话，过过嘴瘾，开心开心，是没有结果的。那样就挺好，虽然他有和人家上床的打算，但也不一定非要有上床的结果。

当然，假如洗脚妹长得靓，他也会与人家谈谈艺术，谈谈理想和人生追求，倘若对方也有过艺术梦，想在大城市有所作为，例如想开个服装店、美容店什么的，他就会说，哇，你长得这么靓，不搞艺术，不自己做老板，却在这儿洗脚，被埋没了啊！其实，洗脚妹什么男人都见过，什么话题都附和着聊，因此也不是那么容易被他忽悠！

不过，叶代洗了十多年的脚，被他忽悠的长得也可以的洗脚妹也不少。被他忽悠的，也有愿意被忽悠的成分。常常是，他承诺帮别人找个好工作——如果洗脚妹是高中文化，他就会推荐她去文化公司当文员，前提是女孩子愿意与他睡，或者不睡，也至少要给他一些希望，把他当大哥，可以偶尔在没有人的时候让他拉拉手，亲亲脸——如果能顺手帮了别人，他也不一定非要与人家上床。

曾经也有一个让他心动的女孩，他看着那女孩挺老实厚道，就出了五万，与女孩合伙开个小店，说好有收益后五五分成，但结局却并不是他想象的，女孩渐渐脱离了他，店关了，另谋高就，钱自然也退不回来了。也曾经有过两个女孩，他为她们租了房子，置办了家具，然后让她们从公司宿舍搬出来——他每个月去与人家同居个两三次，另外每个月再给她们一些钱，但那种情况过个一两个月，顶多也就是三四个月，他就会觉得腻烦了——女孩子给不了他真正的情感，更别说爱情——除了与女孩子睡，他还是渴望有一些爱的感觉。

有那种渴望的时候，叶代不再觉得自己是猥琐的、肮脏的，反而觉得自己有些像长不大的孩子，而女孩就是他生命中小小的隐形母亲。他清楚自己是已婚，不能给女孩子未来，因此当他真正对女孩子产生使他有些微心痛的感情时，他就会感到烦恼。另外，他也不能要求女孩子不找男朋友，不与别的男人在一起，因此不如早些放弃。

或许是深圳这座日新月异的特区城市改变了叶代。

叶代从二十一岁来到深圳，已经有二十一年了。可以说，他也是深圳这个大都市发展起来的见证人。他亲眼看着许多高楼从平地里站了起来，高耸入云。他也亲眼看到许多内地人纷纷来到深圳打工，有的人留了下来，但更多的人离开了，带着对深圳的印象和复杂情感，多少有些不甘心地回到了自己的家乡。他是那种幸运留下来而且小有成就的人。

叶代有时候想，假如他不是有点钱，仍然生活在乡下，种地或者做点小生意，找个当地的女孩结婚生子，他就不会有太多享受生活的机会，就不会享受那么多。都是人，而且比他长得帅、比他有能力的人有那么多，他凭什么啊！尤其是酒喝高了的时候，他就会觉得自己活得有些没头没脑。

想想至今仍在家乡的几个兄弟姐妹——他们活得都挺不容易，在家里都有地，待忙过农活之后还要进城打工，在城里做建筑工，或在工厂打短工，或给别人当保姆，又苦又累，一年顶多也就落个万把块钱。钱拿回家里，供孩子读书，置办家具，翻盖房子，为儿女婚嫁做打算——他们没有过多的钱像叶代一样可以天天去洗脚城，可以去洗桑拿，可以吃香的喝辣的，可以与许多漂亮女孩子约会，为她们花大把的钱。叶代吃的穿的住的用的都比他的兄弟姐妹好。照说现在他这个样子也挺好——至少几个兄弟姐妹和家乡的亲朋好友是羡慕他，说他是成功的——可他有时候还是觉得有什么地方不对劲儿。

叶代从部队退伍后在老家没能安排工作，才来到深圳找工作。最初几个月在工厂做普工，后来凭着退伍证当上了保安。他挺会搞关系，两年后成了队长。那时他看上了工厂里的一位打工妹。被他看上的打工妹，穿着青灰色的工装，花容月貌，像一朵初开的菊花，黄洋洋的，在他的心里散出发淡淡的香气，使他夜不能寐。

当时那个打工妹没有看上他，嫌他个头不到一米七，又是一个圆脸，太爱笑，显得不太靠谱。不过叶代用些小恩小惠买通了打工妹的几个好朋友，又带着她唱过几次卡拉 OK，去了一次海边，再后来就把她带回了宿舍，把事给办了。把事给办了，女孩就死心塌地了，接下来就讨论结婚的事了。

女方的父母不同意女儿在深圳找一个外地人结婚，也嫌弃叶代只不过是一个保安队长，再说长得也一般，看不出将来有什么出头之日，做父母的怕女儿将来跟着他受苦。不过女儿铁了心要嫁给他，父母也只有默认。回了彼此的家，在家里办了喜宴，在深圳也请了一些工友吃了顿饭，两个人就正式租房过起了小日子。

那时他们工资都不高，结婚后还欠了一些债，日子过得紧巴巴的。结婚当年他们就有了第一个孩子，是个男孩，长得像妈妈，俊俏文静。叶代挺爱儿子，但他一直没有时间过问儿子的事，儿子是妻子一手带大的。儿子喜欢画画，也写东西，梦想成为一个画家或作家，学习不好。叶代希望儿子成为一个作家，因为他喜欢读一些武侠小说。但当他过了四十岁之后，他又觉得儿子也不一定非要成名成家，成名成家太累了。只要将来他有一份工作，能够不缺钱花，健康平安就好。尽管如此，儿子升高中没能考进好的学校，他还是花了十万块的择校费，让儿子读了好学校。钱交出去，他觉得自己算尽了心力，至于将来儿子能不能考上大学，怎么去发展，全都由他自己去了。

在有了儿子之后，叶代一直想要个女儿。妻子在他事业有成、买了房子家里也有了一些存款之后就彻底不再打工了，她觉得自己还有许多时间没有处用，也想再要一个孩子，因此他们结婚第十年，又有了一个孩子，是个女孩。后来女儿也读了小学，喜欢唱歌和表演，挺可爱——叶代之所以热心于拍电影，也有想让自己的女儿在电影里演个小角色的愿望。

叶代很喜欢女儿——每次他背着妻子在外面与别的女人好时，莫名，或者说在自己潜意识中也会想到自己的女儿，想到在她长大时有一天也会被他这样的男人骗，或者不是骗，她也愿意为了什么与他这类型的男人瞎混——在深圳这样的大都市，什么事情都有可能。人在这样的大都市，都变成了说不清楚的社会动物。他们中有许多人有钱，有文化，但他们许多人仍然无法看清自己，认识自己。女儿还小，不知道她将来会怎么样，但他希望女儿有能力保护自己。他是经历过许多人和事的，而且他现在已经过了四十岁的年龄，已经变得不那么纯粹，甚至也相当复杂了——不过他仍渴望有一些纯粹，有一些简单，他希望人人都有那么一点纯粹和简单——那样的话，他对未来、对女儿的未来就会更放心一些。

不想回家，不想再去洗脚城，也不太想见朋友。叶代几乎是没有目的地开着车。本来可以有更近的路回家，但他愿意绕一下，绕得远一些。车里也没有播放音乐，他想静静想一些事情，用想事情来缓解内心的空洞感，但他没有想任何事情的头绪。后来他开进了环城高速，到晚上一点的时候，他差不多围着深圳转了一圈。

叶代是爱过的，与妻子是有过爱情的，但是那种爱从结婚后已经不再新鲜。当初他心中的那朵小雏菊已经失去了淡淡的香味，失去了颜色。他与老婆有了两个孩子，掰着指头算一算，差不多已经在一起生活了十八年。十八年后，当年只有二十出头的妻子已经四十岁了。她只有初中文化，十多年来一直待在家里伺候孩子和他，虽说近两年在叶代的建议下才开始去美容院保养，但比起到处可见的年轻女孩，还是一下子给比老了，比落后了。叶代也显老了，但在深圳这样的城市，他仍然可以说是年轻的，许多年轻貌美的女孩会喜欢他这样事业有成的男人。

叶代不想换老婆，他觉得老婆跟着自己十多年，为自己生儿育女，挺不容易，他不能没有良心。另外，他觉得他对妻子当初的那种情感，可以分散在不同女人的身上，而妻子对他管得又不是特别严，他的人生也算是过得有滋有味了。

叶代想过自己得做出点什么事业，但做什么呢？他的确是想证明自己活得有些意义，要不然他也不会去开文化公司，不会想要参与拍电影了。不过，文化公司开起来以后他才发现，公司的发展与他最初的设想是背道而驰的——他要想拿到一些活儿做，必须要请客送礼，考虑到别人的利益，打点维护好各方面的关系——在得知老邹来深圳以后，他觉得拍电影挺有意思，有可能会成为人生的一个方向，因此很快同意了，想和我们大干一场。

叶代在年少时有过看露天电影的美好记忆。那时候村子里还没有通电，夜晚很黑，手电筒照在夜空里那道白光就显得很神奇有趣，更别说电影了。那时为了争得电影播放权，村与村之间还会打架，还打死过人。若说最初的理想，那个时候他的理想就是当一名电影播放员。电影播放员这个职业太好了，那时村里最漂亮的姑娘都想嫁给电影播放员。播放员走到哪个村都会受到最好的待遇，有香烟抽，有好酒喝，有鱼有肉。播放《少林寺》时他已经十四五岁了，那时他还想过放弃读书，去嵩山少林寺学武。

电影是个美好的东西，可以让人看到生活之外的世界，看到过去的生活，甚至能够看到未来。他梦想过自己将来也能拍电影，当然，有那样的梦想是在来到深圳之后，在他有了一些钱之后。如果非要拍一部电影，也不是不可能，只要他愿意拿出自己存的钱，他完全可以组织一帮人搞一部数字电影出来，但他不能拿着那么多钱去赔。他有老婆孩子，有父母，还要在城市里生存与发展下去，他赔不起，他只能与我们几个人一起。

老邹说，胡英山、赵涌、叶代，我，我们四个人，每个人拿出三十万，一共一百二十万，就可以拍一部小电影了——我们在一起开会的时候，都认为三十万不成问题，但没有想到事情却进行得不顺利。先是胡英山死了儿子，对拍电影本

162

来就积极性不是太高的他彻底不打算投资了。再是赵涌包养的马桂芳怀孕生孩子后跟他要了四十万，让他觉得自己的压力增大了，因此也不太想投资了。胡英山和赵涌的退出让我和叶代觉得，我们的电影梦该醒了。

叶代的车最终还是开向家的方向，只是接近家的时候速度慢下来了。那时已经是夜里一点钟了，叶代甚至能听到车轮辗在地面上的沙沙声。妻子没有再给他打电话——已经有许多年了，他不回家过夜的时候妻子也不会再过多地问，因为过问得多了，他会发脾气。

妻子习惯了带着孩子窝在家里。她喜欢看电视剧，也上上网打游戏，因此也不会觉得少了男人不成——只要每天有一个电话，知道他在外面平安无事就成。当然，如果接连几天不回家，她就会说，甚至也会吵一吵，埋怨他心里头没有孩子，没有家。不过总体来说，叶代给妻子的印象是他有许多朋友，喜欢斗斗地主，打打麻将，有许多忙不完的事。另外，文化公司有他的休息室，在忙的时候，他也有理由不回家。

晚上一点多，家人已经睡了，要不要回呢？叶代一点多回家的时候也挺多的，但是那天晚上他像是和谁较上了劲儿似的有些不想回家。他甚至后悔没有与那位网友去开房——尽管可以想象得到，即使与那女孩开了房，事后也还是会空虚，但至少不会像现在这样身心没有一个落点，不知该何去何从。他知道要回家也可以，但他就是有点不想回——或许回家是感受不到什么意义的，他想要点自我存在的意义。

开了几个钟头的车，他有一些累了，也不想继续开了。后来他把车开到了一家宾馆。

在那家宾馆，叶代与三个女孩开过房。三个女孩，他都想不起她们的名字，记不清她们的长相了。当然，他知道有些女孩根本就没有给他真名，他也不需要用心去记——只是，曾经在一张床上睡过，却不记得她们的长相，这多少有些让他感到莫名悲哀。以前，他在吃饭时遇到餐厅单纯的服务员，在洗脚时遇到漂亮的洗脚妹，在购物时遇到长相还可以的售货员，在一些聚会的场合遇到使他眼前一亮的女孩，甚至在路上遇到身材不错的女孩子，他就会以做朋友的名义给她们要手机号、QQ 号——想一想不就是想泡人家吗？泡了又能怎么样呢？叶代啊叶代，他在心里嘲笑自己，你累不累啊！

叶代是觉得自己很累了，想休息一下。他不觉得自己困，这或许是与网友见面时喝了咖啡的原因。咖啡让他失眠，他是需要通过失眠来想一想自己，看一看自己。后来他停好车，在宾馆开了房，是十六楼。他进了门，躺在床上，想要想清楚一些事。

叶代抽完一支烟，走到窗口，拉开窗帘，看着外面。城市的夜里灯火辉煌，只是大街上路过的人与车少了，安静了许多。在这个有着一千多万人口的城市，他只是在这座城市的一角，在一栋楼里的一间房子里，一个有家不想回、四十出头的男人，一个空虚、想换个活法的男人——或许也有像他一样的人，也想换个活法，活得简单点、纯粹点——不必再用眼睛盯着那些漂亮的女孩，心中想着与她们睡一下，不必再挖空心思去赚钱，为了赚钱而活着，活得身心很疲惫，缺少追求，没有价值。

人总该活得有些属于自己的意义，为心而活着。心，叶代用手捂住自己的心，感觉它在跳，和着窗外夜色中的灯光，由地面飘至上空，深蓝色的天空中有许多正在闪烁的星星，也有几团洁白的云。然而心只在他的身体中跳动着，跳动着。

夜色真美，叶代突然就有些伤感。四十多岁的人了啊，再过几年很快就五十岁。五十岁时心还会跳得这么有力吗？五十岁后头发也开始白了，皮肤也开始松弛了吧！五十岁后，到了知天命之年，也就该体会到死亡临近了吧，到那时还能做什么事业？那时他也许只能感觉到自己在天天老去——趁现在还算不老的时候，是不是该相信一点永恒，为自己活着这个不虚的身体留下点什么呢？

突然的，叶代感受到一种想飞的冲动，但他也只有伸伸双臂——类似于伸展一下腰身而已。接着他把手臂放下来，放到了凸起的肚皮上。这些年来，他没有少喝酒，也没有少吃好吃的东西啊。他是有些胖的，他把肚皮上的手抚到胳膊上，肩膀上，圆滚滚的，肉啊，这些肉，已经很久没有痛感了。小时候调皮，他身上曾经挨过父母的打，在那样的夜晚，回想起来也并不遥远啊，但是痛感没有了，的确没有了，只有麻木和忧伤！

晚上四点钟，叶代的困意来了，也没有冲凉就躺在床上睡了。

第二天他被我的来电吵醒。

我说，叶总，有个好消息，赵涌说他的大学同学潘刚和他的商场合伙人李江河有意各自出五十万，让我们拍电影……晚上你过来我们聚一下吧。

六

那天聚会后，我请赵涌、潘刚、李江河、胡英山、叶代洗脚——打算洗完脚之后在洗脚城的棋牌室斗地主或打打麻将——我们每个月大约会有一两个晚上那么过时光。主要是为了玩，为了让自己在游戏中专注地忘记时间，忘记自己。

那天去洗脚时，我们，尤其是李江河没想到会遇到自己曾经的情人顾枝娜。

顾枝娜二十五六岁，身高一米六五，人长得白白净净，眉眼好看，嘴唇红润，看上去挺漂亮——大约是一年前，李江河曾带她参加过我们的聚会。当时他笑着说，顾枝娜是他的一个小妹，还没有对象，希望我们帮她找个男朋友。

我也有点傻，当下就想到我的一个单身的、热爱写作的朋友林晓城。

林晓城三十出头，身高一米八，浓眉大眼，五官端正，不论是从长相气质，还是从工作收入上来讲，顾枝娜对他都挺满意——约过几次会之后，林晓城便把她带到自己家里。虽说顾枝娜还有一些顾虑，但在他的进攻下，还是半推半就和林晓城上了床。林晓城和顾枝娜在一起的感觉挺好。没有想到，顾枝娜告诉他，她是有男朋友的——而且她说，她的男朋友人很好，对她也很好，但她的男朋友已经结婚了，无法和妻子离婚。

林晓城感觉自己脸上像是被人扇了一耳光似的，愣了半晌。他觉得，在城市里生存和发展，一个女孩子，没学历，没靠山，如果不靠姿色傍上个有钱的男人资助，本本分分打一份工，每个月赚两三千块钱，城市里消费又那么高，这是相当艰难的——何况顾枝娜的家在农村，父母身体不好，没有什么赚钱的门路，需要她寄钱生活。只是林晓城觉得，顾枝娜太傻太天真了，她为什么要对自己那么说呢？

我没有想到顾枝娜是李江河的情人。后来我还知道，顾枝娜在与林晓城交往时，还会把他们交往的事情告诉李江河——林晓城请她吃了猪肚鸡，两个人牵手了；林晓城带她去公园，两个人接吻了；后来包括林晓城把她带回家，两个人上床，上床后她又向林晓城坦白有男朋友也说了——顾枝娜对李江河那么说，是在表明她爱着他，在意他，当然也在表明，她准备和他分手了，因为他无法给自己未来。

李江河与顾枝娜交往了三年，知道顾枝娜傻，没有想到竟然傻到那种地步。顾枝娜的房子是李江河给她租的，一个月二千五；房子里的洗衣机、空调、电视机、音响都是他为她买的；每个月他除了给顾枝娜买一些衣服、生活用品，还会给她三四千块钱的零用钱。在沙发上抽烟的时候，他看着坐在对面的顾枝娜，有一瞬间觉得自己像顾枝娜一样好笑。

李江河问，你没有告诉他我是谁吧？

顾枝娜说，怎么可能，我再傻，也不会傻到那种地步吧！

你知道，他是我朋友的朋友，你千万别犯傻，将来说漏了嘴！

不会，顾枝娜用一双无辜的眼睛望着李江河说，我对他那么说了，他当时什么都没有说，只是抱了抱我，把我送回去了——我看得出，他心里肯定是在意了，不可能再接受我了，既然他无法接受我，我和他等于就断了。

你当时为什么要对他那么说呢？

我想和你分手，彻底分手。顾枝娜委屈地流下了眼泪，说，我心里在呼你，爱你，可是你无法给我未来！

你真傻，真他妈傻得让我心里难过，你这个傻样子，谁都无法给你未来……李江河用手捂住自己的半边脸，像是牙疼。

我承认，我是傻……我们分开吧！

李江河沉默了，他觉得自己也不想和顾枝娜继续了，她太天真太傻了，早晚会出事——但他又觉得自己是在意，甚至是爱她。他在意顾枝娜的什么呢？她年轻、漂亮、性感，甚至有些傻气——当初他是看上了她的年轻漂亮和性感，不过在接触之后所产生的爱，却正是源于顾枝娜生命里的一些傻气。

李江河虽说平时看上去像个正人君子，但本质上和赵涌、叶代、胡英山没有什么不同。他的爱很多，也想爱得很多——除了妻子和顾枝娜，有机会他还会爱上别的女孩子。如果没有了那种爱，只是赚钱，他也会觉得人生没意思。另外他有花心的资本，可以养顾枝娜。他与赵涌合股开了一家小商场，是大股东，每年分红有几百万。顾枝娜当初在李江河与赵涌开的商场卖化妆品，在许多个卖服装、卖化妆品的女孩子中间，李江河一眼看上了顾枝娜。

顾枝娜知道李江河有家庭，还是忍不住爱上了。对于顾枝娜来说，她对李江河的那种爱也并不见得是因为李江河为她租房子，为她买一些东西，每个月给她一些钱。但那些物质上的东西也不能说不重要，因为李江河每个月给她的钱，再加上她的工资，一个月她就有六七千块钱的收入，可以拿出两三千寄回家里了。

我通过赵涌认识了李江河，知道他资助过一些失学儿童，在汶川震灾、玉树震灾发生后还慷慨地捐过款之后对他也很敬重，觉得他是个挺不错的男人——我们在一起聊天的时候，讨论一个男人该不该有情人，他的结论是当然不应该有；在讨论人在真实的欲望与情感的多样化需求面前，是否应该保持自己的道德观念，约束自己的行为，他的结论是人应该有所为有所不为。李江河脸上总是挂着笑容，待人接物也特别有礼有节，我没想到他也有情人。

我们在一起时，虽说我和一些朋友也会怀疑李江河与顾枝娜的关系，但李江河装得太像了，以至于我真的相信了。赵涌是清楚的，但赵涌并没有跟我说。

我认识林晓城，比李江河还要早许多。林晓城不太喜欢热闹，很少参加朋友的聚会。我们是因为写作成了朋友。林晓城以前发表过许多小说，在文坛已经小有名气，但是后来他不写了。曾经他有十多年的时间把写作当成工作，因为没有稳定的收入，一直过着比较穷困的生活。几年前他父亲生病去世，母亲又得了偏瘫，需要一笔钱看病，而他那时候连工作也没有，自然拿不出钱来。正是那件事让他决定不写了。后来我介绍他做了一家大型企业的内刊主编，每个月有八九千块的收入，而且还有年终分红。不到四年时间，他还清所有的账务之后，工资卡上还存了一笔数目不小的钱，够他首付一套小房子了。

不过林晓城本质上仍然是一个理想主义者，尽管向现实妥协了，暂时放下了写作，但写作的理想还没有彻底放弃。过了一段时间之后，让他痛苦和纠结的是，他不能再像以前那样去写作了。尽管他的工作也并不是太忙，忙得使他没有时间和精力去写东西。关键是他的心态变了，安静不下来，想写也写不出来了。林晓城在放弃写作的那几年时间里，虽说每个月差不多都会有一万块钱的收入，但他

167

并不觉得所过的生活是有意义的。

有一次林晓城在网上说起自己的困惑，我建议让他再继续写些东西，他说，自从他不写了以后，感到现实生活渐渐掏空了他心中的爱，使他变得没有想象力了，也写不出来了。不过在放下写作后他却获得了轻松。除了每天上班，他有了大把的时间去上网、玩游戏、炒股票。他有时甚至觉得凡是有意义的都是沉重的，具有一种奉献意味的。写作也是一种奉献，他不想再去奉献了。在他的感受中，人们都在忙着赚钱，忙着发展自己的事业，为自己谋取利益，过好生活，如果他再坚持写下去，那就是在犯傻。

我说，写下去至少会让你感到是在为自己而活，有奋斗目标。现在不写了，你觉得自己活得与别人有什么区别吗？我当初劝你放下写作，是因为对写作太痴迷，并不是说让你彻底放弃，你现有了稳定的工作，不错的收入，有时间还是得继续写下去！

林晓城说，在我放下写作选择了现实生活之后，觉得好像不是在为自己而活。我变了，变得随波逐流了。我关注的不再是文学，而是这个月工资发了多少，股票是涨了还是跌了。有时候我会觉得一切都没有意义，写作也变得没有意义了。我所以有继续写的念头，那是因为我还是想活得有意义些。我试过，强迫自己坐到电脑前，但写不下去。

我鼓励林晓城去谈恋爱，希望恋爱能带给他写作的感觉。林晓城说自己喜欢上了一个洗脚妹，他说不清为什么会喜欢她——大概是想得到她，因为他觉得自己不太可能和一个洗脚妹有结果。我也认为他和洗脚妹不现实，也不过是想得到人家，最终没有什么结果。他年龄也不小了，应该考虑一下正式谈个女朋友了。就在那次聊天时，我把顾枝娜介绍给了他。

林晓城和顾枝娜相互喜欢，但我没有想到还不到一个周他们就结束了恋爱关系。

在林晓城把顾枝娜送走的当天晚上，他心情郁闷，把我约出来喝酒，对我说起他与顾枝娜的事。

我问林晓城，如果顾枝娜不对你那么说，你会娶她吗？

会吧……我对她真的是动心了！

现在的女孩子谁没有过男朋友，你觉得她有过男朋友就那么重要吗？

问题是她对我说了她有男朋友，对方是已婚，这不是明摆着说她给人家当了情人吗？

电影《非诚勿扰》里面的舒淇不是爱着方中信，葛优还不是爱着她吗？这是一个多元化的时代，男女关系也一样——我们在这座城市里，不要管别人怎么样，我们要问自己需要什么！你都三十多岁了，人家比你小十来岁，说起来你的经历也不见得会比别人少吧？

我在想，她的脑子可能有问题，要是她有点脑子，就不会把这种事告诉我吧！

聪明的不告诉你，就会比傻的经历少吗？

在城市里不可能有什么纯粹的爱情了，现在我想清楚了，我打算一个人过，不结婚了……

你不能换一个角度想吗？顾枝娜在和你约过几次会上过床之后，可能真喜欢上了你，爱上了你，想要认真和你相处，所以才那么坦白——如果你接受了她，说不定她以后真的能死心塌地爱你。你们结婚之后，说不定婚姻生活也一样幸福美满……

别扯了，我和她不可能。不过我还是要谢谢你，不管怎么说，她还是让我动心了，这多少年了，有七八年了吧，除了那个让我有些动心的洗脚妹，我还没有真正为哪个女孩子动过心！

不过，林晓城后来还是与顾枝娜见面了。

顾枝娜见到林晓城的时候，是笑着的，她的笑带着一种无知的、让人无法拒绝的意味。后来林晓城对我说——她是一个有些奇怪的女孩，她真的让我有些爱上了她——那天我们在上岛咖啡馆见面，坐下来后她笑着，看着我，过了一会才开口说话。顾枝娜对我说，你没有想到我还会约见你吧？你觉得我心里还爱着一个男人真的对我们之间的关系就那么重要吗？我得承认，是爱过他，但是在我们交往之后，我觉得我也可以爱上你。你和他不同的是，他已经结婚了，但你没有。所以我想了很久，还是决定再给我们一次机会——即使你不愿意再和我继续，我也决定不再和他来往了……

那天，林晓城对顾枝娜讲了他喜欢一个洗脚妹的事，可能多少有点报复她太傻太天真的意思。

在洗脚的时候，林晓城遇到一个漂亮的女孩。那个女孩皮肤白白的，大眼睛，樱桃小嘴，牙不太整齐，但是很爱笑，笑的时候给人很纯粹的感觉。女孩叫张娜，十九岁。张娜十六岁初中毕业，到深圳后最初一年在工厂里当普工，一个月只有一千多块钱。她在家里是老大，下面还有四个妹妹。因为超生，家里被罚得一无所有不说，还欠了许多账。在工厂里打了一年工后，她了解到洗脚的收入比在工厂打工多，就进了洗脚城。

林晓城每一次去洗脚，总是点张娜的钟，因为他想看着她，听她说话，看她笑。与她在一起，他的心情舒畅。他从心里喜欢她，但是当他想到她家里的那种困难情况时，又觉得不能选择她做女朋友。因为选择了她就意味着选择了沉重的包袱。不过张娜倒是挺乐观向上，她什么事都会跟林晓城说，就像说别人家里的事一样……

我问林晓城，顾枝娜听了你和那个洗脚妹的事之后，是什么反应呢？

林晓城说，她说没有想到我会喜欢上洗脚妹——她觉得见到我很亲切，我使她有一种亲近感——她平时也是爱看书，书让人变得真诚，真诚或许就是一种傻——总之，即使我们没有将来，她说在心里也把我当成好朋友，因为她喜欢能写书的人。

我问，后来呢？那天晚上，你们是不是又在一起了？

林晓城说，问题就出在这儿！我们在一起了，现在我还在犹豫，和她究竟该怎么办！

顾枝娜会不会又跟他男朋友说起你们的事？

说不准。现在你能了解我的心态吗，我现在特别想和那个洗脚妹发生点什么。我找她洗脚有半年时间了，一直没有约她出去。我特别想约她出去。我觉得她就好像是属于我的。她很爱笑，她的笑能感染我。有一次我问她，你为什么那么爱笑呢？她的声音也挺好听，有一种泉水叮咚般的嗓音。她说，我天生爱笑。我和她在一起是非常放松也挺随意的，我问她，你有笑的秘诀吗？她说，哪有什么秘诀啊，如果有的话我不早发达了，还用在这里洗脚？我说，你下班的时候，一个人的时候也会笑吗？她说，会的啊，我也不知道自己为什么总是笑……

我对林晓城说，本来每个人都挺纯粹，但渐渐地人都会变得不那么纯粹了，你知道这是为什么吗？

为什么？

因为人心里的爱与生命中的欲望是分不清的。

林晓城说，我想对你说说张娜，我还没有说完——我问她，你哭过吗？在什么时候会哭呢？她说，哭过啊，爱笑的人也都爱哭！想家的时候啊，受委屈的时候啊，都会哭。我问，谁会给你受屈？她说，客人啊，有些客人会对你动手动脚的啊！我笑着，有点开玩笑的意味，我说，那你哭给我看吧，每次看到你笑，我心里都嫉妒，如果你不哭，我就对你动手动脚！她说，大哥，我觉得你和别的客人不一样！她叫我大哥，一直这么叫的，叫得我心里痒痒的——我现在，不，应该是我早就知道自己和别的人也没有什么不一样，那时候我对她真有一种冲动。我对她说，其实我和别的客人也没有什么不一样，我也想对你动手动脚。那么说的时候，我还笑了笑，像是在掩饰着什么，又像是开玩笑一样地说，只是我从心里喜欢你，所以才不动手动脚的，要是换成别的女孩子，如果她不在乎我动手动脚，我说不定就会对她动手动脚。她说，大哥，你是个好人。我问她，你怎么知道我是好人？她说，看得出啊，眼神里写着呢——尽管，你有一些忧郁！

我说，这她都看得出来？了不起！

是啊，她每天给人洗脚聊天，不那么简单的。我问她，你交过男朋友吗？她说，交过，还是在工厂里的时候，不过现在早分手了。我问她为什么分手，她说，花心呗，男人都花心！我说，你将来想找一个什么样的男朋友？如果他花心怎么办？她说，找一个爱我的呗！如果他花心，那他得有钱，有很多很多钱。男人都花心嘛，有钱了，他花心，我花钱！

我说，呵呵，还挺会总结的！

林晓城接着说，是啊，我问她，有没有男人给你买钟，给你钱让你出去陪着玩的？她说，有啊，差不多每天都有客人这么对我说吧！我问，你呢？她说，不去！我问，为什么不去？她说，钱是赚不完的，跟人家出去肯定要"那个"啊，不然人家凭什么给你出钱？我觉得吧，人活着总得有点尊严！我是靠我的双手赚钱，我不想靠身体！我说，你有没有遇到你喜欢的客人？她说，有啊——你就是！

我说，如果我给你买钟，想让你休息一天，陪我去逛逛公园你去不去？只是逛逛公园，没有别的意思，你可以好好想想再回答我！

她答应了吗？我问。

她微笑着，半天没有回答。我说，我是认真的！她说，我想会有很多女孩子喜欢你的吧！我说，假如我真的想让你当我的女朋友，你会怎么想？她说，我想我会认真考虑三秒钟，然后说，可以！我当时就笑了，我知道她不一定是认真的，但是我的心里还是一种酸涩的、难过的感觉，因为我的心空落落地已经很久了，我真的很想好好去爱一个人。

我说，你就把她娶了算了，虽说她的家庭负担重了一点，但你毕竟收入也不错。

林晓城说，我想对你说的是，我们男人的欲望与心中对爱情的渴望会使我们感到纠结。你知道，我以前也是一个挺爱笑的人，自从放弃写作，选择了现实生活，我就笑得少了。前几天照镜子我才发现这一点。是张娜的笑感染了我，让我喜欢她，想得到她。我想自己要得到她的想法，可能不仅仅是出于男人的欲望，还包含着我想要爱上她的潜在渴望。但在我与顾枝娜上过床后，我觉得顾枝娜其实也是挺不错的……

我说，你这段时间算是交桃花运了。

七

林晓城给我讲过他和顾枝娜的事之后，我闭上眼睛，想象着顾枝娜——顾枝娜的形象在我的脑海中浮现出来。我在想，女人，她一定要属于哪一个男人吗？其实她也是可以属于自己的。只要她愿意，她可以选择喜欢的男人，也可以说想要说的任何话。只是我们不一定能够理解和包容而已。

我抱着一种说不太清楚的目的给顾枝娜打了一个电话，借口问她与林晓城发展得怎么样了。在接通电话的时候，我甚至在屏息倾听，想听到李江河的一些声息。

顾枝娜说，我和林晓城现在已经成为朋友了。

听说，你在和他交往的时候，还有男朋友？

是啊，是林晓城对你说的吧？

本来你们郎才女貌，挺有戏的，但你们又不再像以前那样交往了，肯定是有原因的啊。他说的也是一个事实，听说还是你主动对他说起你有男朋友的事的，是吗？

是啊，我傻，我不会骗人，却把你给骗了。有时候想一想心里觉得挺不好意思，挺对不起你的！

没有，没有，你别多想！

其实我男朋友也是你的朋友——李江河，我想你也猜到了吧？怎么说呢，他是挺不错的男人，只是他结婚了——唉，不说这些了，以后我可能会从你们的圈子里消失了。

我装着惊讶的样子说，你和他，我真没想到——他是不错，你也不错，是啊，问题是他结婚了。

顾枝娜说，我能叫你一声大哥吗？

我说，可以啊，你以前不是这么叫的吗？

顾枝娜说，以前是以前，现在我觉得自己特别孤单，有一种无依无靠的感觉。我从李江河为我租的房子里搬出来了，我不再想接受他对我的好——你能出来陪我说说话吗，我真的需要一个人陪一下，我的心里好烦！

我想了想说，好！

在上岛咖啡，我与顾枝娜见面了。

一见面，顾枝娜就说，就是在这张台，前两天我刚和林晓城一起坐过。

我心想，她真是一个胸无城府的女孩。我看着顾枝娜，她坐在我对面，脸上还挂着淡淡的、无所适从的笑容。

我问，现在你打算怎么处理你和他们之间的关系？

顾枝娜想了想说，这么说吧李大哥，我觉得我们都活得挺虚伪的，要是你真诚坦白一点呢，别人就理解不了，也接受不了——你说我们该怎么活才好呢？

有时候人要虚伪些，有所保留一些也是有必要的吧！

我也知道是有必要，但是我就是管不了自己的嘴、自己的心。

这个世界上人太多了，人与人之间的关系错综复杂，我们一不留神就会让人产生误会，一不小心就得罪人。所以我们要活得小心翼翼，说话前要想一想该不该说，做一件事之前要想一想该不该做！

你说男人与女人之间，有没有真正的爱情？

有的吧！

你说真正的爱情是不是绝对的，一对一的？

是的吧！

顾枝娜盯着我说，我觉得不是，我觉得一个人爱着一个人的时候，也是可以爱着另一个的——就像李江河吧，他爱着他妻子，也在爱着我。我在爱着他的时候，对林晓城也产生了感情。林晓城呢，他在与我谈的时候，还喜欢一个洗脚妹——就是在这儿，他对我亲口说的，我觉得特别能理解他，但是他现在不接受我了。

我笑着，多少有点不怀好意地说，假如他能接受你，你还会与李江河继续好吗？毕竟，他对你不错……

顾枝娜说，不管他接不接受我，我都不想再和他好了，不是不想好，而是我觉得自己和他那样好，不道德。

那天晚上，我和顾枝娜说了很多话，我觉得顾枝娜是一个挺特别的女孩子。说她傻，其实她懂得挺多，也能理解和包容许多别人不能理解和包容的事。她单纯、自我、渴望爱与被爱，但是我对她的建议却是——暂时不要去爱谁谁了，还是想一想自己将来在城市里的发展，多充实自己，想办法多赚一些钱，等过两年再去交男朋友。

看着顾枝娜漂亮的脸蛋，高高的乳房，微微露出的乳沟，我对她也有着一种不纯洁的欲念——并且通过交流，甚至也多多少少还会有一些情感在里面，但我想到李江河和林晓城，还是忍住了。

后来我知道，林晓城还是决定与那个洗脚妹张娜相处了。

林晓城说他有一天为张娜买了钟，买了钟之后才告诉她，说让她换衣服，跟他出去走一走。当时他的心里还想，如果张娜实在不愿意跟他走，他以后就不来找她了，也算是一个了结。因为心里老是惦念着她也不是个事儿。张娜虽说有些意外，有些犹豫，但还是跟着他出去了。出去的时候是周末的下午四点钟。

张娜换掉了粉红色的工作服，穿上了一件黑色镶花的吊带裙，看上去亭亭玉立，挺有气质，根本让人想不到她只是个有初中学历的洗脚妹。

在过马路等绿灯的时候，林晓城在阳光下呆呆地打量张娜。张娜看到他看自己，冲着他甜甜地一笑，笑得林晓城心里又动了一下。

在林晓城的心里、他的生命欲望中，他是想得到她，但又觉得那样有些过分——为了阻止那种想法，他故意与她拉开了距离，一前一后走。但走进公园时，没想到张娜向前走了一步，用自己的手臂挽住了他的胳膊，然后歪着头看着林晓城的表情，坏坏地笑着。走了一段路，林晓城最终还是不习惯张娜的手臂挽着自己的手臂，微微挣开了。

林晓城没话找话，问张娜，你觉得自己将来会不会有钱？

张娜笑着说，会的啊，我将来会有很多很多钱，花都花不完。

林晓城说，有没有想过换个工作？

张娜皱着眉头说，我们的工作挺累的，每天上十几个小时的班，除去睡觉和吃饭就没有什么自己的时间了，一个月只有一天休息时间，我想换工作，但是我除了进工厂，别的也干不了啊！

林晓城说，你喜欢城市吗？

张娜说，喜欢！

林晓城说，你喜欢城市的什么呢？你看，我们这座城市有一千多万人口，到处都是人，每个人都有一个心思，每个人都需要在城市里生存和发展，人与人之间总是难免钩心斗角，相互竞争……我有不少朋友有车子有房子，有钱有地位，但是他们的脸上很少有笑容。我们在一起笑的时候多数是虚假的，生硬的，不是发自内心的笑……以前我是经常会微笑着的，看到花儿开了会微笑，看到孩子可爱的样子会微笑，看到善良的人帮助别人也会微笑，但近几年我变了，我脸上的笑容没有了。我在镜子里看自己时，觉得那不再是自己了。看到你笑的时候我就觉得轻松快乐，我喜欢和你在一起……

嗨，说不清楚啦，反正就是喜欢吧！张娜伸展着双臂，感叹地说，啊，很久、很久没有人陪着我这样散步了，真舒服啊……

林晓城与张娜在公园的路上走着，有挺长一段，看着公园里的风景没有说话。在那段时间里，林晓城不想说话，也不想听张娜说什么，只想默默地走路，享受着两个人的世界。在他心里，他甚至有种恋爱的感觉，当那种感觉稍稍强烈一些时，他便忍不住暗暗否认那种感觉，控制着自己的想法。后来他怕在路上遇到熟悉的人，于是就找了一个偏僻些的地方，在草地上坐了下来。坐下来想说些什么，但心里仍然找不到要说的话。张娜坐在林晓城的对面，一个劲儿地微笑着，看着他，看得他都有些不好意思了。

　　林晓城说，你现在，想什么呢？

　　我刚想问你这句话呢！

　　我什么也没有想。

　　不对，你肯定想了。

　　我在想着我可不可以爱你！

　　呵呵，这也是我想过的——不过，我们不合适。

　　为什么？

　　我感觉有一天我会变坏的！因为，我可能会爱上很多像你一样的男人，所以，我们不合适，我和所有的男人都不合适。

　　林晓城沉默了半天，说，我们去登山吧。

　　林晓城和张娜登到山顶时，正是黄昏时分，太阳滚向天际，晚霞映红了半边天，映得城市也有些粉红了。林晓城看着夕阳照见的城市，城市中密密麻麻的楼群，想着自己就在这城市中，在许许多多人中间生活——或许是夕阳碰触到那十多年来几千个寂寞的、空空荡荡的夜晚里的孤单，他感觉到自己的心从低处升腾起来，温热起来，使他的生命里重新又注入了爱，注入了美好。那种爱和美好的感觉流动起来，越流越快，最终使他把张娜拉到面前，用双手拥着她，低下头开始吻她。张娜一开始有些挣扎，但还是有些紧张地接受了林晓城的亲吻。

　　大约一个月后，林晓城与一个他从未说起过的女人结婚了，对方是位教师。

　　我问他，你不是决定和张娜好，怎么找了个老师闪婚？

　　林晓城摇摇头说，我也不知道为什么——也许我真的没有勇气和一个洗脚妹结婚！

你还会找张娜洗脚吗？

林晓城说，上次把她约出来后就没有去了——她说得对，我们不合适，我也没有办法接受她，但是她让我有了去恋爱的冲动，她真是位不错的女孩，她是六十一号，有时间你去见见她吧。

我出于好奇，真的就去见了张娜。张娜穿着一身粉红色的工作服，白白净净的小脸，眼神明亮，闪烁着微笑乐观的光。

她问我，先生，您是第一次来吗？

我说，是的——请不要叫我先生，叫我大哥吧！

哈哈，大哥，您怎么知道我的号？

我想了想说，随便猜的！

哈哈，您骗我！

你怎么知道我骗你？

您肯定是朋友介绍过来的啦，我猜您的朋友是位作家吧？

你怎么知道的？

我猜的，哈哈，因为你们气质很相似，都是文化人，和那些老板不一样。我还知道，你们打算拍电影，请问有什么丫鬟或者保姆之类的小角色吗，到时能不能考虑考虑我？

你真聪明，是的，是他介绍我来找你的，他说你笑的时候很迷人——我们的确是打算拍电影，是谁告诉你我们要拍电影的，林晓城？

哈哈，谢谢——除了他，还有个戴眼镜的，个头不高，白白的——他有一次和一位老板过来洗脚时说起的，他包养了我在这儿的一个姐姐，和我一个名字的，只是姓不同，她叫李娜。

我心想，一定是胡英山了。胡英山后来跟我们说起过他的儿子，他在乡下的老婆的事情，也说过他喜欢上了一个洗脚妹，打算让她在李江河和赵涌开的商场里开个服装店。

我说，这个世界真小——你知道林晓城他结婚了吗？

哈哈，是吗？

我听说他挺喜欢你，难道你对他没有意思吗？

哈哈，我们不合适，我将来是会变坏的——你们男人坏，所以我将来也会变坏的！

你坏过吗？为什么男人坏，你也要变坏？

哈哈，不告诉你！

我可以约你出去吗？

哈哈，不可以！

你为什么跟着他出去了？

哈哈，也许是熟悉了吧！

你们有没有发生点故事？

哈哈，不告诉你！

你肯定和他上床了！

哈哈……

你会和别的男人上床吗，假如那个男人你不讨厌，又可以给你钱？

哈哈……你应该认识一个叫顾枝娜的吧？

我说，是啊，你怎么知道？

哈哈，你不是给林晓城介绍了她吗？她现在是我的同事！

不会吧？我吃了一惊，她怎么到这儿来了？

哈哈，你朋友和她说过我，她又没有了工作，从原来情人给她租的房子里搬了出来，所以，她来了。她点我洗脚，然后我们成了好姐妹，再然后她就来这儿上班了，现在我们租住在一起，哈哈哈！

我"噢"了一声，脑海中浮现出顾枝娜天真傻气的样子。奇怪的是，我仍然有一种要见顾枝娜的冲动，甚至想与她发生点故事。我为自己的想法感到悲哀，我为什么会那么想呢？

八

我召集老邹、叶代、胡英山、赵涌。赵涌又约来潘刚、李江河。我们七个男人在一家饭店的包间聚会。那时我们和老邹聚过几次，聊过我们想要拍摄的电影。

老邹把自己最后修订好的剧本分发给大家，让大家提建议。大家也都觉得剧本不错，拍出来有可能会产生一些影响。赵涌把拍电影的事也给潘刚和李江河讲过——他们起初并不太感兴趣，只是于出对赵涌的支持，表示如果需要钱的话，他们也可以赞助！

赵涌在自己不太想投资的情况下，拉上了比他更有钱的潘刚和李江河——想着既然拍电影的这件事已经有了计划，希望这个计划还是能够完成——电影剧本中有关于弃婴的内容触动了他——洗脚妹被一个纸箱厂的厂长包养，生了一个孩子，但那位厂长因为一场大火死去了，洗脚妹无力抚养孩子，思前想后还是在深夜把孩子丢到了路边……他想到要通过拍出这部电影，让自己的老婆接受那个弃婴——他现实版的构思是，他和朋友李江河夜晚经过一个地方，因为喝多了酒，他下车在路边呕吐的时候突然听到孩子的哭声，于是捡到了那个弃婴……

我说，如果将来马桂芳再来认孩子怎么办？

潘刚说，不会，她拿钱离开了，世界那么大，那么多机会，回来的可能性不是太大。

李江河和胡英山也觉得潘刚说得有道理。

我却觉得马桂芳在将来很有可能还会回来。

赵涌也担心，一脸愁容。

叶代说，不要说是你和李江河捡到的，这样还是容易被怀疑——应该让人把孩子送到孤儿院，然后你装作去孤儿院献爱心，你想认领一个孩子——然后再把你老婆拉过来，办理正常的领养手续……

大家都觉得叶代的提议好。

老邹通过与我、与我们的聊天大概也都知道了我们的过去和现在，他对于我们的行为理解但却又特别不屑——尤其是在他喝过酒稍稍喝得有点多的时候，说话很容易不动脑子。

我们说了半天，还是没有谈到投资的事。

果然，老邹说，我恳请大家静一静，让我说几句话。我可能说话不太会客气，请大家多担待啊。我想请你们想一想，虽然你们都有钱、有事业，你们对人类有什么贡献吗？你们懂得什么叫艺术吗？今天我是喝高了，但有些话我不说不痛快

——我来深圳都快一年了，剧本早就写好了，演员也联系好了，可你们呢——你们就好像是为了赚钱和享乐，为了天天去洗脚城，去赌去嫖而活着，我真瞧不上你们——说真的，我也瞧不上我自己，我凭什么和你们混在一起了？你们把我叫过来说谈投资的事情，却又谈起了自己的私事……不好意思，我就是这么个没有出息的人，我向大家道歉，我说了不该说的……

我们把老邹当成一个艺术家，对他都还算是挺敬重的，没有想到他突然说出那样的话。我知道投资的事可能黄了——和老邹相处了将近一年时间，以往聚会的时候，与人谈起电影，他也有语出不当的时候，但那还是小众的聚会，还算是吹风会。没有想到我把大家聚集到一起真正要谈投资，而且有了很大可能的时候，他竟然说了那些话。

我大约也喝多了一些，于是说，老邹，你说的这些话没有道理——其实你完全可以不在意我们，你可以与别人、别的公司合作，但你没有必要这么抬高自己、贬低大家——你真正了解我们每个人吗？你自己在与爱人离婚后不是也堕落过一段时间，有过一段荒唐的日子吗？我们男人喜欢女人有什么错吗？我们是谈不上对人类有什么贡献，但我们也没有打算让你来深圳拯救我们——人人都是有心有眼睛的，会看到感受到——你看着我们的那种骄傲的眼神好像只有你才是能干事情的人，才是有才华的，才是应该受到敬仰的——你真了解自己吗？你不相信任何人，只相信你自己，你认为别人都是傻子，只有自己是聪明的。你觉得别人都虚伪，只有你是真诚的。作为一个要多方面协调关系的导演，这让我们怎么对你有信心能够做好导演？

老邹点燃一支烟，抽了一口，低下了头。

我继续说，做人不可以太真诚，什么话都说，不给人留一点虚伪的空间。尽管真诚是对的，但是人活着，每个人都有虚伪的一面——并不是每个人都那么喜欢虚伪，大家是为了生存和发展，不得不这样！谁让我们生活在这个让人变得多欲的时代……

老邹打断我说，我坚定地认为，虚伪会让一个男人没有真正的追求，会把一个艺术家的前途给毁掉！我坚定地认为，中国走向世界需要一大批思想家、艺术家、经济学家、政治家为之前赴后继地献身，我们不该一味强调金钱与物质的重要，那些会腐蚀人的灵魂，让人最终不知究竟为何而活——在你们这些人面前，我真是不配活着！

我说，老邹，我和我的朋友们虽说都喜欢电影，但是从来没有想着自己要去拍电影，我们没有这方面的技术与经验。你来了，有电影梦、艺术梦，我才把大家召集在一起，我打心里想支持你完成这个梦想，但是你也太情绪化了——你说自己不配活着，各人有各人的活法，人也都在变化之中，时代也一样，到时一切都会沉淀下来，你是不是该多一些耐心？

老邹抬起头，失望地望着我们说，抱歉，各位，我非常抱歉，我没这个耐心了，真的，我先走一步，你们继续聊！

聚会不欢而散，我买了单，提出请大家去洗脚城洗一洗脚，再坐上一会儿，聊一聊。大家也觉得那样不欢而散不太好，便都同意了。我们开车来到洗脚城，六个人在一个大房间里坐了下来。过了一会儿，走进来六位洗脚妹——碰巧的是，有总是喜欢笑的李娜，还有刚来洗脚城不久的顾枝娜——那时胡英山已经把李娜从洗脚城挖出去，在李江河和赵涌的商场租了个店面，而且还怀上了他的孩子，准备嫁给已经离了婚的胡英山了。

我也是因为喝多了酒，忘记了李娜说过顾枝娜也来洗脚城上班的事了，李江河看到顾枝娜，借口有事，很快就离开了。

张娜给我洗脚，顾枝娜轮到给赵涌洗，赵涌认识顾枝娜，还挺熟，不好意思让她洗，便与叶代换了一下。叶代不了解内情，对顾枝娜挺满意——在洗脚的时候不断拿话挑逗她，最后问她愿不愿意和自己出去，他可以出两千块，没想到顾枝娜一下就答应了。

我知道，顾枝娜可能是想报复李江河——甚至，她也想要通过我和赵涌让林晓城和李江河知道，她变了一个人——这都是他们给逼的。

我想制止，但又觉得不是太有必要。这个世界上难免会有些乱七八糟让人纠结的东西。

我们在洗脚的时候，各自和洗脚妹有一搭没一搭地聊天，彼此间突然没有什么话可以说了。后来洗完脚，叶代带着顾枝娜开车走了。

张涌、潘刚、胡英山和我四个人在洗脚房里抽烟，想聊点什么，但一时又不知说什么。

后来张涌说，我靠，别想什么事儿了，我们打场麻将吧，来吧！

晚上两点多钟的时候，老邹突然打来电话，说自己被一群人给打了。我说了情况，张涌他们都觉得老邹那样的人就该被人打，他们对老邹谈不上有太深的感情，不想管事，于是继续打麻将。我却坐不住了，我说，你们先玩着，我去看看就来。

我在十字路口的一角看到了老邹。老邹正坐在台阶上，低着头。他的眼镜掉了，眼角大概是被眼镜剐破了，还在流血，皮鞋也掉了一只。

我问是什么人打了他，他说是出租车司机。

老邹离开我们之后自己又一个人去喝酒，喝得大了，找不着回家的路。街边停着的士，他走过去问司机把他拉到家多少钱。那个地方离他住的地方只是一个起步价，老邹虽然喝多了，但仍然是清楚的。司机说要二十块，他不同意，说人家宰他，跟人家理论。司机觉得他很烦，不想理会他，但他又敲着车窗，让人家下来理论。没想到的士司机下车后有几个人同时围上来，对他一顿拳打脚踢。老邹招架不了，被人打倒在地上。

一些出租车仍然停在路边，只是我不知道哪些人打了老邹。我找到老邹的皮鞋和已经破碎了的眼镜，来到老邹身边，把皮鞋和眼镜给他。老邹穿上鞋子，戴上眼镜。眼镜掉了一只镜片，但总算能看清楚东西了。

这事不能算完，老邹说，你得帮我！

你说怎么办，你认得打你的人吗？

我不能被人这么欺负了，你得帮我！

老邹啊，你让我怎么办？难道你想让我跟他们拼命吗？

这事不能算完，你不帮我我也得找到他们，我要让他们知道，我不是好欺负的，欺负人是不对的——在这个世界上我们必须让坏人、做错事的人付出代价！

我抬头看了一眼星空，叹了一口气，对老邹说，在我们这个时代，不管你多有才华，你首先要试着去理解这个世界上所有的人，并且学会包容一些人与事，试着与一些人打交道。就像那些打你的出租车司机，难道他们一定是坏人吗？在别处他们或许就是你的一个亲戚，一个朋友。只是在今天晚上你们发生了矛盾，吵了几句，打了起来。我都可以想象你是怎么对别人说话的——你喝多了，对人家纠缠不休，你没有打人家的意思，但你为什么要让人家下车，你不就是挑衅吗？

老邹说，为什么不是一对一的？我相信一对一的他们都不会是我的对手。他们是一群人上来，把我打蒙了——我没有受过这个气！我不相信世界上会有这么一些人，我要纠正他们！

老邹，我有些生气了，大声说，听我的，回家！

老邹还是不听。我拉着他，走到我的车前，打开车门，硬把他塞了进去。

我把老邹拉到他的住处，扶着他上楼。打开房门，把他摁在床上。老邹又弹起来，抱住了我，像个孩子一样又呜呜地哭了起来，哭得我心里也难过，我觉得像老邹这样有理想有追求想为艺术献身的人，怎么在这个世界上就那么不让人待见啊！

大约过了一周，老邹找到我说他要离开深圳了，北京有一个大导演请他写电视剧。我想，也许北京更加适合他，因此也没有劝他继续留在深圳。老邹走的时候，我开车去送他。分别的时候他拥抱了我。感受到他温热有力的身体，想象着将近一年来发生的点点滴滴，我心里有一些难过。虽说老邹有一些缺点，但比起我和我的那些朋友们，他的确算得上是个纯粹的、有追求的人。

几个月后，胡英山的儿子出生了，我们几个朋友一起去喝了满月酒。

我和赵涌看到了胡英山的妻子李娜，怀疑李娜也给我们洗过脚，不过我们都不确定了。胡英山一直犹豫要不要告诉家里的人，告诉他的前妻赵素青，他又有了一个儿子。我看着他红光满面、满脸是笑的样子，感觉到他终有一天，会在深圳这个大都市中成为一个城市人，离过去，离前妻，离老家越来越远。

赵涌照着叶代的说法，和妻子孙慧去孤儿院收养了自己和马桂芳生的女儿。对于赵涌来说，他既怕马桂芳联系他，有时候又想她，觉得她好像是自己的一个亲人似的。在将来他与妻子、与孩子的生母马桂芳会怎么样，我们谁也猜不到那样的将来。

胡英山与赵涌都有了孩子，后来我们很少见面了。李江河和潘刚本来就是赵涌的朋友，赵涌不出来，我们也不会联系了——但后来我听说，潘刚包养了那个总是在笑的张娜。

我和叶代、林晓城有时还会聚一聚。叶代后来知道了顾枝娜曾经是李江河的情人、林晓城的女朋友——他说，我靠，你怎么不早说？不过，我真的和她什么事儿没有发生，你们一定要相信我！

　　大家有了一个小小的变化——我们都不怎么再想去洗脚了，觉得没有什么意思——尽管有时我偶尔会想起仍然在洗脚城上班的顾枝娜，甚至想要和她发生点儿什么，但我知道，她每天都要在洗脚城遇到形形色色的男人，也许在将来会遇到一个能带走她的男人。

　　老邹在北京写剧本，有时我们还会在 QQ 上聊聊天，他会说，我挺想念大家的。我也说，其实大家也挺想他的，因为他让我们记忆犹新，让我们觉着特别，甚至让我们觉得该努力去追求一些什么，以对抗那正在流逝的时间。

愤 怒 大 师

不要温和地走进那个良夜，老年应当在日暮时燃烧咆哮。

——狄兰·托马斯

一

在我五十岁生日那天，我想要变一种活法，从此充满激情地去活，活成一道愤怒的闪电，一声声雷鸣！

那时的我越来越感到在苍茫世界上、喧闹城市中，自己那颗赤子之心盛在了即将走向苍老的躯壳里，渐渐没有了不可遏止的对真理的探求，对人类苦难的同情，对爱情和事业的追求。

我活在现实的庸常与沉郁里，精神的枯萎与苦闷中，活得死气沉沉，了无生气。我为此而感到愤怒。

当我把自己的想法说给我的一些诗人朋友时，六十年代末出生的朱月印圆睁着小眼睛看着我说："你可以去变，去成为我们这个时代里的大师，不过我却准备变化了。我要变成一个通晓人情世故也得适当会投机取巧的人。因为我总不能让你像仙子一样的星姐跟着我一辈子住出租房！我一个大男人可以过简单的生活，总不能让她跟着我受苦！诗人是有智慧的，只要想赚钱，我将来可以把月球买下来。"

在一旁的郑星是个七零后，她不屑地哼了一声，用手拧一下朱月印的胳膊说：

185

"你就吹，你就会吹牛。你现在就去买一套房子啊，净说那些空话大话假话，买下月亮能住吗？"

我们都笑了，朱月印也笑了，他揣着酒说："悲愤出诗人，看来你就要有好诗出现了。在夜深人静时分，我有时也会揣着一杯高档的、从国外原装进口的红酒，望着月亮里我的老情人想事儿。我会想，人类共存的自由世界，为什么有那么多血迹斑斑的绳索？那么多卑微善良却又贫苦无望的人，为什么会被有形无形的鞭子抽打着挣扎呻吟？在充满爱与文明的人间，为什么有那么多为富不仁冠冕堂皇的骗子？我写出的诗坛评价颇高的"悲歌"系列，不是我吹牛，这组诗的价值在将来会相当于屈原的《离骚》。悲歌啊，悲歌一直在我的心胸中唱响。你们说说这是不是一种愤怒的表达呢？"

郑星用手重重地拍了他的背，撇着嘴说："我看还是假、大、空，你还好意思跟人家屈原相比，你早被现实给改变了。我看你只不过是在为没有成为美国总统，没有成为大富翁李嘉诚，不能够像古代的皇帝那样有三宫六院而感叹罢了。我们现在既不能像杜甫那样写出'朱门肉酒臭，路有冻死骨'的诗，也不能像李白那样写出'安能摧眉折腰事权贵，使我不得开心颜'的诗，面对这个物欲横流的大时代、大都市我们谁能做到两手空空。说白了我们哪配有什么愤怒？"

七十年代出生的黄万川是一家上市公司的小股东，每年少说也有上百万的分红，在生活上衣食无忧的他放弃了对金钱的追求，开始重拾从前对诗歌的梦想。他接过话头说："我们是不配，不过我们的确是该有点儿愤怒，因为我发现，在这个以经济发展为中心的时代，我们身上几乎看不到有什么可闪耀的东西了。"

八零后李鲁山做点网上生意，由于也没赚到多少钱，一直住在出租房里，他说："我不像黄兄你那么有钱，也不像孙兄你那样有房有车有稳定的工作，更不像钱兄你那样有上百套房子和商铺。你们有车有房有存款，生活无忧，倒是可以任性一下，愤怒一下，我和朱兄还处在底层，哪有什么资格去愤怒？愤怒会使我们连饭都吃不上。"

六十年代末出生的、在城市中据说有几十套房产的钱百万是个谦逊低调的人，他笑着连连摆手说："小李你太夸张了，我哪有那么多房子？我就是个平平常常的俗人，勉强生活而已。我也是不敢有什么愤怒。朱兄现在在商会工作，天天和那些有钱人打交道，人家一个大鱼缸里的几条鱼就值上千万，我在他们面前算什么啊？我就是个小人物，小人物而已！"

朱月印笑着说："钱兄的缺点就是过于谦虚，不管怎么说，现在我正在向你学习，也在向我身边的那些有钱人学习。不学习不行啊，如果说现在还可以混的话，到老了呢？靠谁养？靠什么活着？所以我得随波逐流，得学乖一点，至少得装着站在有钱有势的那个阵营里。我曾经有过为诗痴迷的阶段，那时为了写诗可以放弃正式的工作，可是后来我明白了，在这个经济社会中谁会在乎诗和诗人呢？让我愤怒的东西太多太多了，只是我不能愤怒，我愤怒，那些有钱有势的人会跟我玩吗？照我说，愤怒应该被树为一种美德。如果人人都有愤怒，敢于表达自己，敢于反对假丑恶的东西，我们的国家就会变得更文明、强大，这个世界也将会变得更加美好。唯有愤怒，真善美的东西才能抑制假丑恶的东西。没有愤怒，我们也可以试着假装去愤怒。有很多人不知道自己是不是愤怒的，但假装总可以吧？"

李鲁山笑着说："我如果像钱兄那样有钱的话，可以考虑卖掉几套房子，用于愤怒的宣传。到时在报纸上、电视上、户外广告牌上，就这么写——愤怒吧，如果你没有真的愤怒，请假装愤怒！"

大家都笑了，我却感到了沉重。

我想要与过去的生活做个了结，换一种生活。

首先我想要离婚，因为那时我痴迷于对诗的追求，不想要属于工作和家庭，继续过那种一成不变的生活。我渴望孤独一人，走向未知，去心无挂碍地活。问题是，我是正式在编的老师，收入不错，再有十年就可以拿退休金了。我的妻子为人良善本分，勤俭持家，对我也相当包容，我也没有任何理由向她提出离婚。

不过，在当天晚上回到家里，我借着一股酒劲，带着雾一样怅惘的情绪，卖力且很投入地和妻子在一起缠绵了很久。那场通过身心交融的欢爱，使我几乎脆弱地想要流下泪水。那时我感到身体里有一片片落叶、一团团雪花一般的东西在飘落，在覆盖大地一般的空茫与苍凉。

我的头脑中想着诗，想着自由，想着未来变化后的一切可能性，后来还是开口说了我的想法。

妻子问："是不是你在外面有女人了？"

我说:"没有,我只是想换一个活法。"

我的妻子是个平平常常的一个女人,她甘于平凡,也没有什么不好,倒是我年轻时不安分,活到五十岁了还要活得那么不实在。

妻子是个通情达理的女人,经过一番交流,她终于有些理解了我的想法,表示可以离婚。

二

在一次诗歌活动中,我对女诗人艾叶一见钟情。

艾叶三十出头,个头比我略高一点。不大不小的脸庞,不大不小的眼睛,不大不小的鼻子、嘴巴,五官搭配和谐,说不上多漂亮,却是个有风情的女人。她的眼睛水汪汪的,嘴唇红艳艳的,笑时露出一口洁白的牙齿,举手投足间有着一种女性的妩媚。我那颗在平淡生活中变得沉郁的心蠢蠢欲动,变成了百灵鸟儿一般欢悦地鸣唱着。

艾叶对当时想要成为大师、正在试着改变并变得更加自信和气度不凡、长相不算太差的我也有了点意思。当时她也在渴望着一份浪漫的爱情,渴望着一个男人的出现。我们交换了联系方式,聚会过后,我自告奋勇地开车去送她,送到后彼此客气告别。

当天晚上睡不着,我们在网上便开始聊诗歌,聊人生,聊彼此的生活。自然,我们也聊到了爱情这个话题,聊到我们之间的可能性。

艾叶已婚,在婚姻生活中感到疲倦厌烦,需要释放生命中真实躁动着如同岩浆般的七情六欲。我也如此,于是两个人开始单独见面了。

我们一起喝咖啡、喝酒,后来又一起去看大海。

在海边,眼睛和眼睛射出的光芒,通过浩荡海水的折射交错纠缠着对上了,心和心如同浪潮一般相互碰撞,产生朵朵浪花。我有情在蓝天,她有意在云端。我有雷在轰鸣,她有电在劈闪。彼此的心时而小雨绵绵,时而大雨如注,那种感受不可谓不好。

所谓爱情,应是男人和女人在各自生命内部的想象,是人生过程中像浓雾化为露珠一般的忧愁，是其灵魂在阴晴不定的天空里狂乱舞蹈。发生在心里和头脑中的那些感受也好，想象也罢，最终在现实里又会是另一种存在。

我们都有家庭，都有各自的一堆复杂社会关系，怎么办呢？难道仅仅做精神上的知己？

对于渴望爱欲之美的我们自然不会满足于此。

那时，我们有对现实人生的不满，有来自生命深处的忧伤。潮湿的心灵，模糊的爱意，使我们希望打破一切，重新开始。

似乎是为了安慰娇嫩的心灵，满足精神上的空虚，我们终于向对方奉献了拥抱、亲吻、抚摸，最后是相互赤裸，彼此融入对方的身体和生命。

下一步该怎么办呢？

我们想在一起，尽管我们也感受到，两个人可能并不会永远在一起。

我们谈到过萨特和波伏娃、里尔克与莎乐美，想要做情人。我们之间有爱的感觉，有共同的爱好，有彼此的欣赏，有从精神到肉体的融洽，有在一起彼此感到身体和灵魂的飞升。我们感受到未来的可能性和美好，彼此敞开，在飞向我们的未来。

回到家里，我对妻子说："你看咱们什么时候去办一下手续？"

妻子愣了一下问："你真的想好了吗？"

我说："我们现在住的房子，还有那套用来出租的房子都归你，我只要那个我做工作室的房子就好了。"

"我这不是沾光了吗？"

"你一套，也给女儿留一套。"

"看来你真的想好了，那就办吧！"

第二天上午，我和妻子到了民政局，十来分钟就离了。

那天是个大晴天，太阳亮堂堂的，我们在外面一起吃了分手饭。吃饭时谁也不知道说什么，或者都不想说什么，也不需要再说什么了。

三

我开车去工作室时，有种从此自在无绊了的欣然，又有了种从此孤单无依的

189

那种假想的悲壮与沉重。

我的眼睛有泪涌出，视线模糊，只好把车泊在路边。

我打开车里的遮阳板，我在镜子里看自己，看了很久。

镜子里的那张脸还是我的，正是我的。那张脸已经开始变化，在渐渐成为我可能不再熟悉的脸。那是一种心理上的感觉，我在朝着一个相对陌生而又新奇、充满未知的人生维度雄赳赳气昂昂地挺进。

于是，我又高兴起来了。

我需要和人说说话。

打朱月印的手机，他正在和几位亿万富翁喝茶聊天呢，说是没空和我见面。

打黄万川的电话，他说正在写一首类似于波德莱尔《恶之花》的长诗。

打李鲁山的电话，他正在给公司写一个急需的策划案，也没有出来和我聊天的意思。

我不太想给钱百万打电话，虽说我们最早认识，我有两套房产都是在他的鼓动下买的，可我对他越来越没有什么话可以说了。

最后，我还是忍不住把艾叶约了出来。

我看着艾叶想，她没有错。她选择了和我交换彼此身心的密码，那种坦诚的敞开使我感激。我对她也并没有以肉体占有为主的思想，我是需要爱，并爱上了她。我也在向她奉献真实，难得的真实。有些话和朋友、亲人说不了，和她可以说。说出来，似乎便在她的世界里得到了发表和传阅，我便存在了，无形中被人评说。

我和她因为对方都在快活地活着了，都在彼此的身心里存在着了。尽管我们谁也无法脱离与整个社会的关系，仍然还在这尘世、这人间，但我们已经在开始营造一个属于我们的、理想与现实合并为一的小天地。又或者说，我们从各自现实中抽身出来，一拍即合，一起玩一场情感的游戏。

对于艾叶来说，我的出现成了一个借口，她向丈夫提出了离婚。

可她的丈夫并不像我的妻子那样好说话，一口便拒绝了。

他们结婚的时间并不太长，大约四年多点，没有孩子，只有一套共同的房子。艾叶当时年龄大了，而对方的模样看上去可以，经济条件尚好，还主动追求了她。

她当时也想嫁出去，想着这辈子总得结一次婚。她有点利用他的意思。

在艾叶提出离婚后，她丈夫后来说，要离也成，共同的财产全部归他。

艾叶有些伤心，因为共同财产里有她的付出，买房子时她也出了将近一半的钱。她想拿回属于自己的那一部分，她不想和他在一起生活了，也有这种权利和自由——共同生活的过去，彼此有过真实的感情，可到后来就变了，变了的她认为也应该得到尊重。

艾叶不想生养孩子，诗歌和一只猫足够使她的生活丰富有趣。我仅仅是她变坏的、或是变回自己的一个内容。

艾叶是坦诚的，想到什么就会说什么。虽说有些话不好听，可我欣赏她那样，甚至觉得她在教育和影响我，使我回到从前那个活得还算野性放浪的年轻时代的自己。

那时，我们都是在思想情感上脱离轨道，隐隐在渴求着脱轨与坠毁。我们认为平平淡淡太没趣了，不如轰轰烈烈地去生，哪怕去死。

我们谈到自杀的诗人，对他们表示理解。我们对死亡还没有什么认识，觉得死亡因其可以彻底地结束生，才可怕得有些迷人。

当然，我们还没有那种自杀的纯粹和暴烈的思想情感。我们的生存还能得到保障，也不至于厌倦了生存。

艾叶有着诗意的一面，又有着世俗的一面，她可以激发我的欲望。不过，那时我挺看不上自己的欲望，觉得欲望的满足会使思想堕落，使我渴望孤独与骄傲的心灵不再纯粹。

欢爱的前奏和过程或许像一首诗，而欢爱的结果却是无边的空茫，而不是实实在在像写出一首诗来那样使我兴奋和充实。或许，我还是会受制于传统的影响，放不开。

我思想上渴望禁欲，以前也读了一些佛学的书籍，想过出家的问题，不过我认真想过了，感到自己还看不透人世，不能做到完全放下。

我带艾叶去工作室，两个人坐在沙发上聊天。

我们聊彼此喜欢的诗人，聊男人和女人，聊人性的善与恶。聊天使彼此的思想不断产生共鸣，情感像流水一样彼此交汇。我们需要拥抱，需要亲吻，需要彼此敞开多欲的身体，像两只贪嘴的猴子，急于要破开坚果，品咂食物。我们成了彼此的食物，相互吞咽，并感到满足。

人有着怎样的灵魂呢？我们彼此敞开，是为了探寻对方的灵魂吗？而我又得到了什么呢？她侧身躺在我身边，露出黑发托起的白白的脸庞，使我恍然感到，她像我的过去和未来，而不是现在。

艾叶望着我笑，观察我欲望得到满足后的表情。

我对她笑笑，其实我并不想笑。也可以说，那时我的心里甚至生出一些对她的莫名的淡淡的厌恶感。我不能表达对她的那种感觉。

我想，真不能把她太当一回事儿。如果可以，我倒是更愿意做她的好朋友。如果可以，我也愿意仅仅爱着她纯粹和自我的灵魂。

当然，那也仅仅是我的一种感受和设想。

艾叶像是看出我的心思，笑着说："不能说两具肉身真实淋漓的表现，是一种无聊和堕落。一具肉体试图带动灵魂，带动着诗意的美好在呈现给另一具肉体。肉体是天真无邪的孩童，也正因为此，肉体是无辜的。我们不该拿我们复杂了的、来自社会人群的思想情感去对照它。"

为艾叶说出那样漂亮的话，我侧身过去，吻了吻她的额头。

四

艾叶有家，总要回的，有些问题存在了，也还是需要解决的。

我没想到，她的丈夫竟然打她。

被打的那天一早，她的丈夫去上班，她就打电话让我开车到她家里来。

她穿着睡衣与我拥抱，要在家中和我欢爱一场，似乎那样便是对丈夫的一种快意报复。

我觉得那样不好，可还是服从了她。

一天时间，两个人泡在一起。

晚上开车我们出去吃饭，我喝了点酒，也不是太多。我送艾叶回家，她却让我陪着上楼，看看她丈夫在不在。如果在的话，她要再次跟他提离婚的事儿。

我当时觉得她那样做胆子有点儿大了，可又觉得她那样别出一格的女人，那样做倒也合情合理。

没想到，她的男人竟然在家。

男人比我高出一头，四方脸，唇红齿白，相貌堂堂，身体壮实。他看着我含笑带怒的模样，一时弄不清我的身份，不知道该有什么反应。

那时的我多多少少有点儿装疯。我的手插在裤子口袋中，脸上有种玩世不恭的冷笑。我用挑衅的目光看着男人，艾叶站在我的身边，就像和我是一个阵营的。

艾叶的丈夫不确定地说："你是？"

我说："你知道我为什么来找你！"

艾叶的丈夫可能联想到昨天晚上艾叶被打的事，又觉得我其貌不扬，便说："你是谁？有什么资格跑过来管我们的家事？"

那时的我突然变成了个炸药包，大声说："老子他妈的还就管定了！"说着我把手从口袋中抽出来，一个箭步上去就打。

男人没有想到我出手那么快，下意识一躲，没有完全躲开。我的拳头带着风，打在了对方粗实的脖子上。

男人被打了一个趔趄，还没有站定，我又像李小龙那样嗷嗷叫着，疯了一般跳起来打出几拳。

男人护着头，向后退着，脚下一滑摔倒了。我上去用膝盖压住他，拳头胡乱地打在他的头上、脸上。

我看着男人鼻孔和嘴角流出血来时有些抱歉，又觉得很痛快。我像个胜利的战士，终于停了手，望着躺在地上的男人。

男人想要爬起来时，我上去一脚又把他踢翻了，转身举起一把椅子说："你信不信我把你弄死？"

艾叶不想把事弄得太大，及时抱住了我，拉着我，让我走人。

我怒骂着离开了。

当时我的表情有些吓人，男人也没敢再追出来。

艾叶拉着我坐电梯下楼，坐到车里的时，我还激动得浑身在颤抖，像是身体的血液里有一匹马，在狂乱地奔腾着。

艾叶看着我，忍不住笑了，她说："真他妈的行，你，像个纯爷们！"

我不说话，开动车子，走到大街上。

艾叶有些兴奋地看着我绷着个脸，就说："你说句话，说句话啊！"

我当时什么都不想说，只觉得自己的心像个断了线的风筝在飘落下来。

艾叶又说："我是不是很坏？你他妈的也够坏，泡了别人的女人，还动手打人。"

生活太平淡了，平淡得太久了，生点事儿有意思。我打艾叶的男人，似乎并不全是因为艾叶被打，是因为我有着其他莫名其妙的坏情绪。也有可能，我当时对自己还不是太有自信，怕对方反应过来自己不是对手，所以干脆不给他还手的机会。

我把艾叶拉回工作室后像是变了一个人似的，没有再和她聊什么文学和人生，直接把她抱起来送到床上。

不再温情脉脉，我们像两只野兽那样相互撕咬，肉体生命放纵地翻转、摩擦、撞击。我们忘乎所以，似乎我有满腔的怒火要把她烧毁，她有对生命的莫名厌倦在渴望消失。

结束时，我感到从未有过的满意，那种一贯有之的欢爱后的空茫感消失了。

我不再想那么多，抱着她，闭着眼睛，感到那颗心在青春焕发，变得强大，变成一只雄鹰，在展翅翱翔。

一个月后艾叶顺利离了婚。

房子归了前夫，她得到了一部分钱。

他们的房子还有贷款，有一部分是前夫借来的，虽说不是她期待的数目，可再纠缠此事也没有必要。

我也从学校辞了职，而且从那时起，便开始留头发和胡子了。有点刻意为之的意思，当时大概也是想要变得特别一点，与众不同一点，似乎那样真的就可以促使我变得更加自我，更加有大师范儿。一开始，我照镜子时也不习惯，主要是觉得不美，显老，可最后还是坚持下来了。

我要通过身体发肤，记录自己在城市中，在世界上的存在。我希望留起来的头发和胡子，给自己带来一些新的感觉。如果我不改变，那么就无法从众人之中脱开身来重新审视自己。

尽管艾叶给我带来新鲜和刺激，两个人交流相处得还算可以，但我那时既需要和一个女人在一起体会爱情，又渴望独处的孤寂来品味生命中具有的诗性。因此我在潜意识里想要让艾叶从我那儿搬出去。那是一种不太明显的心理活动。因为我那时刚刚脱离家庭，又要面对着一个女人，似乎就如从一个陷阱跳入另一个火坑，会使渴望孤独的我有些莫名的烦躁。

此外，那时我和艾叶接触后也发现，她是个强调精神重要可同时又非常现实、非常物质的女人。在一起去逛商场时，她总喜欢贵的商品，一起吃饭时她也总是要点贵的东西。她不会考虑那时我已经辞职，每个月都不再有收入，而我卡上的钱也并不是太多。

五

朱月印很珍视在商会工作，工作十分卖力。他有工作能力，再加上那时一心想要多赚钱，谋取将来生活的保障，因此会积极结识有钱人，希望从中获得一些商机。

他认识了做房产的冰海，得知他也写诗，向他介绍了我们那个小圈子。

冰海非常感兴趣，说要请我们一起吃饭聊一聊。

朱月印用电话通知我聚会时，艾叶听说了也想去，说是趁机和大家认识一下。

见到冰海，听说他是做房地产的大老板，人又长得英俊潇洒，艾叶心动了，在饭桌上就开始半真不假地和冰海眉目传情。

冰海当时并不清楚她和我的关系，因此也说笑着迎合着她，赞美她，还开玩笑说要追求她。

我心里特别不舒服，也不好说什么，只好一杯杯独自喝酒。

那时我的胡子和头发还不算太长，有点乱乱的显得没有造型，不是太好看。在酒桌上，大家笑着说起了我留起来的胡子。

冰海笑着说我是在装成大师的样子，大师也不一定非要留胡子。

我的诗友多数人和冰海第一次见面，出于礼貌，附和着他说话。我却忍不住火了，骂了一句难听的话，像斗牛似的冲了过去。

我的身体带翻了一把椅子，带动了桌子，桌子上的酒瓶和餐具滚动时发出叮叮当当的声响。

朱月印和黄万川赶紧起身来拉，可我还是冲过去了。

冰海当时没有想要和我动手，觉得不至于，笑着想挽回局面，可没想到我认真了，真的翻了脸。

既然我都过去了，他也不能躲着，于是也迎上来。

我们被拉着、挡着，分开了。

分开了，我还指着跳着骂着，没完没了。

当时饭局也没法再进行下去了，我们被劝着各自下楼。

冰海觉得第一次请大家，还没吃好喝好就不欢而散，有些不好意思，就拉着大家一个个说抱歉。

那时他也知道了艾叶是我的情人，因此怀着不愿树敌的心，又走来想要和我解释，我喝多了酒，觉得气还没出来，就又指着他的鼻子骂，骂着，两个人又打在一起。

朱月印他们走上来，说着、挡着、拉着，又把我们扯开了。

我喝得有点儿多了，开不了车。黄万川喝得少，大家就坐他开的车。

当时我晕晕乎乎的，发现艾叶不在身边，就给她打电话。艾叶说她正和冰海在一起聊天呢。

我火冒三丈，嚷叫着让冰海和她一起过来，非要让他们来不可。黄万川只好在深南大道旁边停下车，等他们来。

艾叶对冰海说了，冰海让他的司机开车到深南大道来找。见了面，话都没说，我们又打起来了。

黄万川和朱月印又把我们拉开，推进各自坐的车里。

车子开了一段路之后，我又想起艾叶，又让停车。

我给艾叶打电话，艾叶说冰海在开着车送她，晚一点会到我的工作室里。我又让冰海接电话，艾叶把手机给冰海。

冰海说："孙居一，你他妈怎么不早说，早说不就明白了吗？你把我打得脸都他妈肿了，我还要给你把艾叶送到你工作室去，门都没有！"

当时我的脑子里乱七八糟的，像是爬着几只螃蟹，没吭声。

冰海故意地对身边的艾叶说："小艾，你今晚不回去了，我去宾馆给你开个房。"

我听到冰海的话，当时也分不出真话假话，就提出要和他决斗。

冰海让司机又赶上来，在大道旁停了车。

下车后我们碰面没说几句，又打在一起。

打起来，又被拉开了。

朱月印见这样下去也不是办法，就让艾叶坐我们的车，他和郑星坐冰海的车。艾叶也同意了，可冰海又不同意了。

那天晚上艾叶没有回来。

朱月印给黄万川打电话，说冰海喝多了，固执地给艾叶开了房子，然后坐上车走了，让黄万川转告我，如果我想过来，就来宾馆找艾叶。

黄万川问我要不要去，我却呼呼睡着了。

黄万川把我送工作室，摸出我的钥匙，把我放到床上就回家了。

我一觉睡到第二天十点半，醒来艾叶不在身边，想起昨天晚上的事，觉得有些荒唐。

起床洗漱，然后又烧水泡了一壶茶，我在阳台上慢慢喝着想事儿。

从那时起，我发现当初对艾叶所谓的一见钟情可能是个假象，即便是真的，她也并不值得我来爱。虽然我仍然有些不舍得，可心里却不想和她继续下去了。

不久，我帮艾叶找了房子，让她搬了出去。

六

朱月印有意把冰海拉进我们那个圈子，就找了个机会，想让我和冰海和好。一开始两个人见面后彼此不搭理，场面有点尴尬。

朱月印发挥了他出色的外交手腕，先是讲了几个笑话，把大家都逗笑了，接着又说了一番大道理，大意是兄弟如手足，大家都热爱诗歌，应该搞好团结。

笑了，气氛也就搞活了。

大道理说了，似乎彼此再小气就对不起谁了。

接着话说开了，事儿也就过去了。

冰海显得大度一些，伸出手和我握手。我也不再好意思坚持，因此两个人握手言和。

冰海说："当时我确实不知道，既然她和你好，就不应该用那种多情的眼神瞧我啊，我再喜欢女人，也不会对朋友的女人下手吧。好家伙，你不分青红皂白上来就打。不过，男人为了女人打架也是挺浪漫的一件事——打一打架，人活得才更有激情。"

朱月印在一旁撇了一下嘴，不屑地说："为艾叶那样水性杨花的女人，那种给谁都抛眉送眼的女人打架，你们是不是也太可笑了？我说句实话，一年前她就加过我的 QQ，我理都没理她。"

郑星在一旁不满地说："你这人说话没脑子，你把人家艾叶说这么下贱，让人家居一兄怎么想？你真正了解人家吗？人家毕竟是相爱过，请你以后说话前想一想好不好？"

朱月印正儿八经地说："没有证据我会胡说吗？钱百万前几天还问我艾叶这个女诗人怎么样，因为她要约他见面。我想她肯定知道了他有很多房子了，在冰海兄这儿没有可能，就想靠近他捞点什么好处。"

其实，我和艾叶分手后在 QQ 上还有联系。

虽说我那时不想再和艾叶有什么实质的关系，可在心里却还有着她，或者说还在爱着她，把她当成精神上的情人。她经常会跟我说起哪个诗人对她有意思，她对哪个男人有了想法。说起离婚后单身的自由感受，她最终觉得在这座城市中没有一套房子，有些心慌——因此朱月印说起她勾引钱百万，我多少还相信。

我和艾叶在一起时曾说过我怎么认识钱百万，他又是怎么样一步步通过炒房发家的事。当时艾叶还不认识他，就问他长得怎么样，诗写得怎么样。意思是如果还说得过去的话，她会考虑想给他当情人，起码弄套房子给自己。

艾叶那时已经从我的工作室搬了出去，她租住的地方，离我的工作室并不太远，房租一个月三千多，押金和第一个月的房租是我帮她交的。

有一次艾叶半夜打我座机电话说，她想要死了，因为她的猫被车轧死了，想让我过去陪陪她。

那天晚上，我看着她流泪，心里对她有冲动，想用身体安慰她，最终还是克制住了。克制了，我仍然还爱着她。那种爱说不清楚，仿佛她是个被我爱着的在远处的女人，是个爱的象征。爱着，可我又不想走近。

那段时间我过得心意沉沉，我没有工作，也没有了可以回的家，朋友也不是每天在一起，因此大部分时间就待在工作室里。

我通常到工作室的楼下小巷子里去吃快餐，一盘青椒肉丝饭，或者一盘牛肉拉面，吃过了便又回到工作室。

中午时我会倒半杯红酒喝，之后躺在沙发上午休。

一般是一个多钟头后醒来，有时做梦，醒来却记不太清楚，只感到心里空寂一片，不知道下一步该做什么。

发呆，那时什么也不想做，什么都不愿想。

墙上的钟表嚓嚓的，有节奏地走着，无形中会使我焦虑。

那样的时刻是常有的，那使我考虑要不要把钟表从墙上弄下来，摔坏算了。

年轻时，几乎从来不午休。

那时我的精力充沛，不管是做生意也好，在外面花天酒地也好，似乎总有着很多事儿等着去忙。

四十岁之后，尤其是来到深圳重新成为一名教师以后，我养成了午休的习惯。即便是在周末，到朱月印家和大家一起玩时，中午吃过午饭，大家喝茶聊天，困意上来也得睡上一会儿，不睡会特别难受。

不想事儿是不太可能的，待上一会儿自然会想起什么。

我和妻子离婚后，为了艾叶在短短的时间里和两个男人打了架，那使我感受到爱情的力量，感到了以前那个年轻的自己，仿佛身体里也注入了活力。

七

一位姓顾的房屋中介人员表示，我的工作室可以卖到三百四十万。

我想，有三百多万的话，以后租房子住也可以。

我就让小顾到工作室里来谈一谈，如果没什么问题，就让她拍照，把房子挂到网上去卖了。

小顾二十出头，小个子，小脸蛋，脸有点儿黑，眼睛弯弯的，鼻子小小的，嘴巴一点点，爱说爱笑，阳光灿烂。

她第一次见到我时有点吃惊，因为那时我的头发有点像个女人那样长，胡子也挺长了，看上去有点像古代的人，显得有点儿搞笑。

小顾忍着笑，目光移向房间的书，看到有那么多的书，她说："我猜您一定是位大学教授！"

我笑着说："我只不过是一位小学教师，不过我现在也辞职了。可以说我现在是一位诗人。"

小顾又感叹地说："啊，原来您是位诗人，真是太棒了。说真的，您也太有派头了，真的很像诗人。我以前最崇拜诗人了，像李白啊、杜甫啊、普希金啊、徐志摩啊，他们写得真是太棒了。我上初中那会儿，真的还迷恋过诗歌呢，您以后能教教我写诗吗？"

我也笑着说："成啊，只要你愿意学。"

小顾中专毕业，学的是计算机管理。毕业后工作不好找，在家乡县城的棉纺厂里做了两年工。后来到了深圳，在房屋中介公司找了工作。一千块钱的底薪，由于竞争激烈，能做成的单子不是太多，因此钱赚得很少。

我问她："你来到深圳之后有什么感受？你有梦想吗？"

小顾笑着说："啊，实话说，深圳太大了，人太多了，我有些心慌。不过，这儿太美了，美得我觉得钱太少了。将来我要是也能开着车，行驶在漂亮的深南大道上，或者开着车去大梅沙看海那该多好啊。还有就是，有钱人太多了，有的人有很多套房子，有的人，像我这样的吧，只能住在简陋的出租房里。赚的钱不多，还得计划着花，在商场里看到漂亮的衣服也不敢买。如果说我的理想，我以前想当一名老师，现在却想要做一个有钱人了。"

我笑着点了点头。

小顾说："有钱就有自由了，可以到处旅旅游，可以买漂亮衣服，那该多好啊。

不过，在深圳有钱人好多啊，如果整天想着赚钱那也挺没有意思吧？孙先生，要不以后我跟您当诗人吧。您看您这身派头，简直像个大师级的人物，像您这样的人，怎么着也该配个小跟班吧？"

我半开玩笑地说："好啊，那你以后就跟着我，叫我孙大师吧，我正走在成为大师的路上！"

小顾是个头脑灵活的女孩，她也笑着说："好嘞，大师。"

小顾为我的房子拍照，然后把房子的照片挂到了网上。

不到一个月的时间里，小顾有三次带人过来看房子。最终想买房子的人都嫌贵，没有成交。

虽说没有成交，能说会道的小顾每次还是和颜悦色，客客气气地把看房子的给送走了。

我有些失望，问："小顾，你失望吗？"

小顾微笑着说："说实话是有一点，不过我相信几率。一百个人看房，总会有一个看中成交。要是看一下就成了那我还不发了？很抱歉的是，麻烦孙大师您了。"

我也笑了，说："真希望你早点发了，要是看上一百次，那我可真是受不了。"

小顾说："说不定我幸运，下一个就成了呢。"

我泡茶给小顾，看着小顾明净活泼的眼神，光洁富有弹性的脸庞，小巧结实的身子，由衷地感叹说："小顾，你们年轻人可真好，乐观向上，朝气蓬勃。看到你，我就想起自己年轻的时候了。"

小顾呵呵地笑着说："孙大师，您现在成熟又有气质，不知道自己有多迷人？年轻有什么好，我想着让自己成熟一点呢。"

我说："别用您了，以后就用你行不行？这样我们就好像成了朋友一样，不用保持着距离，交流起来也方便！"

小顾点着头说："嗯，大师，在我的心目中你真的很特别哦。你想啊，在这座陌生的熙熙攘攘、行色匆匆的城市里，你留着胡子和长发像个仙人，你能给我这样的感觉，这多难得啊！我想问一下，您为什么要卖房子啊？地铁口的房子，离大海又那么近，自己住多好啊。"

我想了想，对小顾说了我半年来的一些变化和想法。

小顾感叹地说:"哎呀,我说呢,孙大师您真不是凡人啊。那么好的老婆不要了,那么好的工作不要了,就为了诗歌?就为了自由?您真成啊,我可是打心里佩服您。不过,您的爱人那么好,我建议您还是经常去看看她,即使分手了,还是应该多关心关心她嘛,说不定将来还能复婚呢。"

我叹了口气说:"比较难,开弓没有回头箭,我也不想了。你说,这个世界上谁离了谁不能过呢,干吗非要以婚姻的形式、以夫妻的名义在一起呢?我不想像大多数人那样,也不想像以前那样去活了,没意思。当然,不是说别人那样没意思,是对于我这样的人来说没意思。我的心长歪了,和别人的不大一样。所以,我得找点我认为有意思的事儿去做,诗歌就是我认为有意思的事儿。我劝你将来找男朋友,可千万不要去找个诗人。"

小顾想了想说:"我懂的,诗人太不靠谱了。我将来不打算找男朋友了,我就一个人过。因为不是诗人的男人,也不见得靠谱。这个时代让我觉得人人都变得有点不靠谱了,大家都有压力,都想着自己,想着赚钱,想着出名,想着比别人强,没有了一颗平常心。我不是也这样吗?真的,我觉得大家都挺累的,也挺不容易。"

"你也不渴望爱情了吗?"

"可以享受谈恋爱啊,可以光谈不结婚啊。当然,我现在的想法将来也许会变,人都是会变的。说不定遇到一个我想嫁的人呢,我也希望能遇到。不过,我现在不想这事儿。什么都还没有呢,谁会看上现在的我呢?就是看上了,也不见得能珍惜。哎,孙大师,我可以给您一个建议吗?"

我笑着,看着她说:"说说看?"

小顾说:"虽说我想把您的房子给卖出去可以赚上一笔,可是您也不一定非要卖房子。房子一时半会不见得好卖出去,毕竟三百多万,一般工薪阶层一下子也不见得能拿得出来。有钱的投资者也不像头几年那样去投资房产了,他们投资股票和期货了。您可以向银行抵押贷款,贷个一百万应该不成问题。您也可以用那些钱来炒股,趁着这个炒股的黄金时期,半年翻个个儿那也是很正常。我就是没有钱,要有钱的话就炒股!"

"股票不是有风险吗,也不会想赚就能赚的吧?"

"孙大师你不会连报纸都不看了吧？现在咱们国家的经济形势蒸蒸日上，一片大好啊。再说做什么没有风险呢？我认识一位开厂子的客户，厂子效益不好，工人没活儿干。他看准了一支新上市的股票，卖掉一套别墅有了一千万，他又把厂子作抵押向银行贷了两千万，一共三千万做资本，半年时间就赚了一个多亿。看准了，炒股现在比投资房产都升值得快呢！"

我看着小顾，心里挺喜欢她，想了想就说："那你帮我问问吧，看我这房子能贷出多少钱来，到时就由你帮我炒股，赚了钱，到时我四你六分成，成不成？"

小顾欢天喜地地说："啊呀，我真是没有想到。实话说这也太成了。孙大师，我绝对不会辜负您的期待。当然，股市有风险，咱们事先得说好了，如果赔了还是得由您兜着。在这个资本为王的时代，我也没有钱和您平起平坐，这样吧，赚了钱你七我三，赔了算您的！"

"就这么办吧！"

八

小顾跑前跑后，用我的房产证做抵押顺利地向银行贷了一百万，利息也不算太高。二十万我留着花，八十万拿出来由她炒股。

虽说小顾有信心，八十万投进去，可一个月下来还是缩水了几万块。不过第二个月还是回了本，赚了一些。

小顾兴高采烈地对我说："您人太好了，有句话我一直没好意思问，您怎么那么信任我呢，就不怕我把钱给骗走了？"

我笑笑说："人傻呗！"

小顾笑着说："傻人应该有傻福，我真希望能有个人在您身边伺候您。您是大师啊，不是应该有人侍候吗？这样吧，您这儿不是还有一间空房可以住人吗？要不我辞职给您当保姆兼秘书吧？我给您做饭洗衣服，您我管吃住，一个月给我一千块钱的零花钱就好了，得空儿呢，我就看股票，不炒股的时候就跟您学习写写诗！"

我当时心里想，她住进来合适吗？不过那时我与妻子已经离婚，和艾叶也解除了情人关系，没有工作，平时一个人待着也烦，想到这些就点头同意了。

过了两天，小顾了辞职，搬了过来。

工作室有两间房子，我们各住一间。

小顾除了炒股，还负责打扫卫生，做饭洗衣。

慢慢地，两个人更加熟悉了，在一起时有说有笑的，相处得更加愉快了。

小顾做好饭，就叫一声："孙大师，开饭喽。"

吃过饭，我主动要洗碗，小顾却不让，说我花钱请她是来工作的，这事得由她来干。再说我是大师，也不该干那些鸡毛蒜皮的琐碎事儿。忙活完，小顾就回到自己的房间，盯着股票的曲线研究。我则看书写作，或到阳台上喝茶独自发呆。

我对朱月印他们说起我和小顾的事，他们感到十分好奇，觉得一个大男人和一个小女孩在一起会有故事，毕竟人都是有七情六欲。

我说："小顾像小鹿一样年轻、充满活力的身影使我感到美好，我当然也想过要不要把她给拿下的问题，可问题是小顾比我女儿还小，在心里我还是有顾虑。"

朱月印笑着说："你该批判自己，想要成为大师的人怎么能这样传统和保守呢？雨果和齐白石八十多岁了还喜欢十八岁的，如果小顾也喜欢你，不讨厌你，在一起也没有什么不可以？"

我有些心动，觉得小顾和自己住在一起也算是天意，可想到艾叶，又觉得任何女人对于男人来说都是一堆麻烦。

一个周末，朱月印他们开车来到了我的工作室，见到了小顾。

小顾小小的个子，满脸阳光，对第一次见面的他们像熟人那样有说有笑的，让他们感到她是个挺不错的小姑娘。

再看看胡子一把、头发凌乱的我，他们觉得小顾并不适合我。

朱月印打赌说小顾不会喜欢上我，我不服气，就答应了和他赌，说一个月内会让小顾成为我的情人。

一个月后，我带着小顾参加聚会，两个人有说有笑，甚至搂搂抱抱的显得很自然，反倒让朱月印他们觉得不自然了。

尤其是郑星，她觉得我的变化也太大了，变得简直有点让她有些受不了。

事实上她并不知道，那时我并没有和小顾发生什么实质关系。

不过，若说小顾是情人，也可以那么说了——那时我们在做一个游戏，可以聊相对私密真诚的话题，可以牵手和拥抱，甚至可以睡在一张床上聊天，但并不发生实质性的关系。

一开始我有点受不了，向小顾发起进攻，小顾却把握得很好，怎么都可以，就是不让我得手。

我最终觉得，什么都不发生更好。

那种纯粹的感觉，胜过了真正在一起。

小顾鼓励过我去找别的女人，因为她不能给我爱情，也不能给我身体，觉得那样做不地道。如果我能找到一个爱着的女人，她会为我高兴，是真心实意地为我高兴。

我也表示，她也可以找一个爱的人，也会为她高兴。

我们两个人都为对方着想，像朋友，又有点儿像情人。

有一次去洗手间时，手机不小心掉进了马桶，捞出来时手机坏了。

我想为什么一定要用手机呢，干脆以后再也不用了。

接下来有半年时间，我和大家也聚得少了。

再后来我连车也不开了，出门就乘公交车或坐地铁。

有人看到我灰黑的长胡须，认为我是个年过六十的老人，竟然给我让座儿了。

那些文明礼貌的年轻人让我感到美好。不过我也不会去坐，我还没到让别人让座的年龄。

开了许多年车，以前喝酒不开车时往往也是打的士，我很少体会到挤在人堆里的那种感觉。那种在人之中的感觉是好的，我呼吸着别人的呼吸，感受着别人感受到的世界，与所有人仿佛成了一体。

我感受到年轻人身上有种能量，也都在运用着能量，积极向上地谋求着各自的生存和发展。在那个过程中，他们也正在影响整个世界的变化。

在他们之中，甚至想到自己不安分地要成为什么大师，真是有些可笑了。

不过我还是想要改变。

我让小顾监督我早睡早起，起床一起在公园里慢跑上两圈，出一些汗，冲过凉后去吃早餐。吃过早餐，我们又回到工作室。

我泡杯茶，沉入阅读写作。

小顾看股票，或做家务。

我希望身体变得更加有活力，因此也买来了哑铃和握力棒，规定了拉举数目，让小顾严格监督完成。

几个月下来，我的身体变得结实了许多，精神也变得更加饱满了。

在我的工作室里，小顾住了将近一年时间，炒股票赚了一百多万。

小顾倒也没有和我学习写诗。

她试过了，写不出来。强写几句分行的话，也不像诗。再说，炒股票也不是那么简单的，她得看与炒股票有关的资料，还得分析研究，做笔记，与别人交流，也并不是一件轻松的事情，也没有时间和精力去写诗。

赚到了钱，小顾笑着对我说："感谢您，现在我有三十万了，这些钱可以让我开家小公司，当老板了。我想开公司，将来成为有钱人。有了钱，我会做更多、更有意义的事。我写不了诗，不过却可以去做一些诗意的事情。我谢谢您，是您敞开了以前从未想过的那个我。"

我想了想说："也得谢谢你。我挺喜欢你，从你身上也学到不了少东西。"

小顾笑着说："一样啊，没有您我就没有这三十万啊！"

虽说我感到自己那时已经被小顾改变了，可仍然没有找到内心里真正的爱、生命中真正的活力源泉。我曾经在海边大声呼喊，可声音很快就被海浪声给淹没了。我也曾经眯着眼睛在工作室的阳台上看过正午的太阳，可很快感觉到那从远处射来的光并不能抵达内心的黑暗。

那黑暗的，比光还要强大。

九

朱月印对我们说："艾叶要与钱百万结婚了！这是千真万确的事，他们在医院里拍照了，艾叶怀了个儿子。钱百万与他妻子正在协议离婚，因为不离婚的话，艾叶要把孩子打掉——他只有一个女儿，打心里是想要个儿子继承他的家业。"

李鲁山感叹地说："钱兄是多么老实低调的一个人啊，他会和艾叶走到了一起？依着他的富有，他要找也可以找个再年轻一点儿的啊！"

黄万川说："在这个光怪陆离的时代，这又算得了什么？"

冰海说："我现在真是有点佩服艾叶的手腕了，她真是个有心计、有办法、敢行动的女强人啊，可以说这样的女人是没有对手的！"

朱月印说："她都半老徐娘了，竟然还能把老钱给迷住。这下好了，以后老钱的财产总算有儿子继承了。人生啊，人生，真是不可思议。"

郑星哼了一声，表示不屑。

朱月印说："上次他来商会找我办事，你们不知道他有多高兴，见了我就笑啊，笑得嘴都裂到下巴底下去了。五十多岁的人了春光满面，像打了鸡血。有了儿子真是不一样啊，心劲一下子又被提上来了。"

郑星不满地拍了他的肩膀一下说："什么半老徐娘了，三十多岁算老吗？老实说你是不是也想找个年轻的给你生个儿子？不过我得提醒你，你有那么多财产需要有儿子继承？"

朱月印有点不高兴地说："不要以为我没有钱就没有女人了，只要一句话，我办公室里的三个女秘书都可以开着宝马、奔驰过来，你信不信？她们家里都有钱，来商会是混日子的，还都单着身呢，你别以为我现在没有魅力，没有人喜欢了。"

黄万川笑着打圆场说："你和星姐出双成对的，诗又都写得那么好，不知道有多少人嫉妒你们呢，大家说是不是？"

冰海也笑着说："你以为你那三个女秘书是属于你的啊，人家讨好你是想请假方便一点，你就别做春梦了。"

朱月印发现自己情绪不对，话说得不好，就又笑着对郑星说："当然，她们是不会看上我的，我要什么没什么，长得又不好看。对不起老婆，我又说大话了，晚上你罚我睡沙发、跪搓衣板好不好？"

郑星叹了一口气说："我知道你心里想什么。我也就是一个普通的女人，性子直，假装不了高尚，眼睛里也揉不得沙子。你要是真的觉得和我在一起厌了，烦了，我也不会挡着你的路。你也别当着他们说得那么难听，我们现在还没有结婚，我也不是你的什么人，有什么资格罚你睡觉沙发，跪衣板？"

朱月印赔着笑脸说："是是是，我信口开河行了吧。你要是想结婚，咱们明天

207

就去领证。不管怎么说，我现在一个月一万多块的工资，除了工资每个月还有一两万的灰色收入，首付一套房子还是可以的。我们的结合怎么说也是诗坛佳话，大家说是吧？这事就这么定了啊，到时你们有钱的都得给我们封个大大的红包！"

郑星说："鬼才信你的话！你整天说你赚那么多钱，我怎么没看见？说不定包养了个小情人呢，钱都花到别人身上去了。"

大家都笑了，朱月印看着我换了个话题说："孙大师，这两年你的诗歌水平进步很大啊，你瞧你这身打扮，这气质，俨然已经有大师气象了！"

我摇了摇头，笑了一下。

在与妻子离婚后的短短两年间里我确实有了不少变化。

我的肚子以前圆得像西瓜，平时总是用手抚着，经过一段时间的锻炼，大肚子不见了。以前我的眼神多少有些空洞，后来却像是有了思想的光芒一般，显得炯炯有神了。我的胡子越来越长，摇头晃脑时就如同大脑袋握着的毛笔，在空中胡乱画着什么。我的头发披在肩膀上，像是变了一个性别。

我走路的样子也变了，迈步时轻快利落得像个年轻小伙子。不过我喜欢慢悠悠地散步，慢悠悠地想事儿。两年来我越来越发现慢的好处。我认为原地踏步，甚至倒退走步更好。因为在快节奏的城市里，慢一点会使我感到特别，仿佛有东西向我聚集，使我自在和丰富，也方便我展开想象，产生诗的感觉。

我已不再穿皮鞋或运动鞋，而是习惯了穿那种圆口的、青灰的布鞋。以往常穿的运动装和休闲服，也被一件青灰色长衫取代，看上去就像个五四运动时期的知识分子。原来的皮包也被一个灰蓝泛白的软布包取代，包里装着书和笔记本，我要随时随地阅读和记下一些感悟。

我穿着那身怪里怪气的行头走在大街上，总会有人侧过脸来，或者回过头来看我，也许他们会觉得我有精神问题。

我就要那种不合群的、仙风道骨、让人侧目的感觉。

有事没事的我都会出去走动走动，感受自己如城市的一道风景，在引发匆匆的行人去思考一些问题。

有时会一直走到海边去，在海边散步时我会用想象把都市中的喧嚣幻化为大海的喧哗，把一个个都市人想象成海中游弋觅食的鱼类。

我也越来越迷上了想象。

以前我也有想象，只是没有意识到想象的重要性，不会有意识地把想象当成一门必修的功课。我认为想象可以让人强大，强大的人才有特殊的创造力。创造未必要赶时髦，所谓的与时俱进，那是普通人要的，我会适当选择向后倒退。

退一步天地宽阔——这是我打坐静修了三天才得出的结论，我认为这是一个人获得成功的秘诀，可惜并没有人能真正理解这句话的丰富内涵！

当然，我也并非全然超凡脱俗，譬如说我走路时会尽量目不斜视，仿佛我就是世界之王，到处乱看则有失我的威仪。可身边有漂亮的女子经过时，也会带着欣赏的目光多看上两眼。

美是需要欣赏的，如果视而不见，等于是冥顽不化。不过，我看女人的眼光和以前不一样了，以前是带着鲜明的渴望占有的欲望去看的，后来我则是用审美的眼光去欣赏。

这并不是说我对女人没有了欲望，有时早上醒来，那儿也会硬得像根铁棒，我得用意志抑制情欲。

要想成为大师，适当的抑制是非常有必要的。当然抑制的结果会让我对自己产生不满，不满也没办法，要有成就，必得修炼，尽可能不受七情六欲的影响。

我想要超越自己。

所有的大师都有种化腐朽为神奇的办法，我应找到那样的办法。

✝

我在公园里手捧一本诗集，像雕塑一样长久地保持着一个阅读的姿势，然后突然就哈哈大笑起来，笑得旁人莫名其妙。

我在人群中走动时也会突然被人点了穴似的停下来，成为别人眼中静止的风景，让任别人围观议论。

我怪异的行为被记者拍了照，上了报纸。城市中的很多人都开始把我当成一个话题。

朱月印他们在为我感到好笑之余，也在担心，认为我很可能是走火入魔，或者是已经疯了。

他们相约着开车来我的工作室看望我，想要和我好好地聊一聊。

第一次看到我表演愤怒时，他们都吓了一跳。

我突然就发出狼一般的"嗷嗷"的长嚎，发出狮子和老虎一般的吼叫啸吟。不过我很快又恢复正常了，该喝茶喝茶，吃饭吃饭，该说话说话。

他们看着我，却觉得我不正常了，有些担心。

不过，我在城市中的那些奇怪行为渐渐敞开了我，使我越来越清楚，我需要通过愤怒表演来证明我的存在。

我笑着对他们说："我已经成为大师了。我上了报纸，上了电视，成了这座城市的议论焦点。你们不觉得我现在变特别了吗？告诉你们，我有意要变得和过去的我不像了，但现在的我才是真正的我。真正的我需要一种形式，需要寻找和发现。我感觉那样变有意思，也很舒服，那样可以淋漓尽致地表达。大师不都要变得与众不同一点儿吗？我已经成为大师了，你们要相信。当然，让你们称呼我为大师，这本身显得是搞笑。不过你们那么称呼我，无形中是对我的一种鞭策。我更加坚定要成为大师了，为此我放弃了工作和家庭，完全活在我之中，渐渐不再有什么世俗的欲求。现在我正活在我的一部分想象中。我不时装成愤怒的样子，我是在真装，不是假装。我装得有声有色，这是件有意义的事儿。"

冰海抽着烟，笑了笑说："你就是真装，那不也是装吗？"

我说："真亦是假，假亦是真。"

黄万川笑着说："假作真时真亦假，真作假时假亦真。请问这又有什么深刻的含义吗？"

我站起身来，用手理了理头发和胡子，沉着脸，五官配合着脸上变幻莫测的表情，接着我的身体一颤，从喉咙里发出长长的凄厉的号叫声。

他们在看着我，觉得我好笑。

我感到他们是一堵墙，需要用声音的钉子钉进去，使他们感到脊背发凉，心里发紧。

我不断地换气，面部表情也怪异地变化着，又发出一连串的怪异声音。那声音像鹰唳、像猿啼、像虎啸、像熊吼。那一阵阵怪叫声仿佛从遥远的草原天空，从茂盛的大森林，从深深的山谷转来，悬浮于天空中的河流，流向市井人声，流向众人。

在我的感觉中他们被笼罩，被浇灌，悄然发生着改变。

我又换了口气，发出大海哗哗啦啦的浪潮声，天空中的雷鸣声。

我的身体起伏摆动着，像是正在翻腾的、扑向礁石的阵阵波涛。

他们看着我，感受着我在这个世界上，仿佛正在如神仙改变着一切。

我累了，收住声音，恢复神色，坐下来默默喝了口茶，以正常的表情和语调对他们说："现在，你们还认为我是装吗？不管你们是否承认，我知道那是发自我生命和灵魂的声音。我不是动物，不是大海，不是天空，我是人。是人，当然是在模仿万物发出的声音，可谁说那种模仿不也是一种创造，不也是一种有意义的表达呢？我还会发出人的感叹，人的感叹声也相当丰富，就说'啊'这个感叹词的内涵，就已经相当丰富，要不要我啊给你们听？"

朱月印笑着连忙摆摆手说："行了，行了，孙大师，我胆子小，别再吓我了。"

黄万川也看着大家，笑着说："看来孙大师真是愤怒起来了。你们不觉得在这个都市中能听到他发出的那种声音声很特别吗？说真的我听出了一种感动，真的很感动。那种感觉你们有吗？他怎么想到了这种表达方式？他在以别样的方式活着，简直活成了一首可以朗读自己的诗——他现在已经成为真正的大师了。"

李鲁山点点头，抽了口烟说："我也有了一些感动。我那颗蒙尘已久的心受到了震荡，有尘埃簌簌地落到地面上。我无形的灵魂如同脱开身体，像只鸟那样展翅欲飞。"

朱月印说："看了孙大师最近写的诗，真是和以前大不一样了。他的诗写得有了新的思想和精神的高度，他找到了诗歌体系——愤怒！"

郑星说："很多人被动地生活着，克制着真实的思想和情感，不断地向僵化死板的物质现实妥协，结果迷失了自己。而他找到了表达自己的方式，发现了自己。"

我说："很多人意识不到愤怒对于他们的重要意义，对于人与人和平共处的作用，对于这个需要点脾气、需要点办法才能赖以生存的世界的必要性。我思索人类愤怒的表现形式所能产生的意义，进一步确立了我人生的奋斗目标。我认为诗歌仅仅是我努力的一方面，是我的一只翅膀，而表演愤怒是我的另一只翅膀，两只翅膀合在一起，我就可以自由飞翔了。下一步，我要做一项关乎人类精神建构的伟大事业。"

我租了场地，准备开一家大型的培训公司。

我精心编写和印制了教材，在报纸和电视上，在网络上做了招生广告。那时我感到自己的存在就像一面神奇的镜子，只要有人愿意来照一照，就会发现自己，就会得到他意想不到的收获！

我请来了世界各地的媒体记者，请来了我的一些朋友，大家一起见证了我公司的成立典礼。

那天下午我身穿特制的大红色长袍，出现在众人面前。

在发表过简短的演说之后开始表演，我胸前的麦克风通过扬声器把我发出的"奇形怪状"的洪水一样、打雷一样艺术化的声响灌进大家的耳朵和心里，使他们感受到了一个全新的、想象中的自己。

我飞起来，在众人惊叫声中在天上缓缓转了两圈。我一边飞一边继续发出各种奇特的声音。那样的我就像在向大家、向全世界说明，一个人完全可以充满激情地去活、去爱、去飞，去大刀阔斧地成为他想要成为的自己。

我在空中做着各种动作，发出各种声音，大家在地面上跟着我以他们各自的方式表达着自己。

大家摇摆着身体，发出各种怪异的自在之声，震撼着每一个人的心灵，使所有的人都觉得人可以这样活，也可以那样活，可以活得与众不同，活得像一个梦境。

当我感到自己挥着手臂穿越时空并影子一般扑进他们的身体成为他们的一部分时，没有想到钢丝突然断裂我重重摔在地上，使我成了一个再也离不开轮椅的人。

注定还会有些人理解不了我为什么会那样做，在这个世界上谁也不能说谁就非常了解谁。不过我自己清楚的是，我从过去的我之中走了出来。

值得一提的是我的前妻，她真是一个世上少有的好女人，因为她得知我被摔残疾后还愿意接受我，照顾我。

我为此百感交集地流下了泪水，可我不会再回到她的身边。

有个叫颜色的人

一

我和胡博去北京美术馆看过一次俄罗斯油画展。

有一位画家，我并没有记住他的名，也没有记住那幅画的名，只记得他画了一个人的脸。脸上的眼睛让我觉得比真实的眼睛还要真实。那位已逝的油画家是个天才，我想，他以自己非凡的对人的认识与表现能力，以他的作品创造了一个人——那油画家对于我来说是几个世纪前的，一个曾经真正活过的人。他以自己的生命，创造了另一个生命。他在画中存在过，或者并不存在的那个人被他通过绘画变活了。

人若是要探究清楚所想所做之事的根源，除非穷尽人生与宇宙的奥秘，不然是不大可能的。有思考就有烦忧，不过，想象、荒谬的想象，甚至怪诞的梦境让人会认为自己可以超越一切现实，破除我们思想情感上的困惑。我尊重说谎说得完美的人，也敬佩真诚得冒傻气的人，但我更推崇那种把说谎与真诚运用自如，而又自以为是没心没肺到让众人不得不开动脑筋进行漫无边际的思考，对他所说过的话进行求证的人。我认为不能意识到自己用生命来证明什么的人是悲哀的，人类世界普遍存在着这种悲哀，而阳光却普照大地，使人类的存在有时仿佛如眼神一样迷离，不可言说。

在我有限的生命历程中，我永远不知道世界到底有多大，有多少应该认识的人，有多少应该领略的良辰美景。不过有很多次我想到应该有一个人，一个我们熟悉继而发现他无处不在的人。我们曾与他说过话，细细探究，可能只不过是我们内心的自言自语。我们与他神交已久，甚至会爱上他——然而他证明我们的多情与虚幻、无知和偏执——他使我们无法逃开，又让我们不断地去寻找，去发现。

当我爱上一个人的时候，我感觉自己真正发现了他。我从那个一见倾心的女人的脸上，从她的面部和眼神中看到了他的影子，从此确定了他在我心中的位置，我为他起了个名字叫颜色。从此，无论走到哪里，他都在我左右，不管他离我远也好，近也罢。在我心中的颜色是模糊的，是个不确定的符号。

即使是色盲，也可以看到颜色这个人。即使是瞎子，也可以感受到他。黑与白是他的色彩，红与蓝也是他的色彩，一切色彩都是颜色。通过声音、味道，通过触摸、想象，我们可以感知他的存在。

颜色是个人——当我在想象中把万物集合在一面洁白的墙壁上，从各种角度，在不同的时空，蘸着我不同的心情与思考，用我的眼睛长久地注视着那面墙时，从我内心到心外的一切凝结在那面洁白的墙——于是我看到了无限的色彩相互交织，默不作声，等着有人来说出。只要说出来，就好像有什么复活了。

颜色是一个人，他即颜色，颜色即他——所有的人，面对一面墙时都会有不同的说法，这正像颜色本身的丰富性与不可言说的存在，这正像人们在各自的世界对自己、对外界的不同认识一样。这正如梵高把自己的生命融入色彩，可以在一面白色的墙上看到成千上万种色彩一样。颜色是个人，他在我们每个人的生命中，可以成为我们的想象……

二

我想到那个在我心中叫颜色的人，确定他是存在的、普遍的，无所不在，而且正期待着被我发现，被我说出来。颜色存在于我的生命时空中。那个叫颜色的人的存在，有时在我的想象中相对独立，如他，当然是我自己感受中的他——自以为是的孤独与长久的沉默——他以独立存在的色彩照见我的过去、现在与不可知的未来。他是清晰的，像只红苹果；又是模糊的，像一团灰色的雾，他终归是模糊不清的，像流动的水流过不同的地方，在不同的光中所呈现出的色彩。

颜色没有性别，没有年龄，是活着的，又是死去的。他的存在就像抽象的神，又如具体的一个物体。总之他不是空，或者说他源自空，没有思考，没有精神，没有形态，在众人无知无觉之中，但，他为什么在我的思想和感受中存在，让我认为他是个人？

不管人们相不相信神的存在，事实上人类一直在创造神的崭新形象——我们生命中所看见或看不见的、能归纳或无法归纳的都可以归纳为神——神创造了一切，我们的创造不过是在神创造了我们的基础上的创造。

我们说不出神究竟是谁，这正像我们不能肯定人类共存的世界会有绝对的真理。我们说不清，也因为这个世间并没有永恒，而时间也不能绝对划分得清楚。一切都是相对的，但绝对的存在有时又是一种可信的认知。

我们所认为的真理与永恒，是种模糊的信仰。物的、精神的存在相互依存，相互渗透，如同生命时间难以分割，难以确定——因此也可以说，我们所创造的神，和神创造的我们的存在，都是模糊的、难以确定的。

我们来试图确定神的存在——正是因为被我们确定的神在我们的生命空间之中，被我们认为是永恒的、万能的象征——凄风冷雨、滚滚时光使物体斑驳变色，那个被称之为颜色的人，在我的想象中，感受到一种自然的力，这种力与时空一起运行，推动万物，无法停止。我感到他在一个无限的过程中，人们看到他，感知他，思考他，赋予他思想感情，而他既是他，又是我们。

我通过想象隐身于那个叫颜色的人被我假想的生命之中。我赋予那个叫颜色的人以名字——他叫颜色——但我不能给他生命，我只能在我的想象中认为我给予了他生命和存在。

叫颜色的人因为被我叙述，因为我感觉到他，使我的生命中多了一个他，有时候我甚至分不清楚我与我所创造的颜色这个人有什么区别。

我相信，叫颜色的人是存在的。叫颜色的人在众人之中。在不同的地点、不同的物体之中，在不同的人、在实虚相间的世界里。

无论是存在的还是消失的，都被颜色这个人感知。人类生生不息，周而复始的形体与精神的存在相互证明，被颜色这个人看到。只是他不说。那些消失的人不管他们存在的时候是被画下来，拍摄下来，还是被人记住，对于消失掉的现实来说总归是消失。但消失不会那么彻底，因此也可以视为存在是对消失的证明。这个叫颜色的人，是我们过去、现在和未来的存在，他是一个人——我用想象看见了他。

我确信有一个叫颜色的人，并且因为他的存在，在我们这个时代，在我们各自的生存空间里，在我们可以想见的雪花飘扬的北方，细雨绵绵的南方，在阳光普照、白云悠闲的西方，在万家灯火、星月暗淡的东方……在大海，在森林，在旷野，在一切生命存在的地方，都有着他的存在。我们看着颜色在地面上，在水里，在植物上，在一切有生命和无生命的物质中存在，在一切事物的内部和外部存在。

我从一面洁白的墙壁中发现了颜色这个人。我与他形同一人，我相信很多人都在开启自己的想象之门、生命之门、奥秘之门时会清楚，颜色的确是个人，是我们的神。

这绝不是谎言，更不是荒谬。

三

我梦见过一个老天使。他的嘴角向下垂得厉害——我有些理解他的嘴巴为什么弄成这种造型。我用想象抵达他的存在——他所呈现给我们的世界的现实是他有另一个世界，而我们想要进入他的世界，他的嘴巴便是一扇门。

我派出最美丽的少女——艾丝美拉达，她穿越冰封的现实，来到他的面前。老天使穿着一身像夜晚的星空一样的衣服，背后插着一对白色的翅膀，像是一个行为艺术家。

布宜诺斯艾利斯广场灯火通明，游人如梭，但在老天使的眼里却是另一幅景色——那儿是一片森林。当艾丝美拉达来到他面前时，他认为她是一只小鸟儿。他一直在虚构人类的世界，有时候他的世界干燥与湿润并存，这让他保持了创造力，然而我们人类并没有看到他的作品。老天使的作品在每个人神秘的心中，在每个人的生命一隅。具体一点来说，我们的梦便有可能是老天使作品的片段。

少女艾丝美拉达说，我受一个青年男子所想象的一个叫颜色的人暗示与您见面——许多人都在试图以他们的世界来影响你的世界，只要你张开口，他们就可以进入你的世界,这对于人类擅长创造与破坏的天性而言是一种意义非凡的挑战!

我的心与您贴近,不过我同样很想知道,您为什么一直嘴角下垂,从相反的方向去看,就好像是两个鱼钩。

老天使笑了笑,像是看透了艾丝美拉达的内心,不说话。

艾丝美拉达说道,如果您开口说话,也许人类死板僵硬的存在会因此变得松动柔和。为什么不张开您的嘴呢?请对我说一句话好吗?作为男人也许您最想说三个字"我爱你",请说出来吧,我愿意听您这么说……也许,我也可以像您这样——艾丝美拉达学着老天使的样子,让自己的嘴角向下——也许这代表不屑,你理解了人类和宇宙,它们具体却虚无这个道理吗?无论您的生命是由什么样复杂的元素组成,但在我们的眼里,您仍然是一个人的形象,亲爱的老天使,实话说您是在扮酷——我的理解和认识错了吗?

……

您像一座雕像。

……

我为您跳一支肚皮舞好吗?

……

我行走在花丛,蝴蝶与蜜蜂都把我当成一朵鲜花哩!

……

我从来还没有与一个男人拉过手,但是我愿意把我的初吻为您献上。

……

艾丝美拉达走向前去——发动了进攻。不管怎么样,老天使就是不开口。

艾丝美拉达说,也许我侵犯了您的自由,人类的存在影响每个具体的人的存在。在茫茫人海中有许多人的脸上写着冷漠和拒绝,也许是有道理的,尤其是在我看到您的时候,我相信了这一点。您可以不说话,我敏感的内心告诉我,也许您真正开口说话的时候,将会失去神秘感。您知道吗,有时候我想为一个沉默的男人生个孩子,沉默代表博大的思想与感情,就像无声的天空一样……如果您坚持不说话,那么我尊重您的意志——我准备好了纸和笔,请回答我几个问题好吗,如果可以,请您点点头。

老天使不点头。

如果您反对，请您摇摇头。

老天使也不摇头。

您是把我当成了一块会说话的砖头了吗？艾丝美拉达简直有点恼火——她脱光了衣服，赤身裸体呈现在老天使面前——请您告诉我，您最喜欢我身体的哪个部位？

老天使终于张开嘴巴，他说，傻姑娘，你是一个特别的傻姑娘，你走吧！

艾丝美拉达勾引成功，完成了她的光荣使命。

老天使并不存在，但是它的世界——我的想象存在。在我的梦境中，艾丝美拉达成功地向颜色复了命——醒来后我更加确定，在这个世界上，在我全部的生命和感受中，颜色是个人，他是存在的。

四

我想扮演一个乞丐，进行一次行为艺术表演，一次特别的写作。我相信京城的各大媒体会对我的这次活动进行报道，我的朋友们则会称赞或嘲笑我是一个有想法的人，或者神经病。这个想法确立了以后，我觉得别人的一切看法都不再重要。

我预先在论坛上发了个帖子，然后制作了一个易拉宝广告牌。上面有我的半张脸、个人简介以及活动的说明。一切都准备好了之后，我从自己住的地下室走出来，坐上了地铁。

无论如何，我认为那是一次行为艺术，一次写作的尝试，并不是严格意义上的、纯粹的乞讨行为。在征询朋友的意见时，有人认为我应该装成乞丐的样子，穿得破烂一些。我认为许多人都是精神上的乞丐，他们穿得比我还要体面但仍然一无所有——因此我否定了朋友的建议。

在地铁上，我感到某种世俗的力量影响着我，又带着我前行。我在回顾从前的生活时越发清楚，人人都是艺术家，人人都是乞讨者——人人的生命中都有一个叫颜色的人，都有一个神。当我跳出了自己的生活和思维的惯性，有了要成为一个乞丐的想法后，我认为人人都可以自由而诗意地生活。至少在想象中可以敞

218

开自己，亲近真正的自己和宇宙。那是一个方向，我想为那个方向做一些事情。我打算在做完那样一场活动后重新回到地下室默默写作。

我希望虚构出另一个世界，可以照见现实世界。我渴望掌握一种方法，来影响和带动许许多多的人，让越来越多的人相信颜色是个人，人人的生命中都有一个叫颜色的人，叫颜色的神。

我既是演员，又是观众。我在自己的想象中认为，通过活动，在某种程度上我便揭示了自己与整个时代、与众人之间的关系。揭示了我们每个人之中、之外都有另一个人存在，他不是具体的，他甚至是抽象的，是万物给我们的一种感觉——他可以是那个叫颜色的人。

有时候我感到所有人的身份都不是确定的。我感到自己是别人存在的证明，而别人也是我存在的证明。在都市中漂泊的时光让我渴望被证明，那样的渴望具有积极意义。我认识到有许许多多的人走进了误区，认为人与桌子都同样是物。这是物化世界的一种悲哀。事实上，人只有真正认识到自己与桌子不同，才能找到自己的尊严。只有意识到自己同时也是别人，才能更好地热爱着世间的一切。

许多人总是在与别人比较，认为自己比别人高人一等，或者低人一头。人与人之间失去了应有的尊重。我因此而感到郁郁寡欢。我怕迷失自己，我想要通过乞讨活动来让自己清醒，让一些人清醒：你是你自己，同时也可以是另一个人。

我受到时代与人群的某种暗示——整个时代与人群，以及整个宇宙让我产生感受与想象，却又使我在成为人的同时，从某种程度上放弃了自己思想和情感的纯粹。我认为消极的情绪与灰色的思想是一种欺骗，这是一种集体无意识的现象所构成的。当我感到自己置身于人群中每个人都像骗子，自己也变得虚伪和身不由己的时候，我便感到一种深深的绝望。我需要通过活动来使自己重获希望。

我想向那些幸福的和不幸的、世俗的和优雅的人们进行一次乞讨。不仅仅是为了获得人们的同情与施舍，我还想要证明：我在代替每个人乞讨。

我感到自己正在认识另一个真实的自己——他是颜色，是无数个自己从远方奔向我。

我端坐在地铁里，我要走向蓝府井书店。我准备在书店门口进行这次乞讨表演——那个地方，在我看来也可以是世界上任何一个地方。我之所以选择在那儿做一次活动，是因为那儿的确也没有比别的地方更特别。在地铁里，我偷偷观察乘客的脸，感到许多人的表情是麻木和疲惫的——城市挤扁了人的灵魂。

我打算把一天中乞讨来的钱和物封存起来，当成一件作品的一部分。我，还有参与的人，都将会被录像，被拍成照片，也当成作品的一部分。我曾考虑是否要拿出一部分钱作生活费，后来我决定这部分钱由自己来支付。我想，就算为所有的人和自己义务劳动一天。

我自己是这次乞讨的第一个施舍者。那么想的时候我感到自己像我印象中众人抛给乞丐的无数枚硬币的集合，而我则成了一个由硬币打造的铜像。

为什么城市的广场上不会出现一尊乞丐的铜像？我从地铁里走出来时一直在想着这个问题。我迈动着的步子带动着我，我在人流中穿行，越来越快，快得我的思考几乎跟不上脚步。我想到分布在城市各个角落的乞丐使每个人都成为施舍者，但没有一个人认为自己也是乞讨者。施舍者并不是乞讨者，自古以来大家都是这么认为的。

我以一个作家的身份进行了那次乞讨的表演。我要信以为真——我想到施舍者同时也是乞讨者，这是合情合理的。理由是人生不带来什么，死后也不带走什么，但一个人的灵魂，却是在另一个人、在许多人心中的存在。人在有生之年都不过是在使用钱和物，那些钱和物从来并不真正属于谁，而是属于一切人。一个国家和另一个国家，一个民族和另一个民族，以及人与人之间的战争与明争暗斗已经很好地说明了人们都在追求一种盲目的优越性，而不顾及或者有意无意地篡改了这个世界上每个人都需要的爱与信仰、平等与自由、品质与修养的标准。

我感到自己迈出了重要的一步，我在爱所有的人。这是我的选择，我认为这是众人梦境中可以遇到的一种情形。尽管有很多人可能从根本上认为这件事情与自己无关。

我在解决一个人与人之间存在着的重大矛盾。我要化简人与人、人与物、精神与现实之间存在的滞差。我认为所有了解这个事件的人，都有可能通过这次活动获得启示。

我拿出了自己从前不曾有过的勇气，用行动去证明自己的思考。我感到自己的有限性正在无限扩大。我认为人人都可以像我一样思考和行动。我不再是那个被世俗生活所裹挟的人，我怀揣庄严的思想和纯真的情感，走到了蓝府井书店门口。

那天，天上飘起了雨，不少人躲在书店门口的台阶上避雨。透过那些被雨淋湿了的人们的身体，我看到那些人拥挤在一起，站在我的对面，望着我——就像望着一堆颜色，一个落魄的天使。

人们甚至对我并没有什么期待，不知道我站在雨中做什么。有一个时刻，书店侧面楼上巨大的电子屏在播放新闻，人们的目光盯向那个电子屏幕。那时我回到了自己的想象，进入了角色，正式开始活动。我有一些胆怯，还有一些紧张。毕竟我是在做一件破天荒的事情。后来我终于控制了自己的情绪，让自己尽量平静下来。平静下来，我感到自己内心的现实在松动，而心外的现实也在松动。

一切都像是真的，的确，那是真的。我打开了易拉宝，上面写着：乞讨——人人都是艺术家，人人都是乞讨者。让我们相信，颜色是个人，是我们众人的神。

五

我的几位朋友前来参加这次活动，其中有一个是胡博，当初与我一起去美术馆观画的。

我感到自己已经在享受实现内心想法的那种快乐，在把我生命中所感受到的那个叫颜色的人进行外化——让大家在共同的一件事中、在时空中成为一个整体。

我克服了重重顾虑，向那些站在台阶上的人介绍自己：

我是位作家。现在我向大家乞讨。在我看来，人人都是艺术家，人人都是乞讨者。我是在代替我以及许许多多的人乞讨。因为每个人都不完美，都会缺少一些自己渴望得到的东西。因为有很多人没有认识到自己也是一个乞讨者，是个艺术家。当你参与这场乞讨活动的时候，你已经是一位艺术家了，因为你在和我一起创造一个作品。

我无意获得从别人手中扔向我的钱，我甚至觉得，这次活动也有可能一无所获。不过我的目的就在于想要为我们这个时代创造一个话题，使更多的人认识到，我们不仅仅可以从今天走向明天，也可以从明天走向现在，我们不仅仅是自己，同时也是别人——你们看到我、听到我的话语，在与我一起经历此刻——我把我的想象化为行动，我在虚构我们此时此刻的存在。我们共同经历的这一时刻即将过去，而未来正在涌向此刻的我们……

我深深地相信，世界上、宇宙间，我们每个人的生命中会有一个叫颜色的人，他是我们的神——或者说，他是神派出的自己……

朋友带头鼓掌，有些人也开始鼓掌。

接着，我的朋友胡博发表了他的施舍声明：

物质社会，人们习惯用金钱衡量一切价值。而我，决定给作家"施舍"一分钱。身处现在这个纸醉金迷、贪图享受的盛世图景之中，我尝试着使用人们普遍遵循的潜规则——用"金钱"来观测和衡量这个社会。我看到的，是一种我称之为"一分钱危机"悄悄降临，并把我们每个人深深笼罩——物质空前丰富的当今社会，社会诚信，只剩下了"一分钱"；理想信念，只剩下了"一分钱"；精神情操，只剩下了"一分钱"；品格贞节，只剩下了"一分钱"……作家根据自己对这个社会的独特感受，策划和演示"乞讨"这个行为艺术；我则希望通过自己的一分钱"施舍"，对作家"乞讨"这件行为艺术作品做出自己的回应和属于自己的个人解读，希望通过"乞讨"和"施舍"的行为，对这个社会提出一个警示——我们每个人的生活都处在这种"一分钱危机"的边缘，我们是让所有那些美好的事物最终都一分钱不值，还是应该痛定思痛，有所思考，有所振作，有所行动？

"我思，故我在。"笛卡尔的这句话为作家今天的"乞讨"行为进行了最好的注脚。我们这个物质飞速发展而情感却日益式微的年代，生活的复杂，让活在当下的人们倍感困惑。被欲望追逼，被物质挤压，被金钱勒索，人们几乎再也无法纯粹。在这样的背景下我想作家的"思"是沉郁的、冷峻的、复杂的，带着痛苦与挣扎过的痕迹。今天的活动让我觉得有一种温暖的色彩。他以乞讨的方式，在努力寻找一种精神的空间，这在我看来是对灵魂的一种追问——是啊，颜色究竟是不是一个人？或者，他就是我们人类想象中的神？或许像我们相信神一样，也应该相信我们各自的生命中有一个叫颜色的人是神。作家是在接收"施舍"，各种各样的施舍，由各个对人类心怀祝愿的人们手中送出——我觉得他更是在接收同时也是在给予我们生命之爱这种博大的精神。作家用他的行为竭力表达一种努

222

力靠近美好的坚定和诚挚……

……

我经历了虚构与现实重合的一天。一共乞讨了十四块五角二分钱。我把所接受的施舍封存了起来，构成作品的外在样式。我认为活动中的我以及所有的参与者都构成了作品的内容。

六

居住在地下室写作的我，经常会做一些奇怪的梦。

那次乞讨活动过后不久，有一次我梦到自己成了颜色，但我又不是颜色，因为我无法把颜色当成一个具体的人，我也没有见过神。在梦中，我对一些人说：绝不要对别人轻易地说出自己的梦想。据我自己的经验，从前我就是一个有梦想的人，我把我的梦想告诉了很多人，结果我的梦想变成了大家的梦想，那个梦想就不再是我的了。

在梦中，失去梦想的我感到自己失去了一切。我是一个再也不会有任何梦想的人了。我的生活平淡，只要有一口清水喝、一块干粮吃我就很满足。即使这样，为了生存还是要东奔西走，辗转于生计的问题，不胜烦恼。别人看来我过着那样差劲的生活，应该考虑改变，但是我已经对一切失去了兴趣，觉得只要活着就好。

我那样的愿望是朴素的，没有希望，也没有绝望。我每天天没亮就出门，常常天黑下来还没有回家。在梦中，我甚至不知自己在做什么样的工作，只是觉得每天睡醒之后必须走出去，天黑之后必须回家。我一个人在黑夜里向家赶的时候，那间陪伴我每个夜晚的地下室成为我的妻子，在焦急地盼着我回来。我也为此而烦恼，因为我并不想有一个房子来缚住我的存在，我希望周游四方。因为有一间房子，那成了我失眠的理由。

我也在苦思如何找回自己最初的梦想，问题是我过去的梦想已成为别人的梦想，我需要有一个适合我的新梦想。我发誓如果我有了一个新的梦想我绝不会再告诉别人。

我梦见漆黑一团的暗中找不到光明，睡去时也不像以前那样佳梦联翩。没有梦的夜晚是枯燥无味的。天亮起来的时候我又必须走出去，走出去我总被一些人和事所吸引。因为没有梦想，所有被我关注的事物对于我来说都是无用的，无所依附的。我走过很多地方，以我的地下室为原点，我感到我周围的路已经被我的双脚踏得闪闪发光了。

我身上有很多尘土，仿佛是长时间不洗澡的结果。因此在四个季节中我特别期待夏天。夏天下雨的时候我会待在外面，让雨水淋漓尽致地洗净我身上的灰尘。我也希望有一场雨水使我的大脑一片空白——因为我记住了太多的事情，因此每一件事情都显得模糊。这些模糊的事物使我感到莫名沉重。我不确定昨天去过的地方和见过的人与我有过什么样的接触，昨天相对于今天而言有什么意义。不过万幸的是我还一直记着回家。

可是有一天，我连家都回不去了。那一次，我在路上行走，有个高个子的男人见我穿得破烂，却又长得却眉清目秀，大约觉得我是一个可以造就的人才，于是他说，喂，小伙子，跟着我混吧。

虽然我很期待这样的一次机会，但我还是装作不同意。他为了证明自己是一个有趣的、可亲近的人，于是带着我去一个商店。他需要一盒火柴，付钱的时候他递给店主的同样是火柴。店主说，你有火柴，干吗还要买？他笑了一下，推开火柴盒，露出里面的一角硬币。我觉得他很有意思，感到他这样调皮的举动，正是多年以前曾经发生在我身上的。

我感到自己的心被触动了。他递给我一支烟，我接过来。他为我点着了烟，我抽了一口，呛得眼泪流了下来。我觉得我太激动了，除了激动还有感动，我的眼泪好像不是被烟味熏出来的。

怎么样，他说，以后跟着我混吧，我第一眼看见你，觉得咱俩有缘。我是个魔术师，你跟着我，保你会大发的。

我说，我不需要发财，我什么都不需要，我是一个连梦想都没有了的人，我现在特别需要一个梦想。

我可以给你梦想。

可是，别人的梦想也不一定就是我的梦想。

你以前有过梦想，你的梦想是什么呢？

我记不起来了！

我给你一个新的梦吧，我有很多梦，你可以挑选。他在路边蹲下身子来，用手搜罗来地上的石子、树枝、烟蒂，然后说，你信不信，我是可以点石成金的。当你相信汽车的四个轮子可以有四个方向的时候，当你相信一个人的想法可以让许多人来完成的时候，你就会发现一切都是有可能的。

他带我去一个市场。我们在一个空地上立住脚，他向着人群招了招手，就好像他的手是一块磁石，有些人就像铁片儿走过来把我们围在一起，成了一个圈。圈子越来越大。他说，英俊潇洒的先生们，漂亮可爱的小姐们，今天我给大家带来一个特别精彩的节目。现在我来问一个问题：如果可以让一百块钱变成两张，你们想不想亲眼看一看？亲自试一试？喏，一张变两张，当场变，如果变不成两张倒找你们一百块。

很多人都想看看他是如何变的。于是他说，慷慨的男士们，好奇的女士们，请拿出你们的钱母来，我来给你们变。有很多人抽出一百元的票子，他选中了一个票子上带"八"的。"八"代表"发"，他扬扬手中的票子说，这位幸运的女士被选中了，祝贺你，现在请大家听好了，一张变两张，我保证变出来的钱不是假的，这位女士，你现在要是后悔还来得及。那位女人脸上布满期待的表情，连忙说，不会，不会，我不会后悔。

那好，接着他在众目睽睽之下把那一百块的钞票钱用手指点了点，然后折了几个折子，放在手心搓了搓，钱由粉红色眼看着变成了绿色，剖开以后果然是两张，但是那两张都是一块的票子。很多人都笑了，他把钱送给那个人，然后对众人说：我告诉你们一个真理，贪心是要付出代价的。谢谢这位女士，真诚地感谢您的参与，十分感谢您为大家带来一次大饱眼福的机会。他深深地鞠躬，那女人愣了一会儿，转身走进了人群。

众人散去之后，我问，那张一百的呢？

他面带笑意地说，变成了两张一块的啊……我也笑了。后来梦就醒了，我在黑暗中想象，那个人或许就是胡博的化身——我继续想到，我梦中的骗术可以成为我谋生的方法，我可以像一个传教士一样，在大地上、在人群里传播着"贪心是需要付出代价的"这一道理。那么想的时候，我感到真的有颜色那个人，是他

225

给了我梦境，让我在梦中找回了丢失的梦想。

七

有一次我还梦到自己的生命中有一个笼子，笼子里关着一头猛虎。世界上形形色色的人中，我占其中的一个，而我自我的缤纷世界中有无数线团一样的问题困扰着我，让我试图清楚。我梦到虎，醒来时总是感到奇怪，为什么我会梦到虎呢？

我确定自己的生命中是有一个关着猛虎的笼子了，我暗想，到了一定的时间我就会把笼门打开。我不确定自己什么时候会把那笼门打开，放出生命中的猛虎。放出来又能如何呢？我有我的具体和真实。

在梦里，似乎是时光眨了几眨眼我就变成了三十岁。三十岁的我仍单身，那似乎成了一个大问题。作为男人的我一直沉浸在自己的语言和幻想中。我是一个小说家，我需要孤独的空间用来写作。可以想象，如果我八平方米的地下小房多一个女人会是怎么一种情况。

在梦中我过着贫困的生活，似乎十多年来一直没有去找一种体面的工作——我是通过在垃圾堆里收集可以换钱的破烂为生的，我喜欢那并不体面的工作。

我在翻捡垃圾的时候看到了城市中人们生活的别样细节，我幻想自己可以通过那些细节像居里夫人一样提炼出一种人类需要的元素，那元素是属于人们精神世界的。

在梦中我总是在下午或晚上拿着一只又脏又破的麻袋出门去，早上麻袋便满了，我扛到废品回收站，换回钱。持续的每天的收入可以保证我的吃用和房租。我租住的地下室阴暗潮湿的，散发出一股霉菌味儿。我猜想可能是因为那种味道，我在梦中梦到过细碎的青草，而我生命中的虎在青草中若隐若现。

在梦中，我在那房子里住了将近十年。那地下室的房东没有给我涨房费。但是房东说过——要是照眼下的价，少于五百块钱她是不会租的。房东是一个胖女人，五十出头了，十多年来一直靠经营着地下室为生，她的肥胖总让我想到她是一颗会走动会说话的土豆，也让我模糊地想到她也是那个叫颜色的人，代表着颜色那个人的存在。

在梦中，我会走出地下室，像哲人一样漫步在线团一样的街道上，看着车和人思考一些像云彩一样漂浮的问题。我认为城市的存在是模糊而且不确定的，虽然看起来具体而坚硬，事实上那只是一种假象。城市的灵魂是人，而不是建筑物，城市中的人却是物化的，就连人们的想象也带着生硬的味道，缺少自然的鲜艳，像一束假花。捡垃圾的经验让我认为，城市人的消费剩余物——垃圾，是城市人唯一忏悔自己所谓的文明生活的物证，对，还有那被污染的空气和河中流淌的污水。我为自己在城市作为城市边缘的一个下层人感到可耻，我梦到虎的时候想，我来自乡下，为什么不回到乡下呢？

人类文明像一块磁石吸引着所有的人，我也不能免俗，除非我变成神仙，浪游在云霄，通过千里眼来俯视芸芸众生，看人们在城市中像蚂蚁一样奔波劳碌、儿女情长……那样漫无边际的想象最终会让我感到自己无力回天，但我还是原谅了自己的无力，因为我认为自己面对的是整个人类——而我又不是那个叫颜色的人，不是神。

在梦中我寂寞极了，我想唱歌：啊，啊啊啊，噢，噢噢噢……

在楼房林立的都市街道上，我抬眼望着天空时，在那局促灰暗的地下室里，常常情不自禁地放开喉咙唱。我拒绝流行歌曲和一节戏文，我的唱腔来自生命，听起来像是虎的啸吟。我梦见胡博居住在我的隔壁，听到我在唱歌，前来敲开了我的门。

在一派灰黄的灯光中我看到了他，一个身着红色西装、面容模糊的男人——他曾经在乞讨表演中支援过我，在我的梦中扮演过魔术师，陪我一起去看过画展……这些我都清楚，在梦里一样清楚，但他却又成了一个陌生人，虽说是陌生人，但我还是知道他便是胡博——同样爱好文学的、在出版社当编辑的、我的一个朋友。

胡博的眼睛明亮如星，射出奇怪的光芒，那是因为房中的暗淡么？我被他的眼睛所吸引，忘记了让他进来坐下和我聊天。我并没有意识到他为什么要敲开我的房门，我的眼里带着问号——他逃避了我的问号，看到我房子里堆满了破旧的书报。我们面对面，像两个全然陌生的人——我们彼此生命中分开若干个空间，每个空间是一间带门的房子，我们无法同时打开所有的房子——结果我说，你怎么来了？

胡博神秘地问我，咱们地下室里是不是有老虎，我怎么听到老虎在叫？

我说，是老虎在叫吗？是我在唱歌！

他说，哦，你的房子里有很多书啊！

我说，我是写小说的。

他说，真的吗，我是编辑。

我把他热情地让进我的房子里——房子里只有一把奇形怪状的椅子，一张没有腿浮在空中的单人床，一张自己嘎吱响的桌子。桌子上铺满了稿纸，胡博看到我的小说标题"脱胎换骨的灵魂""装神弄鬼的垃圾""听见空气说话的人"……

他坐在椅子上说，不错啊，这些题目不错。你叫什么名字，有作品发表吗？

我说，还没有发表过作品——也许发表过，我忘记了。

因为在梦中，我对胡博所说的话，或者说我对陌生人所说的话是不确定的。我从悬空的床底下搬出厚厚的两摞手稿，给他翻看。我的字龙飞凤舞，胡博如观天书。他说他认不了我写的字，太乱了。

我说，我给你念吧。

那是一篇两万多字的小说——我写的是颜色这个人怎么样成为一个具体的、在众人之中的形象。我念得口干舌燥，后来念到一半再也没劲念了。

胡博说，你也别念了，明天你把它誊写清楚了给我，我给你编一下，看能不能发表。

我很高兴，放下稿子与他谈起我在北京的生活。

八

在梦中，十八岁的我感到自己是骑着一匹小白马来到北京的——那时候我刚刚看过吴承恩写的《西游记》，我怀疑自己是在梦中骑着唐僧的白龙马要去西天取经。我的母亲像一片云飘在空中跟着我，她说——看你的身子骨，一阵风能把你吹到天上去，回来，回来在乡下生活吧！你想饿死在北京啊？你饿死了，我就你一个儿子，到老了指望谁去？

然而我还是来到北京了。我在北京举目无亲，身上又没有钱，带的干粮都吃完了，怎么办？我在废品回收站卖了那匹白马，好像只得了十多块钱，我找了个小吃摊，要了两根油条，一碗馄饨。吃罢看着北京的高楼大厦，我心里没有方向也不知道下一步该怎么走。我在街上游逛了一天，身上的钱花光了，我回到了废品回收站。

收破烂的老板说，我给你条袋子，你去捡垃圾吧！

好像是十多年来，我一直在捡垃圾。当然，那十多年来我一直没有放弃过读书和写作，没有停止过思考和做梦。我怀疑自己所有的梦叠加在一起就是一个灿烂的星系，而胡博也在其中。

时间在眨眼的时候我也在变化，我在向胡博讲述过去的时候觉着自己是一个有神性的人。我扬扬得意，胡博说——是的，你的生命里是有一个笼子，笼子里是有一只猛虎……你为什么一定要捡垃圾呢？为什么只是盯住城市的阴暗面呢？你可以换一个工作,可以去体验一下城市人的文明生活？你说人们的灵魂像假花，但是假的花也是一种美！这个世界上有生命的东西，也有没有生命的东西，但是我们所热爱的文学可以把一切东西都变成有生命的东西。你拒绝文明的同时也是在逃避，在害怕，这是不自信的表现，我看你写的东西，通过我们的谈话，我觉着你是个特别的人物。

我说，我想过这个问题，如果我走出来，我怕我眼睛里的光芒，也可以说是我心里的光芒被阳光和众人的眼光所伤害。我是一个没有胆量的人，我过马路的时候感觉自己就像一只蚂蚁，稍不小心就会被众人的脚、被飞速旋转的车轮子给碾碎。在我看来，那些高楼随时随地都会有可能倾斜倒塌，我觉着居住在地下室是最安全的。而我看到那些上班的人们几乎都在用自由和兴趣跟这座生硬的城市做交易。在这种情况下我宁肯选择幻想和虚无，安分守己地做一个捡破烂的人。

胡博思维跳跃地说，每个人都有他的世界。不过我认为，就像你感到自己是骑着白龙马来到北京一样——你梦到猛虎对于你的生命而言也许又是一次机遇。

我说，我心里一直在幻想，我让自己相信我是骑着白龙马来到北京的。如果我有钱，我最想做的一件事是买一匹白色的马，趁夜里没有警察的时候在北京城的大街上走一趟。我甚至想过在白天，在王府井和西单的大街上、在天安门广场上骑着我的白马走一遭。心底这些无序的愿望被生活的沉重灰尘掩藏起来了，我进入了生活，上午起床看书写作，下午去捡垃圾，晚上有时候会走出去四处看看。除了捡垃圾，我总是习惯在晚上走出去，你知道，在晚上看到的事物和在白天看到的事物是不一样的，我认为白天和夜晚在我的生命中有两个时空。白天几乎让我无法思考，因为那些具体而生硬的事物会通过我的眼睛和耳朵进入我的生命，被我的生命所收集，不得不收集进去。我的生命中收集了无数个白天的场景，无数个白天的形象，我还收集了许多声音，我把这一切都通过夜晚来化简、模糊化，融入我的梦境，变成我的小说。事实上，我生命中的猛虎也许正是整座城市的存在以及我生命中那些神秘的、难以说清楚的东西。

为什么不找个女人呢，你有过女人吗？胡博说，亲爱的，请允许我抒情化地叫你亲爱的。其实我听你这么说，看到你现在还孤身一人，我心里就有了一个声音，那声音似乎是在说，女孩、女孩，你们睁开眼，看看亲爱的可爱的、这个会梦到虎的文学青年，考虑一下，嫁给他吧。

我哈哈地笑了一会儿说，你也很可爱，既然你心里有这样的声音。我不是没有想过要找一个女孩，但是事实上会有那样的女孩看上捡破烂的我吗？

胡博说，你长相并不差，可以说很英俊，而且你不是一个单纯的捡破烂的人，你是一个写小说的人，一个优秀的文化人，你将来甚至可以获得诺贝尔文学奖。

我说，我觉着女人是男人的一个梦境，一旦梦想成真，一切就变得索然无味了。小说中不是也有女人吗，各种各样的女人，我把她们当成我的女人。如果别人虚构得不好，我还可以自己虚构。我虚构过我的女人，她是天使，我梦见过我的女人，她同样是一只虎。我知道在现实的世界中是不会有那样的女人的。我在报上看到一些明星，我喜欢她们，但是她们只是我梦想和虚构的原型，我在我的心中永远有一个不可能出世的女人。我幻想过死亡，我死后的世界——如果说灵魂可以不消失的话，我会有更多的选择空间，中国古代的四大美人、才貌双全的、国外的美女海伦等等，她们的灵魂在经过沉淀以后将会像青藏高原上的蓝天和白云，而我在幻想与她们相知相爱。对了，还有安徒生虚构的小美人鱼，我并不认为那是童话中的人物，她首先活在作者的心中，然后又活在读者的心中、我的心中。我们为什么不能沟通虚构与真实之间的关系呢？我们为什么不能打破时空呢？这是我一直在想的问题，我幻想与安徒生这个一辈子没有结过婚的伟大作家的高尚的心灵相爱，我亦想过要发一则征婚启事，我就在上面写，喜欢童话的女孩，如果您不嫌弃我是一个捡破烂为生的作家，您可以尝试与我恋爱。然后我写上我的地点，她们便可以找到我。当然，我只是想一想罢了，因为我无法打开我生命中的笼子，放出我生命中的猛虎。

胡博忧伤地说，城市是坚硬的，对于你来说是不可救药的，是吗？亲爱的。你简直像我今天晚上的一个梦境。

我眼里的光芒暗淡了一下说，有一年春天，我闻到空气中别样的味道。后来我看到人们都戴上了口罩，公交车、商店的玻璃上都贴上了"已消毒"的字样。我所闻到的那种空气的味道每一天都因为人内心的紧张和不安而颤动变化，我看到天空中的那些若有若无的灵魂面无表情，我梦到一些神秘的面孔在张嘴说话。我无法清楚地听懂它们在说些什么，无法解释我的梦。那些研究疫苗的科学家们，那些抗战在第一线的护士医生们是否会有这样的梦，能否解释这样的梦呢？我不知道。这样世界性的疫情发生让生活在文明社会生活中的人们思考。恐慌引发了人们的想象力——凡是有脑子的人当时都可能想过，因为人的贪婪和无知以及人类发展过程中向大自然无止境地索取惹恼了造物主，造物主向整个人类提出警告。

——那时候的人们已经有些相信神秘的事物，并由于习惯了生活的惯性难以深入想象。我把自己当成一个观察者，我一直在现实和我的梦中关注着人们的一举一动，倾听着人们的一呼一吸，收集着人们的生活和故事。我在街道的一隅，在不为人知的地下留心着人们，热爱着人们，我就像整个人类的朋友。有时候我想，我为什么会有那样的想法呢？在城市里的十多年间，我从来没有奢侈地住过哪怕是廉价的宾馆，吃过一顿价钱超过二十块钱的饭菜，但是我仍然爱着这座城市。我的爱来自我的生命，来自我对都市的忧虑与良知。城市毕竟给了我思考的机会，给了我写作的冲动，给了我书报——虽然那些文化产品比垃圾还要垃圾，但正是那些东西让我看到城市更为隐蔽的秘密。

——每天都在成长变化的城市，像一个正在发育的少年，或者像一个正在走向衰老的中年人，它的存在就像一个人的存在那样有许多难以示人的秘密。它的真实性永远被虚伪和自以为是的人们所掩盖。有时候我的爱让我想要伤害它。这是真的，有时候我真的想要放出我生命中的猛虎，去撕咬它，吃掉它肥胖笨拙的外形，给它以灵魂，让它回归自然并永远朝向纯洁的梦想方向前进。

——事实上每当我听到看到一些生活在高层或底层的人们犯罪的消息时，我似乎就看到了梦中那猛虎的爪牙，听到它带着腥味的呼吸声。我也爱着那些犯罪的人，他们的灵魂无罪，有罪的是他们的欲望和身体，有罪的是那些伤害了他们的精神和内心的东西。那些虚伪的冷漠的无知自私的人们，冤冤相报地害人害己却又浑然不觉。我总在想，每个时代都会有一些小偷、骗子、杀人犯、贪污犯、强奸犯成为面目可憎者，变成众人的替罪羊。出现疫情令我感到兴奋，因为我看到所有的人都开始想象——为什么会出现这样的疾病？那样想的时候，城市的具体和坚硬，以及人心的死板和冷漠才变得有所松动。

——人们试图用口罩来拒绝呼吸，那种天真的行为让人们似乎回到了孩提时代。虽然那仍然是一种假象，在我看来仍具有戏剧的味道，然而做出这样的姿态并且在真真假假的感受中开始怀疑一切还是非常可贵的。疫情过去了，人们渐渐地又回到了自己的轨道上，原有的怀疑，以及生命中因为恐慌而产生的空间又渐渐地被具体而生硬的生活内容所填满。当然，这怪不得他们。为什么人们不想一想，人类下一次将会面对什么样的灾难？应该如何从科学和精神上做好应对那些灾难的准备呢？

——每年春天，北京城的上空被春风运来的沙子告诉我，人们在创造生活和文明的盛宴时，沙漠却做好了准备来破坏这一切。每一次在人潮人海中伫立时我似乎都听到每个人的脚步正在迈向苍茫的黄沙。有时候我幻想去沙漠中去体验沙子的生命与存在，倾听沙子的诉说，我想象通过沙子的语言获得有关人类过去的秘密，我想象每个秘密都有可能是一条治理自然和人世的妙方。但是现实就是现实，我现在只能待在北京的地下室里，和你聊天说地……

胡博望着我说，你真伟大，你是神秘事物和城市中正处于危险之中的星星之火，是我所看到的唯一一位具有思想的文化人，你放出你的猛虎吧，你去撕咬那些终日只知吃喝玩乐、变着花样骗人骗己、醉生梦死地活着的人们吧！他们凭着自己的文化修养，道貌岸然，著书立说，向众人展示他们的幌子，让所有善良天真的人以为听到了他们的心声，看到他们的灵魂，以为他们是真理的化身。你去撕掉他们的面具，让他们流出惨痛的鲜血，露出灵魂的骨架……请你首先撕破我的面具，实话说，我今天敲你的门就是想让你安静一些，我甚至在来敲你的门之前在心里狠毒地咒骂了你。

我用手抹了抹脸，突然就看到一只色彩斑斓、周身如同燃烧的火焰一般、眼睛如同冰雹一般的、张着血盆大口的猛虎。我的冷汗从毛孔中冒出来。我跳起来想跑，然而速度不如猛虎的快，我感到脑门上一热，眼睛一片黑暗，只听得我的头骨咔嚓一下被咬碎了！

梦醒了，天也亮了，我给胡博打了个电话，说了我的梦。

胡博说，找时间聚一下吧。

我说，是该聚一下了，我们应该讨论一下，颜色究竟是不是个人，是不是也可以成为神——我们的生命中为什么有一个叫颜色的人，他为什么集合了我们所有的生命体验，给我们以思想和情感，给我们梦境与现实，却又不是我们的信仰？

不管胡博怎么认为，别人怎么认为，我会坚定地认为颜色是个人，有个叫颜色的人是我的神——我通过我的现实与梦境正在与颜色这个虚无的，但又在我生命中存在的人交流、碰撞。

九

我对胡博说，我不是个神经病，但我相信空气是会说话的，我可以听见空气说话——例如我在城市的街道上行走，看到了一位白发老人坐在公园里呆望着风景，我便觉着他是在回忆过去，在用心和城市对话。那种存在是孤独的，我想打破那老人的孤独，便走过去告诉他我是一个可以听见空气说话的人——我为什么会有那种冲动的想法，我想要通过自己的话来勾起老人的想象力吗？生命是神秘的，我们得承认。我认为生命的神秘之门，需要用语言来揭示——老人有些惊诧地望着我，我报以微笑，期待着他的反应。微笑是语言的盒子，老人打开了它，看到我语言里的内容——空气中的确存在着我们用生命记忆记住的话，存在着我们生命中存在的，在回旋的声响。

老人突然哭了，老泪纵横。他在自己的想象中哭了。

老人说，是的，我相信，你是一个可以听见空气说话的人。你这么一说，我也听见了空气在说话。

我不需要老人说自己听到了些什么，每个人的天空都有属于他自己的语言。我回应他以感动，以泪水盈满眼睛。眨眼间泪水流下来，似乎打湿了我的灵魂，我也淋湿了老人的灵魂。泪水可以凝聚我们的过去、现在和未来，可以让我们的想象，我们的生命湿润——老人大约从我的眼泪中看到自己年轻时的形象，我在老人的眼泪中看到了自己年老时的形象。我们需要那样地交流，彼此留下语言，然后友好地道别。

因为有了想象、梦境以及神秘感觉，我的语言也是可以神奇的——平时我们基本上都是在重复着死板的语言，那些属于生活和社会层面的语言像个笼子把我们的灵魂囚禁起来，我们要解放我们的灵魂，首先要解放我们的语言，深入语言的内部——我们会发现颜色的确可以是个人，他就在我们的生命中，他可以成为我们的信仰。

我还对胡博讲述了我小时候的一些事。

我说，我生长在一个叫鸟儿的村庄。鸟儿村里有许多树，树林漫不经心地拥抱着村庄。白色的石子，那石子大约是从我旁逸斜出的想象中出来的——事实上我家乡的小路并没有白石子。我擅长想象并相信想象，我一直在虚构自己的生活——那小路通向天空的蔚蓝，那蓝色极轻，深不可测。在我的想象中所有的灵魂都可以在那蓝色中飞翔，所有的灵魂都会在天空中说话，它们在重复过去，在重复的过程中因为时间和自然等因素的融入浸洇，那些话语变得模糊，不容易被人听见，那些灵魂也不容易被人看见。

鸟儿村所有的房子都散发出阳光的味道，那样静的存在，在我的感觉中是另一种生命，安静的生命。那些安静的生命是那些会活动的和正在成长的生命的家园，它们相互依存和充实，欢乐而幸福。想象中的太阳透过白色的云朵不停地在播撒着光芒的种子，那些光的种子透过空气下坠，发出呢喃絮语。我认为那种语言是真正的爱语，只是人们不懂其中的真谛，难以捕捉。

我说，请看阳光中生长的万物，不都是爱所生养的孩子吗？我们要用想象和心灵的耳朵才能听到那种声音。

听到我那么说的人便笑我傻，笑我是个神经病。

我曾经的女朋友——这或许是真的，或许是我的想象——我曾经的女朋友曾被我在想象中视为天使，她就曾经用鼻子"哼"了一声——后来我强调了她的那声"哼"，觉着那声音像雷一样让我在想起时——幻想的天空便布满了乌云，让我落下眼泪。我需要一个天使，而我女朋友需要一个能挣钱的男人，需要一个成熟的、有着丰富社会经验、可以顺从和对抗现实生活的男人。

我对她说，我是虚幻的，我虚构了我自己，我不是你需要的男人。

她说，我不想再进入你的虚构，因为我知道太阳是不能当饼吃的，风不能当水喝，爱情不是想象。

我有着粗黑的眉毛，她一直以为我是在用眉毛来看她，传情达意。当我用我那细如蓝天的裂痕般的眼睛去看她时，她的心里立马打了一个闪电，飞快地逃了。

她曾经让我感到自己的嘴唇红润，饱含感情，曾让我感到自己身体的温度和爱。她走了，像风刮过，细碎的纸片和沙尘飞扬——城市的天空会经常刮起那样的风。

我所有的行走似乎都在试图找回她——其实那不过是一种偏执，是生命无事生非无所依附的下意识的行为。我感到自己的爱在心底还没有死掉——当然，我也在幻想，或许找见的她是另一个女孩——她有着另一个名，同样的是长头发，黑眼睛，皮肤白嫩，声音动听，需要亲吻和拥抱，喜欢吃零食，爱唱歌和不讲道理，对我缺少应有的耐心，有些自私，注定会在成长的过程中犯几次错误。

我心上有一根刺，刺是我的女朋友扎的，以我们曾经相爱的名义——那根刺一直让我感到痛，那痛是红色的，血滴下来，流进胸腔和胃里，让我觉着自己嘴里和生命里有一种咸腥的味道。我受伤了，中毒了。我无法用我擅长的想象来治疗那伤痛。

胡博问，你真的有过一个女朋友吗？

我说，我在说自己的时候——同时也可以是在说另一个人，说我的想象。

胡博还是有些不理解，他望着我，感觉我好像真的是一个神经病。

＋

我说，我在城市里行走时听到空气中真真假假的爱语，听到杂乱的嬉笑和哭

235

泣，我所看到的人、车、路、楼等事物都在以各种方式发出声音，说着不同的语言。而所有的语言都与我有关。我想找一个玻璃瓶子把那些声音和言语来安顿。我一直没有找到那样的瓶子，如果找到了，我就有机会对大家说，请大家都安静，让我们听一听空气怎么说……

我想代表空气说话，我要说什么呢？有时候我并不知道要说什么。我想代表空气说话，然而我至今也无法用一个人演讲的时间，例如一个钟头，来说清楚什么。这个世界不需要说清楚，也不需要语言。有的人以死来结束说话，还给灵魂以沉默。活着的人都以为死去的人终于可以闭嘴，可以什么都不想了，可以安静了，他们那样认为，也是有道理的。我却想，事实上也许不是这样，即使用死亡也无法真正结束说话，无法完全不存在了。

我虚构的故乡或许就是我未来的真实故乡，我想象的故乡也许是我生命中最真实的故乡——城市，因为身在其中，我们感到城市变得太过具体和死板。所有在城市生活中的人都在以另一种非虚构的方式虚构城市和他们的生活。我想逃避城市中这种真正的虚假，把"文明"这个词在我的生命中以"自然"代替。我清楚自己的一厢情愿和想象无法改变城市的现实。那么，我唯一可以做到的就是不断地通过想象和梦境回到我的故乡。

鸟儿村田野间的河流淌着清澈的水。我认为那种流动的水需要热爱和理解，因为它们的生命象征许多事物，例如人的命运、时间等。那流水更需要想象和包容，只有在想象中它才是永远清澈的、纯净的。事实上如果不包容它被农药、被小县城里的造纸厂和化工厂流出来的污水污染了的现实，我便失去想象的喜悦了。我想，至少它们是比大城市里的河水要干净得多。在那种想象中我认为家乡小河里的清水是让一切生物变得有声有色的水，它们不仅仅是水，还是一种血液，那种水的血液在鸟儿村人的梦和生命里和他们的血液交融在一起，可以产生甜蜜的眼神和口水。

我凭着自己对童年时代家乡小河的记忆虚构了我家乡现在的河水。我的心底一直有一个童话一般的故乡，那是因为我生命中还鲜活着我小时候的形象。

爱让一个人容易产生幻想，在我的生命中，我的爷爷居住在天空的蓝色里。我的爷爷变得老了的时候，我还是个光着屁股的小孩，那时候我的身体和言语嫩如草芽，十分惹人喜爱。我在爷爷慈爱的目光中一天天长大，而我的爷爷一天天变老。后来我回忆起小时候曾经多次在经过爷爷的时候，看到他的一双大手一直在摸着地上的石子和柴棒，似乎在回味着什么。那种印象小时候不曾留心，在我长大的时候却鲜明，这是为什么？

常常，爷爷看到我要走出家门，便用苍老的声音说，小啊，你去哪里？别忘了回家吃饭！

我长长地"哎"一声，便跑远了。

那时候我总幻想变成鸟，因此走路的时候总爱抡着手臂，模仿鸟的飞翔。我飞出了家门，来到了荷花池塘，"嗵"的一声跳起去，水花散发出荷叶的清香——常常在回忆时，溅湿了我的眼睛。

我的爷爷活着的时候常常从粗布衣裳的怀里掏出香喷喷、黄澄澄的烧饼递给我吃。那时候的我胖胖的，不像现在瘦得像刀子，行走的时候随时要劈开空气似的。长大了的我常幻想爷爷是否可以从蓝天里伸出那双大手，把那好吃的烧饼再一次递到我的小手里说，小啊，趁热，吃了吧，吃了长高。

我有一次过春节时去集市上买回了爷爷活着时常给我买的烧饼，然而再吃起来却没有小时候的那种味道了。那种味道是因为有了爷爷的爱才变得好吃了么？我沉浸在自己的幻想中，需要从爷爷手中接过那小时候的烧饼，我似乎听到爷爷在说话，但是我听不清楚爷爷在说什么。我看到爷爷要从那蓝天中伸出手，然而却伸不出来的着急的样子。我的眼泪流下来，打湿了幻想。在我的理解中，总有一些神秘的事物从中作梗，让我和爷爷之间的爱无法具体而可意地继续。

我在房中自言自语地说，爷爷啊，在您的灵魂里，我的灵魂永远娇嫩如豆芽……

晚上我梦到爷爷的脸，红红的，像是温和的太阳，它升起又落下，所有的人都看到，却只有我认得，那是爷爷慈爱的脸庞。

我从城市里回到家乡，见到正在变老的父亲。父亲在院子里蹲着，我放下行李包用手指着正午的太阳告诉父亲说，我在梦中看到了爷爷的脸，你看，你看，那天空中的太阳就是。

我的父亲忧郁地看着我，摸出烟来抽。他吐出的烟雾像是对我莫名其妙的话语做出的回答。尽管爷爷不抽烟，父亲抽烟，但是我还是能从父亲的脸上看到爷爷的影子。我觉着自己该有一个小孩，自己长大了，应该给我的父亲生一个小孩，让他来爱。这是很大的孝心呢，我真的该为自己的父亲尽那样的孝心。我想象中的孩子是我生命中的太阳。我生命中有许多太阳的形象。

我记得小时候有几次太阳把河水晒干了，河底的泥裂开，卷成片儿，有着水草的腥味儿像是点心。我放学后便喜欢去河底寻找洁净好看的泥片儿吃。我吃下泥片儿，像是吃进了一部分太阳。小伙伴林也喜欢吃泥片儿。林和我同岁，现在早已结婚有了孩子。

过年时我和林在村子里遇见，我对林说，你还记得我们小时候吃泥片的事吗？

林说，记得，怎么不记得，小的时候太傻了。

我笑笑，心想，林变化了，他竟然说小时候傻。

我说，你还记得你从家里偷了钱买水果罐头吃，我们吃不了埋在沙土里的事吗？

林说，记得，后来找不见了。

我笑着说，是我偷偷挖出来吃了。

林便笑，咂了咂嘴巴，似乎通过空气又重新吃到了那水果罐头。

我说，你还能感觉到石头桥的温度吗？当时在夏天，太阳很亮，我们从河里挖了胶泥，在石桥上摔打，弄成块儿，捏成小人。我会在梦里梦到我们捏过的小人，它们会说话，有时候我想那些小泥人也许是过去消失了的人……

林有些吃惊地看着我，像是看一个奇迹。

我说，我们还用泥捏成有窝的喇叭，用力摔在石头上，比赛看谁摔得响。"啪"的一声，那种声响现在我还能听得到，不仅听得到我还能闻到一股泥香味，你能闻到吗？

林摇头，因为我亦唤起了他对童年的记忆，便笑着，但眼睛里仍然有惊诧的余味。

我笑了笑说，我们都长大了，你的孩子是五岁了吧？

林点点头，眼睛里有光闪亮。我觉着那是爱的光芒，心里便有些欣慰。

我的想法是多么奇特啊，我自己都这么认为——所以，我认为颜色是个人，每个人的生命中都有一个叫颜色的人，他应该成为我们的神，成为我们的信仰！

十一

回到城市里，我在房子里照镜子，看到自己的头发凌乱，便捉住其中的部分，扎了个冲天小辫子。我看到了自己十岁左右时的形象，十岁左右时我就那样扎着冲天小辫。

我想象自己是否可以扎着小辫在城市的大街上行走，是否可以扎着小辫去捡垃圾。是否可以扎着小辫去和一个女孩恋爱。在那样想的时候，我很快就进入想象的世界——进入那个叫颜色的人可以去经历的世界。

我相信远方一定有女子在爱着我，我给她起名叫瓷。于是瓷出现，她的出现在我的想象中是模糊的——她通过空气说——我相信远方一定有男子在爱着我，我给他起名叫羽毛。

我说，为什么给他起名叫羽毛？啊，轻轻的，洁白如雪花一样的羽毛，多么好啊。

瓷笑着，不回答。

我说，或许飞翔是一切美好事物的梦想吧。爱情希望飞翔，羽毛是飞翔的翅膀，且羽毛是温暖的，我们每个人的内心都需要那种爱的温度，那是一种毛茸茸的有质感的爱情，轻，但并不完全虚幻……

我在想象中拉开了与瓷的距离，因为想象也有虚拟的现实。我在想到城市中有那么多单身的男女时，想到他们单身或多或少地都是因为幻想爱情，但幻想与现实生活又形成一对难以调和的矛盾——我觉着拉开与瓷的距离是非常有必要的，那样才更真实。

我想象我与瓷通过空气听到了彼此的心声，尽管那些语言在彼此独处时也未必能说得出。有许多语言注定只存在于想象中，非常隐蔽。我在想象中与瓷都孤寂地哭了。因为我们感觉到生命是那样地需要爱，而世界上是存在爱与被爱的两个人的，然而却因为种种原因不能让他们相见、相处、相知、相爱，我们就忍不住哭了。

事实上，我的左手爱着我的右手，我的双手爱着我的身体，它们彼此抚摸，显得可怜而空落落的。心需要的是异性，是个女子或一个男子，不是残缺的自己。

现实中也不会真实地出现一个天使，一个男子或一个女子不需要见面与交流便可以相爱——但是，我仍然要继续我的想象。

我说，瓷儿，或许我就是你远方的那个男子，就是你一生一世的爱情。我现在不确定你在哪里，正像你不确定我在哪里一样，但是我们的心是相通的，因为我通过空气听到了你的心声，瓷，我们一起虚构我们的爱情好吗？

瓷在我的心底说话，她说，羽毛，你的名字让我感觉到一种轻飘飘的上升的力量，这种感觉让我似乎在接近什么，我是在接近你所说的空气吗？空气中真的有声音吗？我似乎听到了你的声音，你说要我和你一起虚构我们的爱情。其实我们一直在我们的心中虚构我们的爱，你不认为那种虚构非常伤感吗？那是因为我们无法接近真正的爱情产生的想象啊，我们不能总是生活在想象之中，你说对吗？

我说，我出生的村庄叫鸟儿村，那儿是一个童话一样的世界，我虚构了它并且因为虚构感到快乐。所以我认为爱情也是可以虚构和想象的。我小时候是一个光屁股的男孩，我的父亲希望我是女孩，他让我母亲给我扎了小辫子，我现在闭上眼睛就可以看到我的过去，这让我觉着我不单纯是个男子，我的生命中还有一个模糊的女子，我爱我自己，就像爱模糊的"她"一样。小时候我喜欢抢着胳臂像鸟一样飞翔，那种飞翔也许是因为向往蓝色天空和自由使然，我与一般的人相比更加强调了我的灵魂，我认为我们的灵魂是蓝色的，只有天空中的蓝色才接近永恒，才给我以平静。我所寻找的爱情一定是可以让我的心灵安静的，而且我相信我们的爱会地老天荒，海枯石烂永恒不变。小时候我喜欢吃河底被太阳晒干的泥片儿，它们像点心一样好吃，我觉着那些被我吃进肚子里的泥片儿是我生命中一种不可缺少的元素，也许是它们让我总爱幻想。我有个小伙伴叫林，我们常常在一起玩泥巴，那些泥巴我认为都是有生命的，它们的灵魂在天空中是蓝色的。我的爷爷和奶奶在我小的时候非常爱我，我相信正是因为他们的爱我才渴望爱别人。现在他们居住在天空中的蓝色里，我通过幻想和他们亲近和对话。我能听到天空中的语言，那些语言是许多人说过的。我认为我们说过的话是不会被风吹跑从此便消失的，我们说过的每一句话都完整地保存在天空中，随时可以在我的心底响起来。天空是一个大的音盒，它收集着所有的灵魂和我们人类所说过的所有话语。我想让你了解我，是因为我想对你说，我需要爱情，我还想冒昧地对你说：

我爱你！你不知道我是多么地想对一个人这样说……我像是对着空气在说话，当我说出这话时，瓷，你真的存在吗？

瓷说，是的，我存在，这是真的。我正从遥远的地方向你走近，我也似乎看到了你在走近我。我们路过的许多男女都在朝着爱靠拢，他们错过了该错过的，或者不该错过的，最终会找到自己爱的或者不爱的人。这种事情谁也无法左右。我看到天空中飞舞着许多星光一样的细线，那些细线相互交错，渐渐地结成像是线团一样的情感城市。每座城市都有许多纠缠不清的情感和关系，我真怕我在走向你的时候迷失了方向，羽毛，你怕吗？我也好像对一个人说，我爱你，我这么说的时候，我的眼泪都流下来了。

我说，我们要坚定我们对爱情的信念，我想了解你，通过对你的了解确定你生命的位置。你可以告诉我你童年时代的一些事情吗？我可以通过你的语言来捕捉到你生命中的色彩与味道，你生命中的那些色彩和味道可以让我在人潮人海中准确无误地找到你。我期待着我们能在那许多人中间彼此发现对方，叫出对方的名字，然后拥抱在一起，流下泪水，通过泪水我们的灵魂可以彼此融入。现在，不要哭！

瓷说，你虚构了我，我如何告诉你我的过去呢？过去真的重要吗？我在你的想象之中，我们如何能在现实中彼此相认并流下泪水，心与心相连，灵魂与灵魂相爱呢？

我说，我真的想飞啊，当我在都市中仰望天空的时候，我感到我眼睛里的黑是一种浓得化不开的蓝。我看到了太多人的灵魂，那些灵魂经过了日月的濯洗已经开始变得发亮，亮到了我们睁着眼睛看不到的地步。我真的怕我会失去那些灵魂，回到了目光散淡的众人之中。我喜欢过一个女子，我们在城市中相遇和相爱，那是因为到了该有爱情的年龄，而且我们看到身边的人都在相爱，便忍不住相爱了。那种爱具有感染力，就像春风吹来和煦的阳光的时候万物不得不相爱一样。相爱总是美丽的，但是那种相爱并不完美，因为她从来没有看到过我眼睛里的光芒，她只看到了我浓黑的眉毛，并误认为那是我的眼睛。我的眼睛细如天空的裂痕，我总是有些怕别人了解到我眼里的秘密。我的眼睛是我灵魂的耳朵，我通过眼睛听到了许多安静的声音。眼睛是我们灵魂的窗口，看透了它便可以看到我们的灵魂，而我所担心的是当有人发现我们的灵魂不一样的时候会感到难过，那样我也会感到难过，因为我们之间的情谊将不再继续。也许每个人的灵魂都不会一样，但是，我的灵魂更是与众不同，因为我的灵魂里有着整个天空里的语言，那些语言让我知道所有的话语都真假参半——让我相信我的生命中有一个叫颜色的人，他是我的神，是我的信仰……

瓷说，有个叫颜色的人是你的神？

我说，是的，他是我们生命中的一个符号，一个代表，是我们的另一个自己。

瓷说，因为颜色这个人，你通过想象便可以把我纳入你的世界、你的生命吗？

我说，是的，简直是的。

瓷说，你真的存在吗？

我说，是的，真的存在。

瓷说，是的，在远方，总有一个叫瓷的女子，我就是那个女子。

我说，我该怎么样才能找到你？

瓷说，我们仍然在继续靠近，请相信时间和自己心底的那份对爱的执着——我们会从想象、从空无中走出来，走在一起的。

我一直扎着小辫在城市中浪游。我见到了年龄相当的女子便走过去对人说，我是一个能听见空气说话的人——我叫羽毛，我的生命中有一个叫颜色的人，他是我的神，是我的信仰，他代表我与一切存在交流。

有许多女孩看到我扎着辫子的形象，都有些哭笑不得地说我是神经病。再后来我见到女子便问，你叫瓷吗，你在向我走近吗？

然而我所问的女子没有一个承认自己叫瓷的。

我想象和虚构了自己，我想，我给那个遥远的瓷讲过我的童年，也许瓷可以通过她的想象以及她对生命中的色彩与味道的理解和把握找到我——这年头，需要爱情的人太多了，然而几乎谁都没有办法找到自己的真爱。我想，如果瓷有一天真的来敲响我的门，我的心有可能会跳出胸膛……

十二

在阴暗潮湿的地下室，胡博听着我神经兮兮地讲述，一直在笑，在笑。

后来胡博用手拍拍我的肩膀说——我也是你所说的瓷和颜色，我是他们的结合体，我的名字叫胡博，我是你的朋友——我喜欢你的天真纯粹，但真的有些担心你走火入魔，成为一个神经病。

我说，请你放心，我正常得很呢——如果我们视颜色这个人为神，我们活得会有信仰。我们的感情、思想、内心与精神会越发地充沛、丰富、欢腾、美好。我们会越发感到自己活得特别有爱，有意义。那么，为什么我们不能让颜色这个人充当我们的神呢？

胡博说，我们人类并不完美，因为完美或接近完美的只有神——我们人类的认识能力总是会不断提高，有一天也许大家都会认同了你的说法，承认颜色是我们的神，我们会因此变得更加完美一些！

我说，颜色这个人在我们的心中能高能低，能上能下，能存在，能消失，能成为我们的精神和物质生活的导师，能成为我们另一个自己，能成为美的象征，爱的信仰——颜色这个人敞开我们更为广阔的生命空间，让一切矛盾与问题在一个自然的过程中自然存在，而他如我们一样包容、宽广，无所不能。

胡博点着头，表示他愿意相信我的话。

我接着说，颜色这个人是神——即使有人会认为我是个十足的疯子和神经病，即使有人认为颜色只不过是颜色本身，只不过是我们所能看见的色彩，只不过是我的幻想，可我仍会坚定地认为，颜色是个人，是我的神。

胡博说，是啊，你可能会被人认为是一个说谎者。在那些对美、对爱、对一切感到失望的人的心中，在那些混淆了黑白、颠倒是非、自以为是的人们心中，你可能会成为一个说谎者。不过我相信你生命中的确有了一个叫颜色的人，他正在成为你的神。

我与胡博紧紧拥抱，为他相信了我的话——这是对我多么大的支持啊！

后来，胡博还是把我送进了精神病医院——的确，检查的结果也的确证明，我是个精神病患者。不过，经过一年多时间的治疗，在我正常后的今天，在写这篇小说的时候，我仍然在相信，颜色是个人，可以成为我们的神，成为我们的信仰。